쉽게 읽는 禪家龜鑑諺解 上

윤석민·권면주·유승섭

쉽게 읽는
禪家龜鑑諺解 上

윤석민·권면주·유승섭 지음

도서
출판 박이정

| 저자소개 |

윤석민
서울대학교 국어국문학과 대학원 졸업, 문학박사.
현 전북대학교 국어국문학과 교수.
저서로『현대국어의 문장종결법』,『월인천강지곡의 텍스트 분석』(공저),『텍스트언어학의 이해』(공저) 등이 있으며 논문으로 "국어의 텍스트언어학적 연구 시론", "'일요-'계 어휘의 사용확대에 관하여", "텍스트언어학과 문학작품 분석", "일제시대 어문 규범 정리과정에서 나타난 수용과 변천의 양상" 등이 있음.

권면주
원광대학교 국어국문학과 대학원 졸업, 문학박사.
전 전북대학교 전임연구원.
논문은 "국어 어휘군의 계통적 상관관계에 관한 연구", "四字經(공역)" 등 다수.

유승섭
원광대학교 국어국문학과 대학원 졸업, 문학박사.
민족문화추진회 국역연수부 졸업.
전 전북대학교 학술연구교수 및 현 전북대학교 전임연구원.
저서 및 논문은 『현대국어문법의 이해』, "국어 겹목적어 구문의 격점검 현상" 등 다수.

쉽게 읽는
禪家龜鑑諺解 上

초판 인쇄 2006년 12월 5일
초판 발행 2006년 12월 10일

지은이 윤석민·권면주·유승섭
펴낸이 박찬익

펴낸곳 도서출판 박이정
130-070 서울시 동대문구 용두동 129—162
Tel 02) 922-1192~3, Fax 02) 928-4683
Http://www.pjbook.com, E-mail book@pjbook.com
온라인 (국민) 729-21-0137-159
등록 1991년 3월 12일 제1-1182호
ISBN 89-7878-888-2 93810
ⓒ 2006, 윤석민·권면주·유승섭

값 15,000원

"이 저서는 2004년도 한국학술진흥재단의 지원에 의하여 연구되었음."(KRF-2004-074-AS0074)

| 머리말 |

　선가귀감(禪家龜鑑)은 서산대사 휴정(休靜, 1520~1604)이 제자들에게 선가(禪家)의 종요(宗要)에 대해 가르친 내용을 엮은 책으로 한문본 선가귀감을 금화도인이 상·하 2권으로 언해한 책이다.
　한문본은 휴정의 서문이 명종 19년(1564)으로 되어 있으나 그 간행은 휴정의 발문 연대인 선조 12년(1579)이다. 언해 원간본(原刊本, 보현사본)은 선조 2년(1569)에 간행되었다. 현존하는 판본으로 판단하면 언해본의 원문이 한문본의 원문보다 더 오래되었으므로 언해본의 원전은 한문본의 간본(刊本)이 아니라 원고본(原稿本)이다.
　이곳에서 분석대상으로 삼은 전라도 순천 조계산 송광사본(松廣寺本)은 광해군 2년(1610)에 보현사판을 판하(版下)로 한 복각본으로 체재를 보면 판식(板式)은 단변(單邊)이고 반곽(半廓)의 크기는 보현사본보다 조금 작다. 판심(版心)의 어미(魚尾)는 흑(黑)어미가 간혹 있을 뿐 대부분 삼엽화문(三葉花文) 어미이다. 보현사본에는 반곽의 난외에 시주명이 전혀 없는데 송광사본에는 매엽(每葉) 난외에 총 63명의 시주명이 양각되어 있다. 또한 권상(卷上) 31장 뒷면 4행부터 보현사본과 달리 경계선 없이 1/4을 비우고 8단으로 나누어 70명의 시주명이 있다. 권하(卷下) 67장 뒷면 7행에서 본문이 끝나고 보현사본 8행 9행에 있던 금화도인의 발문과 禪家龜鑑卷下終이 여기에서는 없고 경계선 없이 校正大禪師善修라 적고 그 아래 두 사람의 시주명이 있다.
　송광사본은 원간본을 복각한 것으로 16세기의 중엽의 문헌으로서 중세국어에서 근대국어로 넘어오는 과도기적 특징이 잘 나타나 있다.
　선가귀감에 나타난 몇 가지 사실을 들면 다음과 같다.
　표기법에 있어서 한자는 주음을 달지 않았고 방점이 나타나 있지만 매우 혼란스럽다. 'ㅸ'은 전혀 나타나지 않고 'ㅿ'은 '처엄', '사이', '오올-'에서만 'ㅿ'이 탈락된 형태로 나타나고 대부분은 'ㅅ'으로 나타나며 'ᄆᆞᅀᆞᆷ', '-ᅀᆞᆸ-', '-ᅀᅡ'등에서만 'ㅿ'이 나타난다. 'ㆁ'은 초성에는 쓰이지 않고 종성에서만 일부분에 나타난다.

　초성병서의 표기는 정음초기의 여덟 가지 각자 병서 중 'ㅆ'만이 일부 쓰였을 뿐이고 합용병서는 'ㅺ'과 'ㅴ'이 빠진 여덟 가지가 쓰였다. 종성표기는 'ㄱ, ㆁ, ㄴ, ㄷ, ㅂ, ㅁ, ㅅ, ㄹ'의 8종성법을 따르나 일부 어사에서 겹받침도 나타난다.

　16세기에 들면서 중철표기와 분철표기의 빈도수가 증가하는데 여기에서도 대부분 연철표기로 되어 있으나 상당수의 중철표기와 분철표기가 나타나 과도기적 표기 형태를 보여준다.

　음운현상에 있어서 구개음화, 원순모음화, 단모음화는 일어나지 않고 16세기 문헌이 그러하듯이 모음조화현상이 매우 혼란스러워 각 조사가 모음조화에 관계없이 연결되고 조사나 삽입되는 모음도 모음조화의 규칙을 벗어나서 나타난다. 음운의 축약과 탈락이 일어나며 비음동화가 일어나고 활용시 비자동교체가 나타나며 /j/의 삽입이 활발하다.

　본 해역서는 선가귀감(禪家龜鑑)의 한문 원문을 현대역으로 직역하여 실었고, 언해문과 주석은 현대역에서 원문에 충실하기 위하여 글자 한자 한자를 빠드리지 않고 풀이하여 문장이 매끄럽지 못한 부분도 있다. 혹여 원문의 내용을 곡해하고 오역하지 않을까 하여 원문대로 풀이하였다. 여기에 잘못된 부분이나 오역이 있다면 전적으로 본 연구팀에 책임이 있다. 다음 기회에 바로 잡을 수 있도록 지적해 주길 부탁드린다.

　끝으로 책을 내기까지 도움을 준 많은 분이 계신다. 한문 원문에 대한 이해가 부족하여 연구가 어려움이 직면할 때마다 오류를 바로 잡아 주시고 세세한 부분까지 지적해 주신 유재영 교수님께 감사를 드린다. 또 원고의 입력에서부터 교정에 이르기까지 꼼꼼히 살펴준

옹기현과 장승익, 송정원, 조은진에게도 고맙다는 말을 전한다. 상업적으로 크게 도움이 되기 어려운 책의 출판을 선뜻 동의해 주신 박찬익 사장님과 책을 품위 있게 만들어 준 박이정 출판사 편집실에도 감사의 말씀을 드린다.

2006년 10월
저자 씀

| 일러두기 |

1. 송광사본 선가귀감(禪家龜鑑, 대제각 영인본)을 저본으로 삼았다.
2. 각 장의 제목은 편의상 선가귀감의 원문 앞 구절을 딴 것이며 제목으로 잡은 임제종(臨濟宗)에서 팔봉(八棒)까지는 '大抵學者는 先須詳辦宗途ㅣ어다'의 주(註)이다.
3. 원문·언해문·주석에 나오는 속자(俗字) 이체자(異體字)는 정자(正字)로 바꾸지 않고 그대로 썼다.
3. 배열순서는 원문에 나타난 대로 원문·언해문·주1·주2이다.
4. 선가귀감의 원문은 그 아래 현대역(現代譯)을 싣고 주석에서 한자어 풀이를 하였으며 원문의 인명(人名)·지명(地名)·한자어(漢字語)를 포함할 수 있는 말이 마땅히 없어 한자어 풀이 안에 모두 넣어 설명하였다.
5. 선가귀감의 언해문과 주석은 바로 아래 언해문 현대역과 주 현대역을 싣고 주석에서 한자어 풀이와 분석을 하였다. 주석은 문법과 음운 및 어휘 등 언어학적 분석을 위주로 하였으며 주석번호는 원칙적으로 어절단위로 달았다. 문법풀이 부문에서는 형태소 분석을 '+'와 같은 기호를 써서 표시하였다.
6. 찬자(撰者)휴정대사(休靜大師)를 간략히 소개하면 다음과 같다.
    조선 선조 때의 고승(1520~1604)으로 속성은 최(崔)씨 자는 현응(玄應) 법호는 청허(淸虛)·서산(西山)이다. 임진왜란 때 승병(僧兵)의 총수가 되어 서울을 수복하는데 공을 세웠으며 유(儒)·불(佛)·도(道) 3교 통합설의 기반을 마련하고 교종(敎宗)을 선종(禪宗)에 포섭하였다. 저서에 선교석(禪敎釋)·선교결(禪敎訣)·운수단(雲水壇)·삼가귀감(三家龜鑑)·청허당집(淸虛堂集)·심법요(心法要) 등이 있다.
7. 원문·언해문·주·시주명에 나온 ( )의 글자는 원문과 비교하여 추측하여 쓴 것이고 ( )안에 글자가 없는 것은 잘 모르는 것을 보인 것이다.
8. 찬자(撰者)휴정대사(休靜大師)를 간략히 소개하면 다음과 같다.
    조선 선조 때의 고승(1520~1604)으로 속성은 최(崔)씨 자는 현응(玄應) 법호는 청허(淸虛)·서산(西山)이다. 임진왜란 때 승병(僧兵)의 총수가 되어 서울을 수복하는데 공을 세웠으며 유(儒)·불(佛)·도(道) 3교 통합설의 기반을 마련하고 교종(敎宗)을 선종(禪宗)에 포섭하였다. 저서에 선교석(禪敎釋)·선교결(禪敎訣)·운수단(雲水壇)·삼가귀감(三家龜鑑)·청허당집(淸虛堂集)·심법요(心法要) 등이 있다.
9. 참고한 서적은 다음과 같다.
禪家龜鑑(송광사본), 大提閣 影印本.
禪家龜鑑(송광사본), 尙文閣.
分類杜工部詩諺解(重刊本), 以會文化社 影印本.
龍飛御天歌, 大提閣 影印本.
권상로(1979), 조선불교사, 보련각.
고영근(1987), 표준중세국어문법론, 탑출판사.
김민수(1997), 우리말어원사전, 태학사.
김영배(2000), 국어사자료연구, 월인.
김종훈(1992), 한국고유한자연구, 집문당.
남기심·고영근(1985), 표준국어문법론, 탑출판사.
남광우(1993), 고어사전, 일조각.
박재연(2002), 中朝大辭典, 中韓飜譯文獻硏究所.
송일기(1991), 삼가귀감의서지학적연구-선가귀감의성립과관련하여, 중앙대박사학위논문.
신법인(1989), 서산대사의선가귀감연구, 김영사.
안병희(1990), 중세국어문법, 동아출판사.
유창돈(1995), 이조어사전, 연세대학교출판부.
육당전집편찬위원회(1973), 육당 최남선 전집 7(신자전), 현암사.
윤석민·유승섭·권면주(2006), 쉽게읽는 용비어천가, 박이정.
윤석민·권면주·유승섭(2006), 쉽게읽는 중각두시언해, 박이정.
이광호(2004), 근대국어문법론, 태학사.
이기문(1972), 국어사개설, 탑출판사.
이승녕(1981), 중세국어문법(개정증보판), 을유문화사.

이익섭(1992), 국어표기법연구, 서울대학교 출판부.
이현희(1997), 杜詩와 杜詩諺解(6, 7), 신구문화사.
정지만(1996), 선가귀감언해의표기 및 음운 연구, 동국대 석사학위논문.
한국불교대사전편찬위원회(1982), 한국불교대사전, 보련각.
허웅(1961), 중세국어문법(개정증보판), 을유문화사.
허웅(1992), 15·16세기 우리 옛말본의 역사, 탑출판사.
홍윤표외(1995), 17세기국어사전, 태학사.
鈴本莊夫(1978), 禪學大辭典, 大修館書店.
諸橋轍次(1956), 大漢和辭典, 大修館書店.

| 차 례 |

머리말
일러두기

禪家龜鑑諺解 上

有一物이 於此ᄒᆞ되 | 3
佛祖出世ㅣ 無風起浪ㅣ로다 | 16
然ㅣ나 法有多義ᄒᆞ고 | 24
强立種種名字ᄒᆞ되 | 31
世尊三處傳心者ㅣ 爲禪旨ㅣ오 | 35
若人이 失之於口則拈花面壁이 | 39
吾有一言ᄒᆞ니 | 46
咄哉丈夫여 將頭覓頭ᄒᆞ야 | 50
經에 云狂性이 自歇ᄒᆞ면 | 55
經에 云一切衆生이 於無生中에 | 58
離心求佛者ᄂᆞᆫ 外道ㅣ오 | 64
若不秘重得意一念ᄒᆞ고 | 67
淨名ㅣ 云我의 本性이 | 71
祖師ㅣ 云性自淸淨ᄒᆞ니 | 74
敎門엔 惟傳一心法ᄒᆞ시고 | 76
心則從妙起明ㅣ니 | 82

敎門에 惟執悉達이 | 85

然ㅣ나 諸佛說經은 | 97

諸佛은 說弓ᄒᆞ시고 | 100

故로 學者ᄂᆞᆫ 先以如實言敎로 | 106

大抵學者ᄂᆞᆫ 須參活句ㅣ언뎡 | 112

凡本參公案上에 | 114

先德ㅣ 云參禪ᄂᆞᆫ | 119

高峯ㅣ 云參禪ᄂᆞᆫ | 122

妙喜ㅣ 云日用應緣處에 | 126

先德ㅣ 云這箇無字ᄂᆞᆫ | 132

話頭ᄅᆞᆯ 不得擧起處에 | 137

大抵此事ᄂᆞᆫ 如蚊子이 | 142

工夫ᄂᆞᆫ 如調絃之法ᄒᆞ야 | 145

工夫이 到行不知行ᄒᆞ며 | 149

起心은 是天魔ㅣ오 | 155

工夫ᄅᆞᆯ 若打成一片則縱今生애 | 158

於法에 有親切返照之功ᄒᆞ야 | 161

心如木石者ㅣ사 | 164

大抵參禪者ᄂᆞᆫ 還知四恩의 | 166

上來法語ᄂᆞᆫ 如人이 | 178

學語之輩ᄂᆞᆫ 說時似悟호ᄃᆡ | 181

悟入이 不甚深者ᄂᆞᆫ | 183

法離三世ㅣ라 | 188

須虛懷自照ᄒᆞ야 | 190

惑本無從ㅣ어ᄂᆞᆯ | 193

若照惑無本則 空花三界ᄅᆞᆯ | 195

然ㅣ나 此心을 | 198

悟人는 卽頓見ㅣ이놀 | 202

經에 云理雖頓悟ㅣ나 | 204

善達覺性이 不曰修生ᄒ면 | 207

大道는 本乎其心ᄒ고 | 209

古德ㅣ 云只貴子眼正ㅣ언뎡 | 212

古德ㅣ 云若未悟煩惱性空ᄒ고 | 215

先修後悟는 有功之功ㅣ라 | 218

自悟修行은 無能所觀ᄒ니 | 220

法本無縛ㅣ어니 | 223

不用捨衆生心ᄒ고 | 225

一念情生ᄒ면 | 227

斷煩惱者는 名二乘ㅣ오 | 230

諦觀殺盜婬妄이 | 233

不識其相ᄒ면 賊卽能爲ᄒ고 | 235

經에 云覺性이 本淨ᄒ고 | 237

先德ㅣ 云修道이 | 240

八風五欲애 心如日月ㅣ면 | 242

先德ㅣ 云心者는 | 244

先德ㅣ 亦云心爲大ᄃᆞ師ㅣ오 | 246

經에 云知ᄒᆞ면卽離ㅣ라 | 249

離ᄒᆞ者는 如雲散月出ᄒ니 | 251

大抵起心動念ᄒ며 | 253

선가귀감언해 상 색인 | 257

【한자어 색인】 | 257

【언해 색인】 | 265

禪家龜鑑諺解上

有一物이 於此호되

【원문】有一物이 於此호되 從本以來 昭昭靈靈ㅎ야 不曾生ㅎ며 不曾滅ㅎ야 名不得ㅎ며 狀不得ㅣ로다(1a, 2 - 1a, 3)

【현대역】 한 물건이 여기에 있되 본래부터 밝고 신령스러운 곳에서 와 잠깐도 생기지 아니하며 잠깐도 없어짐이 없어 이름 짓지 못하며 형상을 얻지 못하겠도다.

【한자어 풀이】
1. 일물(一物) : 한 물건. 어떤 물건이란 뜻으로 마음을 가리킨다.
2. 소소영령(昭昭靈靈) : 소소는 밝은 모양. 영령은 정신작용의 영묘불가사의(靈妙不可思議)함이다. 즉 심식(心識)이 미묘하여 명백(明白)한 양상을 형용하는 말이다.

【언해문】 흔 거·시 ·이:에 이슈·디 本來브·터 오:매 붉·고 불ㄱ·며 靈·코 靈·ㅎ야 :잠깐도 나·디 아:니·ㅎ·며 :잠깐도 滅·티 아:니·ㅎ야 일:훔 지티 :몯·ㅎ·며 얼굴 잡·디 :몯·ㅎ:리로다(1a, 3 - 1a, 5)

【현대역】 하나의 것이 여기에 있되 근본에서 왔기 때문에 밝고 밝으며 신령스럽고[靈] 신령스러워 잠깐도 생기지 아니하며 잠깐도 멸하지 아니하여 이름 짓지 못하며 형상을 잡지 못하겠도다.

【언해문 분석】

1. 거시 : 것이
   분석하면 '것(의존 명사) + 이(주격 조사)'이다.
2. 이에 : 여기에, 이것에
   분석하면 '이(명사) + 에(처소격 조사)'이다.
3. 이슈되 : 있되
   기본형은 '이시다'로 분석하면 '이시-(어간) + -우되(설명의 연결 어미)'이다.
4. 오매 : 오기 때문에, 옴에
   기본형은 '오다(來)'로 분석하면 '오-(어간) + -ㅁ(명사형 어미) + 애(원인의 부사격 조사)'이다.
5. 볼ᄀ며 : 밝으며
   기본형은 '붉다'로 분석하면 '붉-(어간) + -ᄋ며(나열의 연결 어미)'이다. 기본형은 '붉다>밝다'로 변화하였다.
6. 잠ᄭᅡᆫ도 : 잠깐도, 조금도
   분석하면 '잠ᄭᅡᆫ(명사) + 도(보조사)'이다. 한자어 '잠간(暫間)'에서 온 말로 어형은 '잠ᄭᅡᆫ>잠깐'으로 변화하였다.
7. 나디 : 생기지, 나지
   기본형은 '나다(生)'로 분석하면 '나-(어간) + -디(부정 부사형 연결 어미)'이다. '디>지'의 변화는 구개음화에 의한 것이다.
8. 일홈 : 이름
   어형은 '일훔>일홈>이름'으로 변화하였다.
9. 지티 : 짓지, 붙이지
   기본형은 '짛다'로 '짛-(어간) + -디(부정 부사형 연결 어미)'이다.
10. 얼굴 : 형상
    중세국어의 '얼굴(狀)'은 '형체, 형상'의 뜻을 가진다. 이 어형이 '얼굴(顔)'의 뜻으로 사용된 용례는 18세기에 이르러서야 문헌에 나타난다.

11. 잡디 : 잡지
    기본형은 '잡다'로 분석하면 '잡-(어간) + -디(부정 부사형 연결 어미)'이다.
12. 몯하리로다 : 못하겠도다
    기본형은 '몯하다'로 분석하면 '몯하-(어간) + -리-(미래 추측 선어말 어미) + -로-(감동법 선어말 어미) + -다(설명형 종결 어미)'이다.

【주1】 一物·른 何物고 ○ 古人ㅣ ·이 圓相·을 그려 뵈셔니와 그·러나 :뵈·디 :몯·홀 거·슬 구:틔여 ·이리 :뵈시도다 釋迦·도 ·외·히려 아·디 :몯ᄒ시:곤 迦葉ㅣ 엇:뎌 傳得·ᄒ·료 儒家·ᄂ 一太極ㅣ라 ᄒ시고 道家·ᄂ 天下母ㅣ라 ᄒ시고 佛家·ᄂ 一物ㅣ라 ·ᄒ시니 其實:은 :다 ·이거·슬 指向·ᄒ시니라 :녜 六祖이 니ᄅ샤디 一物ㅣ (이슈)·디 우:흐론 하·ᄂᆞᆯ 괴오고 아래(론 싸 바텨 常)例人人 動用 中:에 인ᄂ·니 ·이거:시 므(스것)고 神會禪師ㅣ ·즉재 衆中·에 ·나 ᄉᆞ로·디 ·이 諸佛·의 本源ㅣ시·며 神會·의 佛性ㅣ로쇵·다 祖이 니ᄅ·샤·디 ·내 一物ㅣ·라 일:훔 지허도 맛·디 아니커·든 :네 엇·뎌 本源ㅣ니 佛性ㅣ니 구·러 일:훔 진ᄂ·다 ·ᄒ시니 ·이 神會禪師ᄂ 言語로 漏洩ᄒ니 六祖·의 孼子ㅣ라 ·ᄯᅩ 懷讓禪師ㅣ:와 六祖·ᄭᅴ 叅禮·ᄒᅀᆞ·와늘 祖이 무:ᄅ샤·디 어:드러셔 온·다 師이 ᄉᆞ로·디 嵩山·ᄂᆞ로셔 :욍다 祖이 무·ᄅ샤·디 므·스거:시 ·이리 ·오더뇨 ᄒ야시:늘 師이 八年 窮究·ᄒ야 ᄉᆞ로·디 一物ㅣ라 呂似·ᄒᅀᆞ와도 맛:디 아니·ᄒᅀᆞ욍다 ᄒ니 ·이 懷讓禪師ᄂ 自肯點頭홀·시 六祖·의 嫡子ㅣ라(1a, 5 -1b, 7)

【주1 현대역】 하나의 물건은 어떤 물건인고? 고인(古人)이 이 원상(圓

相)을 그려 보이시거니와 그러나 보이지 못할 것을 구태여 이렇게 보이시도다. 석가(釋迦)도 오히려 알지 못하시고는 가섭(迦葉)이 어찌 전득(傳得)하겠는가. 유가(儒家)는 일태극(一太極)이라 하시고 도가(道家)는 천하모(天下母)라 하시고 불가(佛家)는 일물(一物)이라 하시니 그 실체는 모두 이것을 지향(指向)하시니라. 옛적 육조(六祖)께서 이르시되 "일물(一物)이 있는데 위로는 하늘을 괴고 아래로는 땅을 받쳐 항상 사람마다 움직여 쓰는 중에 있나니 이것이 무엇인가?" 신회선사(神會禪師)가 즉시 무리 중에 나가 사뢰기를 "이것이 제불(諸佛)의 본원(本源)이시며 신회(神會)의 불성(佛性)이로소이다." 조(祖)께서 이르시되 "내 일물(一物)이라 이름 지어도 맞지 아니한데 네 어찌 본원(本源)이니 불성(佛性)이니 다시 이름 붙이느냐?" 하시니 이 신회선사(神會禪師)는 언어로 누설(漏洩)하니 육조(六祖)의 얼자(孼子)이다. 또 회양선사(懷讓禪師)가 와서 육조(六祖)께 참례(參禮)하거늘 조(祖)께서 물으시되 "어디에서 오느냐?" 사(師)가 여쭈니 "숭산(嵩山)에서 옵니다." 조(祖)께서 물으시되 "무엇이 이리로 왔는가?" 하시거늘 사(師)가 팔년동안 궁구(窮究)하여 여쭙기를 "일물(一物)이라 정사(呈似)하여도 맞지 않습니다." 하니 이 회양선사(懷讓禪師)는 스스로 긍정하여 머리를 끄덕이므로 육조(六祖)의 적자(嫡子)이다.

【주1 한자어 풀이】

1. ○ : 일원상(一圓相).
2. 원상(圓相) : 일원상. 중생의 마음은 빛깔도 없고 형상도 없어 장(長)·단(短)·방(方)·원(圓)으로 표현할 수 없으나 마음이 평등 주원(周圓)한 뜻을 표시하기 위하여 원형으로 표상한 것. 곧 ○이다.
3. 석가(釋迦) : 석가모니(釋迦牟尼)의 약칭. 불교의 교조(敎祖). 능인적묵(能仁寂黙)이라 번역하며 석가문(釋迦文)·석가(釋迦)라고도 약칭한다. 석가는 종족 이름으로 석가모니는 석가씨의 성자(聖子)란 뜻이다.

4. 가섭(迦葉) : 부처님의 10대 제자중의 한 사람으로 마하가섭(摩訶迦葉)이라고도 한다.
5. 전득(傳得) : 전하여 물려 줌.
6. 유가(儒家) : 공자의 학설과 학풍 따위를 신봉하고 연구하는 학자나 학파이다.
7. 태극(太極) : 만물이 생성 전개되는 근원. 우주를 구성하는 음양이원기(陰陽二元氣)의 근본이다.
8. 도가(道家) : 중국 선진(先秦)시대 제자백가의 하나. 노자와 장자의 허무, 무위(無爲)의 설을 받드는 학파로 만물의 근원으로서의 자연을 숭배하였다.
9. 불가(佛家) : 불교를 믿는 사람. 또는 그들의 사회를 말한다.
10. 육조(六祖) : 육조혜능(六祖慧能, 683- 713). 속성은 노(盧)씨로 광동성 신주 신흥현 출생이다.
11. 상례(常例) : 보통의 사례. 항상.
12. 신회선사(神會禪師) : 육조 혜능(慧能)의 제자(686-760)이다. 호북성(湖北省) 양양부(襄陽府)사람으로 성(姓)은 이(李)씨이며 휘(諱)는 신회(神會)이다.
13. 본원(本源) : 중생이 본래 갖추고 있는 청정(淸淨)한 마음.
14. 불성(佛性) : 진리를 깨달은 부처의 본성. 중생이 본디 가지고 있는 부처가 될 성질을 말한다.
15. 얼자(孼子) : 사전적 의미로는 '첩의 몸에서 난 아들'이지만 여기서는 맏아들에 버금가는 차자(次子)이다.
16. 회양선사(懷讓禪師) : 육조(六祖) 혜능대사의 전법(傳法) 제자(677-744)이다. 금주(金州) 안강(安康) 사람으로 속성은 두(杜)씨이다.
17. 참례(叅禮) : 예식, 제사, 전쟁 따위에 참여함.
18. 숭산(嵩山) : 중국 하남성 하남부 등현에 있는 산이다.
19. 궁구(窮究) : 속속히 파고들어 깊게 연구함.

20. 정사(呈似) : 비슷하게 나타나다.
21. 점두(點頭) : 승낙하거나 옳다는 뜻으로 머리를 약간 끄덕이는 것을 말한다.
22. 적자(嫡子) : 사전적 의미로 본처의 몸에서 난 맏아들인데 여기서는 육조(六祖)의 법통을 이었다는 것이다.

【주1 언해문 분석】

1. 그려 : 그려
   기본형은 '그리다'로 분석하면 '그리-(어간) + -어(부사형 연결 어미)'이다.
2. 뵈셔니와 : 보이시거니와
   기본형은 '뵈다'로 분석하면 '뵈-(어간) + -시-(주체 높임 선어말 어미) + -어니와(양보의 연결 어미)'이다.
3. 뵈디 : 보이지
   기본형은 '뵈다'로 분석하면 '뵈-(어간) + -디(부정 부사형 연결 어미)'이다. 어간형 '뵈-'는 '보-(어근) + -이(피동의 파생 접사)'이다.
4. 몯홀 : 못할
   기본형은 '몯ᄒ다'로 분석하면 '몯ᄒ-(어간) + -오-(의도법 선어말 어미) + -ㄹ(관형형 어미)'이다.
5. 거슬 : 것을
   분석하면 '것(의존 명사) + 을(목적격 조사)'이다.
6. 구틔여 : 구태여, 억지로, 강제로
   기본형은 '구틔다'로 분석하면 '구틔-(어간) + -여(부사형 연결 어미)'이다. 타동사 '구틔-'의 부동사형이 부사로 전용된 것이다. 〈동국신속삼강행실도〉(1617)의 (孝, 2b)에 '구틔여' (烈 5, 11b)에 '구틔여' 등으로 표기되어 나타난다.
7. 이리 : 이렇게

8. 뵈시도다 : 보이시도다

   기본형은 '뵈다'로 분석하면 '뵈-(어간) + -시-(주체 높임 선어말 어미) + -도-(감동법 선어말 어미) + -다(설명형 종결 어미)'이다.

9. 외히려 : 오히려

   이 책의 하권(47a, 2)에 '오히려'의 형태가 나타나며 〈동국신속삼강행실도〉(1617)(孝 8, 17b)에는 '오히녀'로도 나타난다.

10. 아디 : 알지

    기본형은 '알다'로 분석하면 '알-(어간) + -디(부정 부사형 연결 어미)'이다.

11. 몯ᄒᆞ시곤 : 못하시고는, 못하셨는데

    기본형은 '몯ᄒᆞ다'로 분석하면 '몯ᄒᆞ-(어간) + -시-(주체 높임 선어말 어미) + -고(나열의 연결 어미) + ㄴ(강세 보조사)'이다.

12. 엇뎌 : 어찌, 어째서

    〈석보상절〉(1449)(6, 9a)에 '엇뎨'가 〈두시언해 중간본〉(1632)(1, 6a)에 '엇디' 등의 변형이 나타난다.

13. 녜 : 옛적, 오래전

    '녜'는 명사로도, 부사로도 사용되는 단어이다.

14. 니ᄅᆞ샤ᄃᆡ : 이르시되, 말씀하시기를

    기본형은 '니ᄅᆞ다'로 분석하면 '니ᄅᆞ-(어간) + -샤-(주체 높임 선어말 어미) + -(오)ᄃᆡ(설명의 연결 어미)'이다.

15. 이슈ᄃᆡ : 있는데

    기본형은 '이시다'로 분석하면 '이시-(어간) + -우ᄃᆡ(설명의 연결 어미)'이다.

16. 우흐론 : 위로는

    분석하면 '웋(명사) + 으로(방위격 조사) + ㄴ(대조의 보조사)'이다.

17. 하늘 : 하늘을

    어형은 '하ᄂᆞᆶ〉하늘〉하늘'로 변화하였다.

18. 괴오고 : 괴고
    기본형은 '괴오다'로 분석하면 '괴오-(어간) + -고(나열의 연결 어미)'이다.

19. 아래론 : 아래로는
    '下'를 뜻하는 '아래'는 ':아·래'이고 '예전, 지난날'을 뜻하는 '아래'는 '아·래'이다 여기서는 앞의 뜻이다.

20. 짜 : 땅을
    어형은 '쌓〉쌍〉땅'로 변화하였다.

21. 바텨 : 바쳐
    기본형은 '바티다'로 분석하면 '바티-(어간) + -어(부사형 연결 어미)'이다. 기본형은 '바티다〉바치다'로 변화하였다.

22. 인ᄂ니 : 있나니, 있는데
    기본형은 '잇다(有)'로 분석하면 '잇-(有, 어간) + -ᄂ-(현재 시상 선어말 어미) + -니(설명의 연결 어미)'이다. 어간형 '잇-'의 'ㅅ'은 뒤에 오는 'ㄴ'의 영향으로 'ㄴ'으로 나타난다.

23. 므스것고 : 무엇인가?
    분석하면 '므스것(명사) + 고(판정 의문의 보조사)'이다. 곡용을 보면 '므스그로, 므스게, 므스글, 므스기' 등이 나타난다.

24. 즉재 : 즉시, 곧바로
    '즉시, 즉시예, 즉직, 즉자히, 즉제, 즉채, 즌시' 등은 모두 같은 말인데 이 책 (56b, 4)에는 '즉제'가 나타난다.

25. 솔오듸 : 사뢰기를, 여쭙기를
    기본형은 '숣다'로 분석하면 '숣-(어간) + -오듸(설명의 연결 어미)'이다. 어형은 '솗오듸〉솔보듸〉솔오듸'로 변화하였다.

26. 佛性ㅣ로쇵다 : 불성(佛性)이로소이다, 불성(佛性)입니다
    분석하면 '불성(佛性) + ㅣ(서술격 조사) + -롯-(감동법 선어말 어미) + -오-(의도법 선어말 어미) + -ㅇ다(설명형 종결 어미)'이다.

27. 지허도 : 지어도

기본형은 '짛다'로 분석하면 '짛-(어간) + -어도(양보의 연결 어미)'이다.

28. 맛디 : 맞지

기본형은 '맛다'로 분석하면 '맛-(어간) + -디(부정 부사형 어미)'이다.

29. 아니커든 : 아니한데, 아니하거든, 아니면

기본형은 '아니ᄒ다'로 분석하면 '아니ᄒ-(어간) + -거든(조건의 연결 어미)'이다. '-거든'은 현대국어에서 주절이 주로 명령이나 제한일 때 쓰인다.

30. 구러 : 다시, 일부러, 구태여

15·16세기의 다른 문헌에 '구러'가 두 곳에 나타나는데 유창돈(1964)은 '다시'로 풀이해 놓았으나 원문으로 보아서는 '일부러, 구태여'에 가깝다.

31. 진ᄂ다 : 짓느냐, 붙이느냐

기본형은 '짛다'로 '짛-(어간) + -ᄂ-(현재 시상 선어말 어미) + -ㄴ다(의문형 종결 어미)'이다. 어간 '짛-'의 'ㅎ'은 뒤에 오는 'ㄴ'의 영향으로 'ㄴ'으로 나타난다.

32. 叅禮ᄒᆞᅀᆞ와늘 : 참례(叅禮)하거늘

기본형은 '참례(叅禮)ᄒ다'로 분석하면 '叅禮ᄒ-(어간) + -ᅀᆞ-(객체 높임 선어말 어미) + -아늘(조건의 연결 어미)'이다.

33. 무ᄅ샤ᄃᆡ : 물으시되

기본형은 '묻다(問)'로 분석하면 '묻-(어간) + -ᄋᆞ샤-(주체 높임 선어말 어미) + -(오)ᄃᆡ(설명형 종결 어미)'이다. 중세국어의 동사 '묻-'은 '묻다'의 의미와 '방문하다'의 두 가지 의미를 가지고 있었다. 여기에서는 전자의 의미로 쓰였다.

34. 어드러셔 : 어디에서, 어디에서부터

분석하면 '어드러(명사) + 셔(처소격 조사)'이다.

35. 온다 : 오느냐
   기본형은 '오다(來)'로 분석하면 '오-(어간) + -ㄴ다(2인칭 의문형 종결 어미)'이다.
36. 嵩山ㄴ로셔 : 숭산(嵩山)에서
   분석하면 '嵩山(명사) + ㄴ + ᄋ러셔(부사격 조사)'이다. 이때의 'ㄴ'은 앞에 오는 체언 '숭산'의 말음 'ㄴ'으로 인하여 중철표기된 것이다.
37. 욍다 : 옵니다
   기본형은 '오다(來)'로 분석하면 '오-(어간) + -ᇰ다(ᄒ쇼셔체 설명형 종결 어미)'이다.
38. 므스거시 : 무엇이
   분석하면 '므스것(명사) + 이(주격 조사)'이다.
39. 오더뇨 : 왔는가?
   기본형은 '오다'로 '오-(어간) + -더-(과거 회상 선어말 어미) + -뇨(설명 의문형 종결 어미)'이다. '-뇨'는 '므스거시'와 호응한다.
40. 아니ᄒᆞᆸ욍다 : 않습니다, 아니합니다
   기본형은 '아니ᄒ다'로 분석하면 '아니ᄒ-(어간) + -ᆸ오-(객체 높임 선어말 어미) + -ᇰ다(ᄒ쇼셔체 설명형 종결 어미)'이다.

【주2】 從本以來ᄂᆞᆫ 이거·싀 목:수미 그지 업서 過去ㅣ 비릇 업도다 昭昭靈靈은 修證假借티 아녀 虛·코 靈ᄒ며 寂·고 妙·ᄒ야 自然히 明通·ᄒ도다 不曾生不曾滅ᄅᆞᆫ 凡夫·과 外道·ᄂᆞᆫ ·남:으로 滅 ·삼고 滅로 ·남:을 ·삼거니:와 ·이 正法은 本來 나:디 아:닐ᄉᆡ 이:제 滅 업서 常住 不遷·호미 虛空이 本來 나·디 아닐:ᄉᆡ ·이제 :또 滅 :업숨:과 :ᄀᆞ도·다 名 不得은 ·말ᄉᆞ·미 밋:디 ·몯·ᄒ고 狀 不得은 ·쁘디 밋:디 ·몯홀·ᄉᆡ 不可思議ㅣ라 ·ᄒ:ᄂᆞ니라(1b, 7 - 2a, 3)

【주2 현대역】 종본이래(從本以來)는 이것의 목숨이 끝이 없어 과거(過去)가 처음부터 없도다. 소소영영(昭昭靈靈)은 수증하고 증득함에 빌리지 아니하여 허(虛)하고 영(靈)하며 적(寂)하고 묘(妙)하여 자연(自然)히 분명하게 통(通)하는구나. 부증생(不曾生) 부증멸(不曾滅)은 범부(凡夫)와 외도(外道)는 나는 것으로 없어짐[滅]을 삼고 없어짐[滅]으로 나는 것을 삼지만 이 정법(正法)은 본래(本來) 태어나지 아니하므로 이제 없어짐이 없어 상주불천(常住不遷)하는 것이 허공(虛空)이 본래(本來) 태어나지 않는 것으로 이제 또 멸(滅) 없음과 같도다. 명(名) 부득(不得)은 말이 미치지 못하고 상(狀) 부득(不得)은 뜻이 미치지 못하므로 불가사의(不可思議)라 하느니라.

【주2 한자어 풀이】
1. 수증(修證) : 수행(修行)하여 이치를 증(證)하는 것이다.
2. 외도(外道) : 불교 이외의 종교. 곧 외도의 법을 따르는 이도 외도라 한다.
3. 정법(正法) : 부처님의 교법.
4. 불가사의(不可思議) : 사람의 생각으로는 미루어 헤아릴 수 없이 이상하고 야릇한 것을 말한다.

【주2 언해문 분석】
1. 그지 : 끝이
   분석하면 '긎(명사) + -이(명사 파생 접사)'이다. 어형 '긎〉끝'으로 변화하였다.
2. 비릇 : 처음부터, 비로소
   '비릇(始)'에 '-오(부사 파생 접사)'가 결합하여 현대국어의 '비로소'가 되었다.
3. 아녀 : 아니하여

기본형은 '아니다'로 분석하면 '아니-(어간) + -어(부사형 연결 어미)'이다.

4. 남으로 : 나는 것으로, 남으로

   기본형은 '나다'로 분석하면 '나-(어간) + -ㅁ(명사형 어미) + 으로(도구격 조사)'이다. 16세기 국어에 일반적으로 나타나는 것이 연철표기인데 여기에서는 분철표기로 나타나 있다. 도구격조사는 15세기 국어에서는 체언 말음이 'ㄹ'이나 모음이면 '로', 말음이 자음이고 양성모음이면 'ᄋ로', 음성모음이면 '으로'가 쓰였다. 정상적인 경우도 보이지만 'ᄋ/으'가 체언말 모음에 상관 없이 음성모음 '으'를 선택하는 경우가 많다.

5. 삼거니와 : 삼지만, 삼거니와

   기본형은 '삼다'로 분석하면 '삼-(어간) + -거니와(양보의 연결 어미)'이다. 양보를 나타내는 중세국어의 어미는 '-나, -오ᄃᆡ/우ᄃᆡ'가 대표적이었으며 이 밖에도 '-니와, -마ᄅᆞᆫ, -ㄹ쑨뎡, ㄹ션뎡 ' 등이 있다.

6. 아닐ᄉᆡ : 아니하므로, 않는 것으로

   기본형은 '아니다'로 분석하면 '아니-(어간) + -ㄹ식(원인의 연결 어미)'이다.

7. 업슘과 : 없음과, 없는 것과

   기본형은 '없다'로 분석하면 '없-(어간) + -움(명사형 어미) + 과(공동격 조사)'이다.

8. ᄀᆞᆮ도다 : 같도다

   기본형은 'ᄀᆞᆮ다'로 분석하면 'ᄀᆞᆮ-(어간) + -도-(감동법 선어말 어미) + -다(설명형 종결 어미)'이다. 기본형은 'ᄀᆞᆮ다〉같다'로 변화하였다.

9. 말ᄊᆞ미 : 말이

   분석하면 '말ᄊᆞᆷ(명사) + 이(주격 조사)'이다. 어형은 '믈ᅀᆞᆷ(말ᄊᆞᆷ)〉말씀'으로 변화하였다. 각자병서 전폐 이전에는 '말ᄊᆞᆷ'으로 표기되었던 어형이다.
10. 밋디 : 미치지

기본형은 '밋다'로 분석하면 '밋-(어간) + -디(부정 부사형 연결 어미)'이다.

11. 쁘디 : 뜻이

분석하면 '뜯(意, 명사) + 이(주격 조사)'이다. 어형은 '뜯〉뜻'으로 변화하였다.

12. 몯홀ᄉᆡ : 못하므로

기본형은 '몯ᄒᆞ다'로 분석하면 '몯ᄒᆞ-(어간) + -ㄹᄉᆡ(원인의 연결 어미)'이다. 원인을 나타내는 어미로 '-니, -매, -ᄂᆞᆯ/늘, -ㄹᄉᆡ, -관ᄃᆡ' 등이 있었는데 이들 가운데서 현대국어에 있는 '-니'가 흔히 쓰인다. 설명문에서 이유를 나타내는 '-ㄹᄉᆡ', 의문문의 전제를 나타내는 '-관ᄃᆡ'는 각각 '-ㄹ'과 '-ㄴ'이 형식명사 'ᄉ, ᄃ'에 결합된 형태에서 유래하는 것으로 보인다.

> 佛祖出世ㅣ 無風起浪ㅣ로다

【원문】佛祖出世ㅣ 無風起浪ㅣ로다(2a, 4 - 2a, 4)
【현대역】부처와 조사가 세상에 나온 것은 바람 없는 (바다에) 물결을 일으킴이로다.

【언해문】부텨·와 祖師·과·의 世間·에 나샤·미 ᄇᆞ름 :업슨 바라·헤 ·믌:결 릴·우·미로다(2a, 5- 2a, 5)
【현대역】부처와 조사(祖師)가 세간(世間)에 나심이 바람 없는 바다에 물결 일으킴이로다.

【한자어 풀이】
1. 조사(祖師) : 1종·1파의 선덕(先德)으로서 후세 사람들의 귀의 존경을 받는 스님. 보통은 1종·1파를 세운 스님을 부르는 말이다.
2. 출세(出世) : 세속을 버리고 불도 수행에 들어감. 속세에 나가서 세상 사람들을 교화하는 것이다.

【언해문 분석】
1. 부텨와 祖師과의 : 부처와 조사(祖師)가
   분석하면 '부텨(명사) + 와(공동격 조사) + 祖師(명사) + 과(공동격 조사) + 의(주어적 속격 조사)'이다. 후기 중세국어에서의 공동격은 대체로 음운 조건에 따라 그 말음이 모음이거나 자음 'ㄹ'일 경우에는

'와', 자음일 경우는 '과'로 교체되어 실현된다. 그러나 이 책에서는 이곳과 달리 일부분만 '와'가 쓰이고 대부분 음운 조건에 관계없이 모두 '과'로 나타난다. 어형 '부텨'는 범어(梵語) 'Buddha'에 기원하는 것으로 구개음화를 거쳐 '부텨>부처'로 변화하였다.

2. 나샤미 : 나심이, 나시는 것이
기본형은 '나다(出)'로 분석하면 '나-(어간) + -샤-(주체 높임 선어말 어미) + -(오)ㅁ(명사형 어미) + 이(주격 조사)'이다.

3. ᄇᆞ룸 : 바람(風)
어형은 'ᄇᆞ룸>ᄇᆞ람>바람'으로 변화하였다.

4. 바라혜 : 바다에
분석하면 '바랗(명사) + 에(처소격 조사)'이다. 어형은 'ᄇᆞᄅᆞ>바라>바다'로 변화하였다.

5. 믌결 : 물결
'믌결'은 '믈(水) + ㅅ(사이시옷) + 결(波)'이 결합한 것이다. 어형은 '믌결>믈결>물결'로 변화하였다.

6. 릴우미로다 : 일으킴이로다
기본형은 '닐우다'로 분석하면 '닐우-(어간) + -ㅁ(명사형 어미) + 이(서술격 조사) + -로-(감동법 선어말 어미) + -다(설명형 종결 어미)'이다. 어간형 '닐우-'는 '닐-(어근) + -우(사동의 파생 접사)'이다. '릴우다'로 나타난 것은 앞 단어 '물결'의 'ㄹ'로 인하여 유음화 한 것이다.

【주】 부텨·는 自性 아르샤 萬德 ᄀᆞᄌᆞ·신 일·후·미시고 祖師·는 佛心宗 ·아르·샤딕 行과 解ㅣ 서르 마ᄌᆞ·샨 ·일·후·미시·니라 人人ㅣ 本具ᄒᆞ며 箇箇ㅣ 圓成ᄒᆞ야 臙脂 디그·며 粉 ᄇᆞᄅᆞ·디 아·니ᄒᆞᆫ 面目·그로 보·ᄉᆞᆸ건댄 佛祖 出世ᄒᆞ시미 大平世·예 乱 니르와·ᄃᆞ·샤·미시·며 無風海·예 ·믌:결 니르와ᄃᆞ·

샤·미라 닐·얼 디로다 虛空藏經에 니르·샤·딘 (文)字 펴 내유·미 이 魔業ㅣ·며 假使 佛語ㅣ라·도 ·이 魔業ㅣ·니 文字 여·희·며 ·말·솜 여:희여·사 魔이 作用 ·몯·ᄒᆞ·리라 ·ᄒᆞ시니 그·럴·ᄉᆡ 先師ㅣ ·니르·샤·딘 닐우·믄 ·다·디 아·니려·니·와 오·직 紙墨:게 오를·가 젓노라 ·ᄒᆞ시·니 ᄯᅩ ·이 :ᄠᅳ·디로·다 此 一節은 부텨 ·티ᅀᆞ오·며 祖師·티ᅀᆞ고 法 아ᄉᆞ며 사·ᄅᆞᆷ 아·사 本大平 消息:글 자바 나·토:샷다(2a, 5 - 2b, 5)

【주 현대역】 부처는 자성(自性)을 아시어 만덕(萬德)을 갖추신 이름이시고 조사(祖師)는 불심종(佛心宗)을 아시되 행(行)과 해(解)가 서로 맞으신 이름이시니라. 사람마다 본래 갖추고 있으며 개개(箇箇)가 원성(圓成)하여 연지(臙脂) 찍으며 분(粉) 바르지 아니한 면목(面目)으로 보면 불조(佛祖) 출세(出世)하심이 태평한 세상에 난(乱) 일으키심이 있으며 바람 없는 바다에 물결 일으키심이라 이를 것이로다. 허공장경(虛空藏經)에 이르시되 "문자(文字) 펴냄이 이 마업(魔業)이며 가령 부처의 말씀이라도 이 마업(魔業)이니 문자(文字)를 여의며 말씀을 여의어야 마(魔)가 작용(作用)하지 못할 것이라." 하시니 그러므로 선사(先師)가 이르시되 "이른 것은 그만두지 않겠거니와 오직 지묵(紙墨)에 오를까 두려워하노라." 하시니 또 이 뜻이로구나. 이 일절(一節)은 부처를 치며 조사(祖師)를 치고 법(法) 없애며 사람 없애 본 태평(太平) 소식(消息)을 잡아 나타내셨도다.

【주 한자어 풀이】
1. 자성(自性) : 모든 법이 갖추고 있는 변하지 않는 본성을 말한다.
2. 불심종(佛心宗) : 선종의 다른 이름인데 여기서는 부처의 근본 진리를 말한다.
3. 행해(行解) : 주관인 심식(心識)이 객관인 대상에 작용하여 그 모양을

분별하고 요해(了解)하는 알음알이이다.
4. 개개(箇箇) : 하나하나. 낱낱.
5. 원성(圓成) : 완성시키는 것.
6. 면목(面目) : 얼굴의 생긴 모양. 여기서는 인간이 본래 갖추고 있는 진실한 모습을 말한다.
7. 불조(佛祖) : 부처와 조사(祖師).
9. 허공장경(虛空藏經) : 허공장보살경(虛空藏菩薩經)의 약칭이다
8. 가사(假使) : 가령
10. 마업(魔業) : 악마의 짓.
11. 지묵(紙墨) : 종이와 먹

【주 언해문 분석】
1. 아ᄅ샤 : 아시어
   기본형은 '알다'로 분석하면 '알-(어간) + -ᄋ샤-(주체 높임 선어말 어미) + (-어)(부사형 연결 어미)'이다. 주체 높임 선어말 어미는 화자가 상위자의 동작, 상태를 표시하는 '-(ᄋ/으)시-'이다. 이 어미는 후속 형태가 모음 어미 '-ㅏ-, -ㅗ-'이면 '-(ᄋ/으)샤'로 교체되는데 이때 후속하는 모음은 탈락된다.
2. ᄀᄌ신 : 갖추신
   기본형은 'ᄀᄌ다(備)'로 분석하면 'ᄀᄌ-(어간) + -ᄋ시-(주체 높임 선어말 어미) + -ㄴ(관형형 어미)'이다. 기본형은 'ᄀᄌ다〉갖다'로 변화하였다.
3. 서르 : 서로
   어형은 '서르〉서르〉서로'로 변화하였다. '서르'는 모음조화가 파괴된 표기이다.
4. 마ᄌ샨 : 맞으신
   기본형은 '맞다'로 현대국어 '맞다, 맞이하다'의 의미를 가지는 타동사이다. 분석하면 '맞-(어간) + -ᄋ샤-(주체 높임 선어말 어미) +

-(으)ㄴ(관형형 어미)'이다.
5. 일후미시니라 : 이름이시니라
　분석하면 '일훔(명사) + 이(서술격 조사) + -시-(주체 높임 선어말 어미) + -니라(설명형 종결 어미)'이다.
6. 디그며 : 찍으며
　기본형은 '딕다'로 분석하면 '딕-(어간) + -으며(동시병행의 연결 어미)'이다. 기본형은 '딕다〉직다〉찍다'로 변화하였다.
7. ㅂㆍ른디 : 바르지
　기본형은 'ㅂㆍ르다'로 분석하면 'ㅂㆍ르-(어간) + -디(부정 부사형 연결 어미)'이다. 기본형은 'ㅂㆍ르다〉바르다'로 변화하였다.
8. 面目그로 : 면목으로
　분석하면 '面目 + ㄱ + 으로(도구의 부사격 조사)'이다. 이때의 'ㄱ'은 앞에 오는 체언 '면목'의 말음 'ㄱ'으로 인하여 중철표기된 것이다.
9. 보ㅅ건댄 : 보면, 보건대
　기본형은 '보다'로 분석하면 '보-(어간) + -ㅅ-(객체 높임 선어말 어미) + -거-(확인의 과거 시상 선어말 어미) + -ㄴ댄(조건의 연결 어미)'이다. 객체 높임 선어말 어미는 상위자에 관련된 동작, 상태를 나타내는데 '-ㅅ-'으로 대표된다. 이 상위자는 화자뿐만 아니라, 동작과 상태의 주체에 대하여 동시에 성립되어야 한다. 어간 말음 유성음이고 이에 후속하는 어미 첫소리가 자음이면 '-ㅅ-'으로 교체된다.
10. 니ㄹ와ㄷ샤미라 : 일으키심이라
　기본형은 '니ㄹ완다(起)'로 분석하면 '니ㄹ완-(어간) + -ㆍ샤-(주체 높임 선어말 어미) + -(오)ㅁ(명사형 어미) + 이(서술격 조사) + -라(설명형 종결 어미)'이다. 〈월인석보〉(1459) (7, 35a)에는 '니르완다'로 〈두시언해중간본〉(1632)(2, 52b)에는 '니르왓다'로 나타난다.
11. 닐얼 디로다 : 이를 것이로다, 말할 것이로다
　기본형은 '닐어다'로 분석하면 '닐어-(어간) + -ㄹ(관형형 어미) +

ᄃ(의존 명사) + 이(서술격 조사) + -로-(감동법 선어말 어미) + -다(설명형 종결 어미)'이다. 어간형 '닐어-'는 '닐오-, 닐우-'로 나타나는 것이 일반적이나 여기에서는 '닐어다'로 나타난다.

12. 펴내유미 : 펴냄이, 펴내는 것이

    기본형은 '펴내다'로 분석하면 '펴내-(어간) + -움(명사형 어미) + 이(주격 조사)'이다. 어간형 '펴내-'는 '펴-(어간) + 내-(어간)'가 결합한 비통사적 복합어이다.

13. 여희며 : 여의며, 이별하며, 떠나며

    기본형은 '여희다'로 분석하면 '여희-(어간) + -며(나열의 연결 어미)'이다. 기본형은 '여희다〉여의다'로 변화하였다.

14. 말ᄊᆞᆷ : 말씀

    각자 병서 전폐 이전에는 '말ᄊᆞᆷ'으로 표기된 어형이다. 각자 병서의 경우 초성 병서는 일부 어사 '싸훌시라, 쐬쁘레'에만 쓰일 뿐 기타 환경에서는 폐지되어 나타난다. 중세국어에서 '말'과 '말ᄊᆞᆷ'은 뚜렷한 구별 없이 '言語'를 뜻하는 단어로 사용되었다. 현대국어에서는 '말ᄊᆞᆷ'에서 변한 '말씀'이 '말'에 대한 존대어 및 겸양어로 쓰인다.

15. 여희여ᄉᆞ : 여의어야, 이별하여야, 떠나야

    기본형은 '여희다'로 분석하면 '여희-(어간) + -여ᄉᆞ(의무의 부사형 연결 어미)'이다. '-어ᄉᆞ'가 오늘날 '-어야'로 바뀌었다.

16. 닐우ᄆᆞᆫ : 이른 것은

    기본형은 '니ᄅᆞ다'로 분석하면 '니ᄅᆞ-(어간) + -움(명사형 어미) + ᄋᆞᆫ(대조의 보조사)'이다. 기본형은 '니ᄅᆞ다〉이르다'로 변화하였다.

17. 다디 : 그만두지, 말지

    기본형은 '말다'로 분석하면 '말-(어간) + -디(부정 부사형 연결 어미)'이다. 원문에는 '다디'처럼 보이지만 '마디'의 한 획이 떨어졌거나 오각으로 보인다. '말-'은 뒤에 오는 '디'의 두음 'ㄷ'으로 인하여 'ㄹ'이 탈락되어 나타난다.

18. 아니려니와 : 않겠거니와, 아니하겠거니와

기본형은 '아니ᄒᆞ다'로 분석하면 '아니ᄒᆞ-(어간) + -리-(미래 추측 선어말 어미) + -어니와(양보의 연결 어미)'이다. '아니ᄒᆞ-'에서 'ᄒᆞ'가 탈락하였다.

19. 오를가 : 오를까

기본형은 '오ᄅᆞ다'로 분석하면 '오ᄅᆞ-(어간) + -ㄹ가(판정 의문형 종결 어미)'이다. 기본형은 '오ᄅᆞ다〉오르다'로 변화하였다.

20. 젓노라 : 두려워하노라

기본형은 '젛다'로 분석하면 '젛-(어간) + -ᄂᆞ-(현재 시상 선어말 어미) + -오-(의도법 선어말 어미) + -라(설명형 종결 어미)'이다. '젓노라'는 8종성법으로 표기된 것이다.

21. 뜨디로다 : 뜻이로구나

분석하면 '뜯(명사) + 이(서술격 조사) + -로-(감동법 선어말 어미) + -다(설명형 종결 어미)'이다. 방점이 〈석보상절〉(1447)(13, 11a)에서는 '·뜯'으로 나타나는데 여기에서는 ':뜯'으로 나타난다. 이 책의 다른 곳에서는 '·뜯'도 나타나 방점의 혼란상을 보여준다.

22. 티ᅀᆞ오며 : 치며(죽이며)

기본형은 '티다(擊)'로 분석하면 '티-(어간) + -ᅀᆞ오-(객체 높임 선어말 어미) + -며(나열의 연결 어미)'이다. 어형은 '티ᅀᆞᄫᅳ며〉티ᅀᆞ오며'로 변화하여 'ㅂ〉ᄫ〉오/우'의 변화를 보여준다.

23. 티ᅀᆞ고 : 치고(죽이고)

기본형은 '티다(擊)'로 분석하면 '티-(어간) + -ᅀᆞ-(객체 높임 선어말 어미) + -고(나열의 연결 어미)'이다. 기본형은 '티다〉치다'로 변화하였다.

24. 아ᅀᆞ며 : 없애며, 빼앗으며

기본형은 '앗다(奪)'로 분석하면 '앗-(어간) + -ᄋᆞ며(나열의 연결 어미)'이다.

25. 사룸 : 사람

　　어형은 '사룸〉사람'으로 변화하였다.

26. 消息글 : 소식을

　　분석하면 '消息 + ㄱ + 을(목적격 조사)'이다. 이때의 'ㄱ'은 앞에 오는 체언 '소식'의 말음 'ㄱ'으로 인하여 중철표기된 것이다.

27. 나토샷다 : 나타내셨도다

　　기본형은 '나토다'로 분석하면 '나토-(어간) + -샤-(주체 높임 선어말 어미) + -(오)ㅅ-(감동법 선어말 어미) + -다(설명형 종결 어미)'이다. 어간형 '나토-'는 '낱-(어근) + -오(사동의 파생 접사)'이다.

然ㅣ나 法有多義ᄒ고

【원문】然ㅣ나 法有多義ᄒ고 人有多機ᄒ니 不妨施設ㅣ로다(2b, 5 - 2b, 5)
【현대역】그러나 법(法)에 여러 가지 뜻이 있고 사람에게 여러 가지 근기(根機)가 있으니 펴내는 것을 방해(妨害)하지 않도다.

【언해문】그러나 法에 한 義用ㅣ 잇고 人에 한 根機ㅣ 이시니 ·펴내·유·미 妨害·티 아·니·ᄒ도다(2b, 6 - 2b, 6)
【현대역】그러나 법(法)에 많은 의용(義用)이 있고 사람에 많은 근기(根機) 있으니 펴내는 것이 방해(妨害)하지 아니하도다.

【한자어 풀이】
1. 의용(義用) : 부처와 함께 이생(利生)하는 것이다.
2. 근기(根機) : 근(根)은 물건의 근본 되는 힘이며 기(機)는 발동하는 뜻. 교법을 듣고 닦아 증(證)하여 얻는 능력. 교법을 받는 중생의 성능을 말한다.

【언해문 분석】
1. 한 : 많은, 여러 가지
   기본형은 '하다(多)'로 분석하면 '하-(어간) + -ㄴ(관형형 어미)'이다.
2. 이시니 : 있으니

기본형은 '이시다'로 분석하면 '이시-(有, 어간) + -니(설명의 연결 어미)'이다. '이시다'는 '잇-'과 '이시-'가 후행하는 어미의 성격에 따라 어간형이 분간되어 사용되는 쌍형어간이다. '-다, -ᄂ-, -디' 등과 같은 자음 앞에서는 '잇-'이 사용되며 '-으며, -으니, -아' 등과 같은 모음어미 앞에서는 '이시-'가 사용된다.
3. 아니ᄒ도다 : 아니하도다
    기본형은 '아니ᄒ다'로 분석하면 '아니ᄒ-(어간) + -도-(감동법 선어말 어미) + -다(설명형 종결 어미)'이다.

【주】法·은 本心ㅣ오 人ᄂᆞᆫ 衆生ㅣ라 法·에 不變과 隨緣과 : 두 義用ㅣ 잇·고 人에 頓悟과 漸修과 두 根機ㅣ 이실·ᄉᆡ 가·지가·지로 文字과 語言·을·펴 나:유미 妨害·티 아니·ᄒ도다 ·우:희·ᄂᆞᆫ ·ᄒ·마 本分·을 議論·ᄒᆞᆞᆯ·ᄉᆡ 佛祖ㅣ·다 功能이·업·스셔·니와 ·이·ᄂᆞᆫ 新熏·을 議論·ᄒᆞᆞᆯ·ᄉᆡ 佛祖·의 大恩·ᄋᆞᆯ 感激·ᄒᆞᄋᆞ오리로다 衆生이 비록 나며 頭圓足方ᄒᆞ나 그러나 慧日이 無明 ·구루메 ·수무미 胎中:에셔 ·눈 머룸·ᄀᆞ·틔야 黑白:글 글히디 ·몯ᄒᆞᆯ·ᄉᆡ ·ᄒ다가 佛祖ㅣ 方便 ᄇᆞᄅᆞ·ᄆᆞ로 無明·구루믈 ᄡᅳᆯ·시·며 金針·으로 누:넷 ·ᄀᆞ믈 걷·디 아니·ᄒ시면 生死輪廻·를 永永히 그:츨 期約이 :업ᄉᆞ오:리랏·다 슬프·다 : 몸 ᄇᆞᄉᆞ·며 ·뼈 두·드리ᄉᆞ와·도 佛祖 大恩을 小分도 갑ᄉᆞᆸ·디·몯 ·ᄒᆞᄋᆞ오리로다(2b, 7 - 3a, 5)

【주 현대역】법(法)은 본심(本心)이고 사람은 중생(衆生)이라. 법(法)에 불변(不變)과 수연(隨緣)의 두 가지 뜻이 쓰이고 사람에 돈오(頓悟)와 점수(漸修)의 두 가지 근기(根機)가 있으므로 갖가지 문자(文字)와 언어(言語)를 펴내는 것이 방해(妨害)되지 않는구나. 위(돈오)는 이미 본분

(本分)을 의논(議論)하는 것으로 부처와 조사가 모두 공능(功能)이 없으시거니와 이(점수)는 신훈(新熏)을 의논(議論)하는 것이므로 불조(佛祖)의 대은(大恩)에 감격(感激)해야겠구나. 중생(衆生)이 비록 생기면서 머리는 둥글고 발은 모나지만 그러나 혜일(慧日)이 무명(無明)의 구름에 숨는 것이 태중(胎中)에서 눈이 머는 것 같아서 흑백(黑白)을 가리지 못하므로 만일 불조(佛祖)가 방편(方便) 바람으로 무명(無明) 구름을 쓰시며 금침(金針)으로 눈의 감는 것을 걷지 아니하시면 생사윤회(生死輪廻)를 영원히 끊을 기약(期約)이 없겠구나. 슬프다 몸 바수며 뼈 두드려도 불조(佛祖)의 대은(大恩)을 조금도 갚지 못하였겠구나.

【주 한자어 풀이】
1. 불변(不變) : 변하지 않는 것. 생명을 초월한 것. 인연법에 따르지 않는 절대무위의 본체를 뜻한다.
2. 수연(隨緣) : 시간과 공간의 인연. 인과의 법칙에 지배되는 상대법. 현상계의 차별법을 말한다.
3. 돈오(頓悟) : 신속하게 곧바로 깨닫는 것. 수행의 단계를 거치지 않고 곧장 깨닫는 것을 말한다.
4. 점수(漸修) : 점차로 수학하는 것. 단계를 밟아 수행하는 것. 서서히 높은 경지에 나아가는 수행 방식이다.
5. 근기(根機) : 근(根)은 물건의 근본이 되는 힘. 기(機)는 발동하는 뜻. 교법을 듣고 닦아 증(證)하여 얻은 능력이다.
6. 공능(功能) : 결과를 일으킬 만한 법의 능력. 흔히는 좋은 결과를 가져 오는 데 쓰인다.
7. 불조(佛祖) : 부처와 조사.
8. 신훈(新熏) : 중생은 불보살의 교화를 받아 발심(發心)하고 부지런히 닦아야 깨달을 수 있는데 깨달음[始覺]을 이루는 수단이나 방법을 신훈이라 한다.

9. 혜일(慧日) : 부처님의 지혜를 햇빛에 비유하는 것이다.
10. 방편(方便) : 목적을 위해 이용되는 일시적인 수단이다.
11. 무명(無明) : 근본적인 무지(無知). 잘못된 의견이나 집착 때문에 진리를 깨닫지 못하는 마음의 상태. 모든 번뇌의 근원이 된다.

【주 언해문 분석】
1. 頓悟과 漸修과 : 돈오(頓悟)와 점수(漸修)의
   분석하면 '돈오(頓悟) + 과(공동격 조사) + 점수(漸修) + 과(공동격 조사)'이다. 중세국어의 공동격은 대체로 체언의 음운 조건에 따라 그 말음이 모음이거나 자음 'ㄹ'일 경우에는 '-와', 자음일 경우는 '-과'로 교체 실현되었다. 이 책에서는 모음 뒤에서 '와'로 나타나는 경우도 있지만 대부분 음운 조건에 관계없이 모두 '-과'로만 나타난다.
2. 이실ᄉᆡ : 있으므로
   기본형은 '잇다/이시다'로 분석하면 '이시-(有, 어간) + -ㄹᄉᆡ(원인의 연결 어미)'이다.
3. 펴나유미 : 펴내는 것이, 펴냄이
   이 책의 (2a, 9)에 '펴내유미'로 나타나는 것으로 보아 '펴내유미'의 오각으로 보인다. 기본형은 '펴내다'로 분석하면 '펴내-(어간) + -움(명사형 어미) + 이(주격 조사)'이다.
4. 우희ᄂᆞᆫ : 위는
   분석하면 '웋(명사) + 의(특이 처소격 조사) + ᄂᆞᆫ(대조의 보조사)'이다.
5. ᄒᆞ마 : 이미
   '이미'와 '장차'의 뜻이 있는데 여기서는 '이미'의 뜻으로 쓰였다.
6. 議論ᄒᆞᅀᆞ올ᄉᆡ : 의논하는 것으로, 의논하기 때문에
   기본형은 '의논(議論)ᄒᆞ다'로 '議論ᄒᆞ-(어간) + -ᅀᆞ오-(객체 높임 선어말 어미) + -ㄹᄉᆡ(원인의 연결 어미)'이다.
7. 大恩을 : 대은(大恩)을

분석하면 '대은(大恩) + 을(목적격 조사)'이다.
8. 다 : 모두, 다

   방점 표시는 16세기 말부터 혼란된 모습을 보이는데 이 책에서 대표적으로 혼란스럽게 쓰인 예가 '··다'이다. 용비어천가에서는 방점 표기가 상성 ':다'로 나타나는데 여기에서는 거성의 '··다', 상성의 ':다', 평성의 '다'가 함께 나타난다.

9. 업스셔니와 : 없으시거니와

   기본형은 '없다'로 분석하면 '없-(어간) + -으시-(주체 높임 선어말 어미) + -어니와(양보의 연결 어미)'이다. '-거니와'가 'ㅣ'모음 아래에서 'ㄱ'이 탈락되어 '-어니와'로 나타난다.

10. 感激ᄒᆞᅀᆞ오리로다 : 감격해야겠구나

    기본형은 '감격(感激)ᄒᆞ다'로 분석하면 '感激ᄒᆞ-(어간) + -ᅀᆞ오-(객체 높임 선어말 어미) + -리-(미래 추측 선어말 어미) + -로-(감동법 선어말 어미) + -다(설명형 종결 어미)'이다.

11. 구루메 : 구름에

    분석하면 '구룸(명사) + 에(처소격 조사)'이다. 어형은 '구룸〉구름'으로 변화하였다.

12. 수무미 : 숨는 것이, 숨음이

    기본형은 '숨다'로 분석하면 '숨-(어간) + -움(명사형 어미)' + 이(주격 조사)'이다.

13. 머룸 : 머는 것, 멀음

    기본형은 '멀다'로 '멀-(어간) + -움(명사형 어미)'이다.

14. ᄀᆞ틔야 : 같아서

    기본형은 'ᄀᆞ틔다(如)'로 분석하면 'ᄀᆞ틔-(어간) + -야(부사형 연결 어미)'이다. 기본형은 'ᄀᆞᆮᄒᆞ다〉ᄀᆞᇀ다〉같다'로 변화하였다. 중세국어에서 'ᄀᆞᆮ다'는 단독형으로 쓰였으나 파생형인 'ᄀᆞᆮᄒᆞ다'와 의미 차이가 없었다.

15. 골히디 : 가리지, 분별하지, 선택하지

　　기본형은 '골히다'로 분석하면 '골히-(어간) + -디(부정 부사형 연결 어미)'이다. 〈노걸대언해〉(1670) (下, 64b)에 '골회다', 〈가례언해〉(1632) (7, 16a)에 '골희다', (7, 15a)에 '골히다', (7, 18b)에 '골ᄒᆞ다'로도 나타난다.

16. 몯ᄒᆞᆯᄉᆡ : 못하므로

　　기본형은 '몯ᄒᆞ다'로 분석하면 '몯ᄒᆞ-(어간) + -ㄹᄉᆡ(원인의 연결 어미)'이다.

17. ᄒᆞ다가 : 만일(萬一), 만약(萬若)

18. ᄇᆞᄅᆞᄆᆞ로 : 바람으로

　　분석하면 'ᄇᆞᄅᆞᆷ(風) + ᄋᆞ로(도구의 부사격 조사)'이다. 어형은 'ᄇᆞᄅᆞᆷ〉ᄇᆞ람〉바람'으로 변화하였다.

19. ᄡᅳᄅᆞ시며 : 쓰시며

　　기본형은 'ᄡᅳ다'로 분석하면 'ᄡᅳ-(어간) + -ᄋᆞ시-(주체 높임 선어말 어미) + -며(나열의 연결 어미)'이다. 기본형은 'ᄡᅳ다〉쓸다'로 변화하였다.

20. 누넷 : 눈의

　　분석하면 '눈(目) + 에(처소격 조사) + ㅅ(관형격 조사)'이다.

21. ᄀᆞ물 : 감는 것을, 감음을

　　'ᄀᆞ물'은 'ᄀᆞ모(ᄀᆞᆷ)믈'의 잘못된 표기로 보이며 분석하면 'ᄀᆞᆷ-(閉, 어간) + -옴(명사형 어미) + 을(목적격 조사)'이다.

22. 그츨 : 끊을

　　기본형은 '긏다'로 분석하면 '긏-(어간) + -을(관형형 어미)'이다. 어간형 '긏다'는 타동사적 용법과 자동사적 용법을 다 가지고 있는 동사인데 타동사적 '긏-'은 '끊다'나 '그치다'의 의미를, 자동사적 '긏-'은 '끊어지다'나 '그치다'의 의미를 가진다.

23. 업ᄉᆞ오리랏다 : 없겠구나

기본형은 '없다'로 분석하면 '업-(어간) + -ᅀᅩ-(객체 높임 선어말 어미) + -리-(미래 추측 선어말 어미) + -랏-(감동법 선어말 어미) + -다(설명형 종결 어미)'이다. '-랏-'은 감동법 선어말 어미 '-롯-'의 이형태로 보인다.

24. ᄇᆞ수며 : 바수며, 부수며

기본형은 'ᄇᆞ수다'로 분석하면 'ᄇᆞ수-(어간) + -며(나열의 연결 어미)'이다.

25. 두드리ᅀᆞ와도 : 두드려도

기본형은 '두드리다'로 분석하면 '두드리-(어간) + -ᅀᆞ오-(객체 높임 선어말 어미) + -아도(양보의 연결 어미)'이다.

26. 갑ᄉᆞ디 : 갚지

기본형은 '갚다'로 '갚-(어간) + -ᄉᆞ-(객체 높임 선어말 어미) + -디(부정 부사형 연결 어미)'이다. '갚-'은 뒤에 오는 자음 어미 'ᄉ'으로 인하여 'ㅂ'으로 표기되었다.

27. 몯ᄒᆞᅀᆞ오리로다 : 못하였겠구나

기본형은 '몯ᄒᆞ다'로 분석하면 '몯ᄒᆞ-(어간) + -ᅀᆞ오-(객체 높임 선어말 어미) + -리-(미래 추측 선어말 어미) + -로-(감동법 선어말 어미) + -다(설명형 종결 어미)'이다.

強立種種名字호디

【원문】強立種種名字호디 或心或佛或衆生ㅣ라 ᄒ시니 不可守名而生解ㅣ니 當體便是ㅣ라 動念即乖ᄒ리라(3a, 6 - 3a, 8)
【현대역】 억지로 갖가지 이름을 짓되 혹 마음이라 혹 부처라 혹 중생(衆生)이라 하시니 이름에 얽매여 알아내는 것은 옳지 않은데 모든 것[體]이 곧 이것이라 생각을 일으키면 반드시 어긋나리라.

【언해문】 구틔·여 가·지가·지로 일:훔 지·ᄒ샤·디 或 ·ᄆᅀᆞ·미라 ·ᄒ시·며 或 부톄라 ·ᄒ시며 或 衆生ㅣ라 ·ᄒ시·니 일:훔 ·딕·킈여 아롬 :내·유미 올·티 ·몯·ᄒ리·니다 드른 體ㅣ ·곧 ·이거·시라 念·을 뮈·우면 即時예 어·긔리라(3a, 9 -3b, 2)
【현대역】 구태여 갖가지로 이름 지으시되 혹 마음이라 하시며 혹 부처라 하시며 혹 중생(衆生)이라 하시니 이름 지키어 앎을 내는 것이 옳지 않을 것이다. 다른 체(體)가 곧 이것이라 생각을 움직이면 즉시 어긋날 것이다.

【언해문 분석】
1. 지ᄒ샤디 : 지으시되, 붙이시되
   기본형은 '짛다'로 분석하면 '짛-(어간) + -으샤-(주체 높임 선어말 어미) + -(오)디(설명의 연결 어미)'이다.

2. 딕킈여 : 지키어

　　기본형은 '딕킈다'로 분석하면 '딕킈-(어간) + -여(부사형 연결 어미)'이다. 어간형 '딕킈-'는 '딕 + ㄱ + 희-'의 결합으로 이때의 'ㄱ'은 앞에 오는 '딕'의 말음 'ㄱ'으로 인하여 중철표기된 것이다. 기본형은 '딕킈다〉직킈다〉지키다'로 변화하였다. 이 책의 (40b, 1)에는 중철표기 되지 않은 '디킈유미'가 나타난다.

3. 아롬 : 앎, 알음알이

　　기본형은 '알다'로 분석하면 '알-(어간) + -옴(명사형 어미)'이다.

4. 내유미 : 내는 것이

　　기본형은 '내다'로 분석하면 '내-(어간) + -윰(명사형 어미) + 이(주격 조사)'이다.

5. 올티 : 옳지

　　기본형은 '옳다'로 분석하면 '옳-(어간) + -디(부정 부사형 연결 어미)'이다.

6. 몯ᄒᆞ리니다 : 않을 것이다, 못할 것이다

　　기본형은 '몯ᄒᆞ다'로 분석하면 '몯ᄒᆞ-(어간) + -리-(미래 추측 선어말 어미) + -니다(설명형 종결 어미)'이다.

7. 뮈우면 : 움직이면, 동(動)하면

　　기본형은 '뮈우다'로 분석하면 '뮈우-(어간) + -면(조건의 연결 어미)'이다. 어간형 '뮈우-'는 '뮈-(어근) + -우(사동의 파생 접사)'이다.

8. 어긔리라 : 어긋날 것이다, 어긋나리라

　　기본형이 '어긔다'로 분석하면 '어긔-(어간) + -리-(미래 추측 선어말 어미) + -라(설명형 종결 어미)'이다. 중세국어에서는 타동사적 용법과 자동사적 용법이 다 보이는데 여기에서는 자동사적 용법으로 쓰였다. 타동사로는 '어기다'의 뜻이고 자동사로 '어긋나다'의 뜻을 가진다.

【주】 ᄆᆞᅀᆞ·ᄆᆞᆫ 靈知의 일:후미오 부텨는 先覺·의 일:후미시
고 眾生·은 凡·과 聖·의 모·ᄃᆞᆫ 일:후·미라 일:훔도 ·ᄯᅩ 實·의
賓이라 賓·으로:ᄡᅥ 實·을 求·호미 天地懸隔·ᄒᆞ리라 一物·ᄋᆞᆫ
本來 差別 업거·늘 迷人 爲·ᄒᆞ샤 ·세 가·짓 差別 일:후·믈 :셰
시니라 ·이거·싀 體ᄂᆞᆫ 是非·를 여:희니 ·ᄒᆞ다가 져그·나 너기
ᄧᅳ면 믄·득 어긔리라(3b, 2 – 3b, 5)

【주 현대역】 마음은 영지(靈知)의 이름이고 부처는 선각(先覺)의 이름이
시고 중생(眾生)은 범부와 성인의 모든 이름이다. 이름도 또 실상(實相)의
손님이라 손님으로서 실상(實相)을 구(求)하는 것은 천지현격(天地懸隔)
할 것이다. 일물(一物)은 본래 차별(差別) 없거늘 미인(迷人)을 위하여
세 가지의 차별(差別) 이름을 세우시니라. 이것의 체(體)는 시비(是非)를
떠났으니 만일 조금이라도 의심하면 문득 어긋나리라.

【주 한자어 풀이】
1. 영지(靈知) : 영묘(靈妙) 불가사의(不可思議)한 지혜로 반야(般若)와
   같은 뜻이다.
2. 천지현격(天地懸隔) : 하늘과 땅만큼 차이가 난다는 뜻이다.
3. 선각(先覺) : 남보다 먼저 사물이나 세상일에 대하여 깨닫는 것이다.
4. 실(實) : 실상(實相). 있는 그대로의 모양으로 깨친 사람(주인)이다.
5. 빈(賓) : 손님. 깨칠 사람.
6. 미인(迷人) : 깨닫지 못한 사람.

【주 언해문 분석】
1. ᄆᆞᅀᆞᄆᆞᆫ : 마음은
   분석하면 'ᄆᆞᅀᆞᆷ(명사) + -ᄋᆞᆫ(관형형 어미)'이다. 어형은 'ᄆᆞᅀᆞᆷ〉ᄆᆞᅀᆞᆷ〉
   마음'으로 변화하였다.

2. 모둔 : 모든

   기본형은 '몯다(集)'로 '몯-(어간) + -(은)ㄴ(관형형 어미)'이다. 어형은 '모둔〉모든'으로 변화하였다.

3. 賓으로뻐 : 손님으로, 빈(賓)으로

   분석하면 '빈(賓, 명사) + 으로뻐(자격의 부사격 조사)'이다.

4. 一物른 : 일물(一物)은

   분석하면 '일물(一物) + ㄹ + 은(대조의 보조사)'이다. 이때의 'ㄹ'은 앞에 오는 체언 '일물'의 말음 'ㄹ'으로 인하여 중철표기된 것이다.

5. 업거늘 : 없거늘

   기본형은 '업다'로 분석하면 '업-(어간) + -거늘(설명의 연결 어미)'이다.

6. 셰시니라 : 세우시니라, 만드시니라

   기본형은 '셰다'로 분석하면 '셰-(어간) + -시-(주체 높임 선어말 어미) + -니라(설명형 종결 어미)'이다. 어간형 '셰-'는 '셔-(어근) + -이(사동의 파생 접사)'가 합해서 이루어진 타동사이다.

7. 이거싀 : 이것의

   분석하면 '이것(명사) + 의(관형격 조사)'이다.

8. 져그나 : 조금이라도, 적으나

   기본형은 '적다(少)'로 분석하면 '적-(어간) + -으나(양보의 연결 어미)'이다.

9. 너기쁘면 : 의심하면, 생각하면

   기본형은 '너기쁘다'로 분석하면 '너기쁘-(어간) + -면(조건의 연결 어미)'이다. 여기에서는 의심쩍어 하는 것을 말한다.

10. 믄득 : 문득, 갑자기

    어형은 '믄득〉문득'으로 원순모음화하여 변화하였다. 〈두시언해 중간본〉(1632)에 '믄드기(5, 27b)', '믄드시(2, 19a)', '믄듯(24, 30b)'의 형태도 나타난다.

世尊三處傳心者이 爲禪旨ㅣ오

【원문】世尊三處傳心者이 爲禪旨ㅣ오 一代所說者이 爲教門ㅣ니 故로 曰禪是佛心이오 教是佛語라 ᄒᆞ니라(3b, 6 - 3b, 8)

【현대역】 세존(世尊)이 세 곳에 마음을 전(傳)하신 것은 선지(禪旨)가 되고 한 평생 말씀하신 것은 교문(教門)이 되니 그러므로 이르되 "선(禪)은 이 부처의 마음이고 교(教)는 이 부처의 말씀이다."라고 하시니라.

【한자어 풀이】
1. 선지(禪旨) : 선(禪)의 요지.
2. 교문(教門) : 부처께서 말씀으로 가르친 것을 교(教)라 한다.
3. 일대(一代) : 한 사람의 한 생애. 또는 사람의 일생을 말한다.

【언해문】 世尊:세 고·대 ᄆᆞᄋᆞᆷ 傳ᄒᆞ샨 거·슨 禪 믈·리오 흔 代:예 니ᄅᆞ샨 거·슨 教門ㅣ니 그럴·ᄉᆡ 니ᄅᆞ·샤·ᄃᆡ 禪ᄂᆞᆫ ·이 부텻 ᄆᆞ·ᅀᆞ·미오 教ᄂᆞᆫ ·이 부텻 ·말ᄉᆞ·미라 ·ᄒᆞ시·니라(3b, 9 - 4a, 1)

【현대역】 세존(世尊)께서 세 곳에 마음 전(傳)하신 것은 선(禪)의 요지[宗]이고 한 대(代)(평생동안)에 이르신 것은 교문(教門)이니 그러므로 이르시되 "선(禪)은 이 부처의 마음이고 교(教)는 이 부처의 말이다."라고 하시니라.

【언해문 분석】

1. 고대 : 곳(處)에, 장소에
   분석하면 '곧(명사) + 애(처소격 조사)'이다. 어형은 '곧〉곳'으로 변화하였다.

2. 물리오 : 종지(宗)이고
   분석하면 '뭃(宗, 명사) + 이(서술격 조사) + -고(나열의 연결 어미)'이다. '뭃(므르)'은 비자동적 교체를 보이는 명사로 자음 앞에서는 '므르'로 모음 앞에서는 '뭃'로 나타난다. 나열의 어미 '-오'는 '-고'의 'ㄱ'이 'ㅣ' 아래에서 탈락된 것이다.

3. 니르샨 : 이르신, 말씀하신
   기본형은 '니르다'로 분석하면 '니르-(어간) + -샤-(주체 높임 선어말 어미) + -(으)ㄴ(관형형 어미)'이다.

4. 禪는 : 선(禪)은
   분석하면 '선(禪) + ㄴ + 은(대조의 보조사)'이다. 이때의 'ㄴ'은 앞에 오는 체언 '선'의 말음 'ㄴ'으로 인하여 중철표기된 것이다.

【주】世尊는 부텻 別名ㅣ시·니 世間의 推尊·ᄒ·ᅀᆞᆸ는 ·ᄠ·디라 三處는 부텨·씌 迦葉이 傳心·ᄒᆞᅀᆞ온 ·고디·니 第一處는 多子塔前에 分半 座ᄒ시고 第二處는 靈山會上에 拈花示衆ᄒ시고 第三處는 娑羅雙樹間에 槨示雙趺·ᄒ샨 :고·디라 一代所說ᄅᆞᆫ 부텻 四十九年 니르:샨 :말·ᄉᆞ미시·니 阿難니 流通·ᄒᆞᅀᆞ온 法ㅣ라 如來 行迹:에 니르·샤·ᄃᆡ 禪燈으란 迦葉의 ᄆᆞᅀᆞ·매 :혀시고 敎海ㅣ란 阿難의 이:베 ·브스·시다 ·ᄒ시·니라(4a, 1 - 4a, 6)

【주 현대역】세존(世尊)은 부처의 별명(別名)이시니 세간(世間)에서 추존(推尊)하는 뜻이라. 세 곳은 부처께 가섭(迦葉)이 마음을 전한 곳이니 제일처(第一處)는 다자탑(多子塔) 앞에 반을 나누어 앉으시고 제이처(第

二處)는 영산회상(靈山會上)에서 염화시중(拈花示衆)하시고 제삼처(第三處)는 사라쌍수(娑羅雙樹) 아래에서 관 밖으로 두 발을 보이신 곳이라. 일대소설(一代所說)은 부처가 사십구 년간 이르신 말씀이시니 아난(阿難)이 전한 법(法)이라. 여래(如來) 행적(行迹)에 이르시되 "선등(禪燈)은 가섭(迦葉)의 마음에 켜시고 교해(敎海)는 아난(阿難)의 입에 부으셨다."라고 하시니라.

【주 한자어풀이】
1. 가섭(迦葉) : 부처님의 10대 제자 중의 한사람으로 마하가섭(摩呵迦葉)이라고도 한다.
2. 다자탑(多子塔) : 중인도 곤야리성(昆耶離城)의 서쪽에 있던 탑 이름으로 비야리의 4탑 중 하나이다.
3. 영산회상(靈山會上) : 영취산(靈鷲山)에서 석가모니가 법화경을 설법하던 자리. 염화미소(拈花微笑)의 고사를 낳은 곳이다.
4. 염화미소(拈花微笑) : 말로 통하지 아니하고 마음에서 마음으로 전하는 일. 석가모니가 영산회에서 연꽃 한 송이를 대중에게 보이자 마하가섭만이 그 뜻을 깨닫고 미소 지으므로 그에게 불교의 진리를 주었다는 데서 온 말이다.
5. 사라쌍수(娑羅雙樹) : 석존이 입멸(入滅)하신 곳. 중인도 구시나계라성 밖 발제하(跋提河) 언덕에 있던 사라 수림. 실상(實床)의 주위에 4쌍(雙) 8그루의 사라수가 있어 이름하였다.
6. 아난(阿難) : 부처님의 10대 제자 중의 한 사람으로 범어의 음역인 아난타(阿難陀)의 약칭이다. 의역은 慶喜 無染이며 석가족의 왕족이다.
7. 선등(禪燈) : 선의 등불로 선법(禪法)을 말한다.
8. 교해(敎海) : 가르침의 바다로 교법(敎法)을 말한다.

【주 언해문 분석】

1. 世尊ᄂᆞᆫ : 세존(世尊)은
   분석하면 '世尊(명사) + ㄴ + 은(대조의 보조사)'이다. 이때의 'ㄴ'은 앞에 오는 체언 '세존'의 말음 'ㄴ'으로 인하여 중철표기된 것이다.

2. 推尊ᄒᆞᅀᆞᄂᆞᆫ : 추존하는
   기본형은 '추존(推尊)ᄒᆞ다'로 분석하면 '推尊ᄒᆞ-(어간) + -ᅀᆞ-(객체 높임 선어말 어미) + -ᄂᆞᆫ(현재 시상 관형형 어미)'이다. '-ᅀᆞ-'은 생략된 목적어 '부처'를 높이는 것이다.

3. 부텨ᄭᅴ : 부처께
   분석하면 '부텨 + ᄭᅴ(존칭의 여격 조사)'이다.

4. 一代所說ᄅᆞᆫ : 일대소설(一代所說)은
   분석하면 '일대소설(一代所說) + ㄹ + 은(대조의 보조사)'이다. 이때의 'ㄴ'은 앞에 오는 체언 '一代所說'의 말음 'ㄹ'로 인하여 중철표기된 것이다.

5. 혀시고 : 켜시고
   기본형은 '혀다(點火)'로 분석하면 '혀-(어간) + -시-(주체 높임 선어말 어미) + -고(나열의 연결 어미)'이다. 기본형은 '혀다〉켜다'로 변화하였다.

6. 阿難ᄂᆡ : 아난(阿難)의
   분석하면 '阿難(명사) + ㄴ + ᄋᆡ(평칭의 속격 조사)'이다. 이때의 'ㄴ'은 앞에 오는 체언 '阿難'의 말음 'ㄴ'으로 인하여 중철표기된 것이다.

7. 브스시다 : 부으셨다
   기본형은 '븟다'로 분석하면 '븟-(어간) + -으시-(주체 높임 선어말 어미) + -다(설명형 종결 어미)'이다. 기본형은 '븟다〉붓다'로 원순모음화하여 변화하였다.

若人이 失之於口則拈花面壁이

【원문】若人이 失之於口則拈花面壁이 皆是敎迹ㅣ어니와 得之於心則世間엣 麤言細語이 皆是敎外別傳禪旨ㅣ리라(4a, 7 - 4a, 9)

【현대역】만일 사람이 입에 빠지면 염화(拈花)와 면벽(面壁)이 모두 이 교(敎)의 자취가 되지만 마음에 얻으면 세간(世間)의 거친 말과 미세(微細)한 말들이 모두 이 교(敎) 밖에서 각별히 전(傳)하신 선(禪)의 요지일 것이다.

【한자어 풀이】
1. 염화(拈花) : 염화미소(拈花微笑). 말로 통하지 아니하고 마음에서 마음으로 전하는 일을 말한다.
2. 면벽(面壁) : 좌선(坐禪)의 다른 이름으로 벽을 마주보며 좌선하는 것을 말한다.

【언해문】·ᄒᆞ다가 ·사ᄅᆞ·미 이:베 일:흐면 拈花·과 面壁이 다 敎 자최어·니·와 ᄆᆞᅀᆞ:매 得ᄒᆞ면 世間:엣 :멀터:운 ·말·ᄉᆞᆷ·과 微細ᄒᆞᆫ 말ᄉᆞᆷ·미 다 ·이 敎 밧:긔 各別·히 傳ᄒᆞ샨 禪 ᄠᅳ·리리라(4b, 1 - 4b, 2)

【현대역】만일 사람이 입에 빠지면 염화(拈花)와 면벽(面壁)이 다 교(敎)

의 자취지만 마음에 얻으면 세간(世間)의 거친 말과 미세(微細)한 말이 모두 이 교(敎) 밖에서 각별(各別)히 전(傳)하신 선(禪)의 요지일 것이다.

【언해문 분석】
1. 일흐면 : 빠지면, 잃으면
   기본형은 '잃다'로 분석하면 '잃-(어간) + -으면(조건의 연결 어미)'이다.
2. 자최어니와 : 자취지만, 자취이거니와
   분석하면 '자최(명사) + (이)(서술격 조사) + -어니와(양보의 연결 어미)'이다. 어형은 '자최〉자취'로 변화하였다. '-어니와'는 '-거니와'가 'ㅣ'모음 아래에서 'ㄱ'이 탈락하여 '-어니와'로 나타난 것이다.
3. 멀터운 : 거친, 험한
   기본형은 '멀텁다'로 분석하면 '멀텁-(어간) + -ㄴ(관형형 어미)'이다. 어간 '멀텁다'는 '險, 難'의 의미를 가지는 형용사인데 여기에서는 원문의 '麁'자를 언해한 것이다.
4. 밧긔 : 밖에서
   분석하면 '밖(명사) + 의(특이 처소격 조사)'이다. 어형은 '밧〉밖'으로 변화하였다. '밧'은 '밖'과 '겉'이라는 두 가지 뜻이 있는데 여기서는 '밖'의 뜻이다.
5. 믈리리라 : 요지[宗]일 것이다.
   분석하면 '믈(명사) + 이(서술격 조사) + -리-(미래 추측 선어말 어미) + -라(설명형 종결 어미)'이다. '믈'은 비자동적 교체를 보이는 명사이다.

【주】失之於口는 ·이 法이 本來 名字相 여:희·며 言說相 여:희·며 心緣相 여·희·니 ·ᄒ다가 名字相·과 言說相과 心緣相·을 가·져 이·베 견조:ᄡ·며 ᄆᆞᅀᆞ·매 ·혜아·리면 世尊拈花과 達摩面壁이 敎 자·최어·니와 一切 分別를 ·다 노하 自心·

을 ·씨면 三家村裏예 愚夫愚婦이 다 常例 正法:을 니르·며 十字街頭에 樵童牧叟이 ·다 기·피 實相:을 니르·며 ·쏘 鶯歌 鷰語이 다 天機·를 漏洩ㅎ·며 牛吼 鷄鳴이 다 ·이 法·을 飜譯·ㅎ놋·다 :녜 寶積禪師이 屠者:의 지븨 ·가신대 고·기 살 ·사·르·미 닐·오·딕 精흔 ·딕:를 一片 버·혀 ·달라 ·ㅎ야·늘 屠者이 닐오·딕 ·뎌 소나 어·늬 거·시 精·티 아·니료 ·ㅎ야·늘 師이 그 :말ㅅ·매 大悟·ㅎ시·니라 ·쏘 寶壽和尙이 져:잣 가온·딕 안 즈샤 ·두 사ᄅ·미 弄談·호믈 보시더니 ᄒ 사ᄅ·미 ·쌤·믈 텨늘 마·즌 사ᄅ·미 닐·오·딕 너는 面目 업슨 거·시로다 ·ㅎ야·늘 師ㅣ ·이 말ㅅ매 大悟·ㅎ시니 일로 ·보·ᄋᆸ건댄 世間엣 麁細흔 ·말ᄉ미 다 敎外 禪旨·ㄴ·들 ·아ᄋᆞ오리로다 그·러나 사·ᄅ미 흔갓 이 말슴만 보고 親切히 返照工夫이 :업·스면 ᄆᆞ·ᄎᆞᆷ내 得意를 흔 虛頭漢·이 되·오믈 免·티 ·몯·ᄒ리라(4b, 2 - 5a, 5)

【주 현대역】 말에 빠진다는 것[失之於口]은 이 법이 본래의 명자상(名字相)을 여의며 언설상(言說相)을 여의며 심연상(心緣相)을 여의니 만일 명자상(名字相), 언설상(言說相), 심연상(心緣相)을 가져 입에 견주며 마음에 헤아리면 세존(世尊)의 염화(拈花)와 달마(達摩) 면벽(面壁)이 교(敎)의 자취이고 일체의 분별을 다 놓아 자신의 마음을 깨달으면 작은 궁벽한 시골 마을[三家村裏]의 일반남녀[愚夫愚婦]들이 모두 늘 바른 정법을 이르며 십자로의 땔나무 하는 아이와 소치는 늙은이[樵童牧叟]가 모두 깊이 실상(實相)을 이르며 또 꾀꼬리 노래와[鶯歌] 제비의 소리[鷰語]가 모두 천기를 누설하며 소의 울음소리[牛吼]와 닭 울음[鷄鳴]이 모두 이 법(法)을 바꾸어 말하는구나. 옛적 보적선사(寶積禪師)가 도자(屠者)의 집에 가신대 고기를 살 사람이 이르되 "좋은 데를 한조각 베어서 달라." 하거늘 도자(屠者)가 이르되 "저, 손님 어느 것이 좋지 않겠습니

까.”하거늘 사(師)가 그 말씀에 크게 깨달으시니라. 또 보수화상(寶壽和尙)이 시장의 가운데 앉으시어 두 사람이 농담하는 것을 보셨는데 한 사람이 뺨을 치거늘 맞은 사람이 이르되 "너는 면목(面目) 없는 것이로다." 하거늘 사(師)가 이 말씀에 깨달으시니 이로 보건대 세간의 거칠고 자질구레한 말이 모두 교(敎) 밖의 선지(禪旨)인 것을 알겠도다. 그러나 사람이 단지 이 말만 보고 몸소 간절히 돌이켜 살펴 공부함이 없으면 마침내 뜻은 얻었으나 한 골 빈 사람 되는 것을 면하지 못하리라.

【주 한자어 풀이】
1. 명자상(名字相) : 이름에 대한 상(相,이름 짓는 것)이다.
2. 언설상(言說相) : 말에 대한 상(相, 말로 하는 것)이다.
3. 심연상(心緣相) : 마음의 인연에 대한 상(相, 마음으로 그리는 것)이다.
4. 허두한(虛頭漢) : 골 빈 사람.

【주 언해문 분석】
1. 여희며 : 여의며(끊으며), 이별하며, 떠나며
   기본형은 '여희다'로 분석하면 '여희-(어간) + -며(나열의 연결 어미)'이다. 기본형은 '여희다〉여의다'로 변화하였다.
2. 견조쁘며 : 견주며
   기본형은 '견조쁘다'로 분석하면 '견조쁘-(어간) + -며(나열의 연결 어미)'이다.
3. 혜아리면 : 헤아리면
   기본형은 '혜아리다'로 분석하면 '혜아리-(어간) + -면(조건의 연결 어미)'이다.
4. 씨면 : 깨달으면, 깨면
   기본형은 '씨다(覺)'로 분석하면 '씨-(어간) + -면(조건의 연결 어미)'이다.
5. 쏘 : 또

방점표기가 혼란스럽게 나타나는 대표적인 경우로 석보상절에는 거성 '·쏘'로 나타나는데 이 책에서는 방점 표기가 거성의 '·쏘', 뿐만 아니라 상성의 ':쏘', 평성의 '쏘'로도 나타난다.
6. 飜譯ㅎ놋다 : 바꾸어 말하는구나, 번역하는구나
   기본형은 '번역(飜譯)ㅎ다'로 분석하면 '飜譯ㅎ-(어간) + -ᄂ-(현재 시상 선어말 어미) + -옷-(감동법 선어말 어미) + -다(설명형 종결 어미)'이다.
7. 녜 : 옛적, 오래 전
   '녜'는 명사로도, 부사로도 사용되는 단어이다. 여기서는 부사로 사용되었다. 어형은 '녜>예'로 변화하였다.
8. 지븨 : 집에
   분석하면 '집(茅屋, 명사) + 의(처소격 조사)'로 분석된다. 중세국어에서 '집'은 처소격형이 '지븨', 속격형이 '짒' 혹은 '짓'으로 나타난다.
9. 딕룰 : 데를, 곳을
   분석하면 '딕(의존 명사) + 룰(목적격 조사)'로 어형은 '딕>데'로 변화하였다.
10. 버혀 : 베어서
    기본형은 '버히다'로 분석하면 '버히-(어간) + -어(설명의 연결 어미)'이다.
11. ㅎ야늘 : 하거늘
    기본형은 'ㅎ다'로 분석하면 'ㅎ-(어간) + -야늘(설명의 연결 어미)'이다.
12. 뎌 : 저
    '뎌'는 감탄사 독립어로 말을 고르는 기능을 담당하는 단어이다. 어형은 '뎌>저'로 구개음화하여 변화하였다.
13. 소나 : 손님, 손님아
    분석하면 '손(客) + 아(호격 조사)'이다. 중세국어라면 존칭 호격 조사 '하'가 나올 자리인데 여기에 '아'가 선택되어 '하'와 '아'의 대립이 없어짐을 보여준다.

14. 어늬 : 어느, 무엇, 어떤
15. 아니료 : 않겠습니까

　기본형은 '아니다'로 분석하면 '아니-(어간) + -리-(미래 추측 선어말 어미) + -오(설명 의문형 종결 어미)'이다. 'ᄒᆞ라'체의 의문어미는 '-가, -고'에서 유래된 판정 의문문 '-어', 설명의문문 '-오'가 쓰이는데 이것은 선어말 어미 '-니-', '-리-'와 결합하여 '-녀(니어, 니여), -뇨(니오), -려(리여, 리아, 리야), -료(리오)' 등 여러 가지 종결 어미로 나타난다.

16. 져잣 : 시장의, 저자의

　분석하면 '져자(명사) + ㅅ(관형격 조사)'이다. 이 어형은 〈용비어천가〉(1447)(6장)에 '져재'〈두시언해중간본〉(1632)(2, 12a)에 '져재' 등의 형태로도 나타난다.

17. 가온듸 : 가운데

　어형은 '가본듸〉가온듸〉가운데'로 변화하였다.

18. 안ᄌᆞ샤 : 앉으시어

　기본형은 '앉다'로 분석하면 '앉-(어간) + -ᄋᆞ샤-(주체 높임 선어말 어미) + (-어)(설명의 연결 어미)'이다.

19. 보시더니 : 보셨는데

　기본형은 '보다'로 분석하면 '보-(어간) + -시-(주체 높임 선어말 어미) + -더-(과거 회상 선어말 어미) + -니(설명의 연결 어미)'이다.

20. 쌤믈 : 뺨을

　분석하면 '쌤(명사) + ㅁ + 을(목적격 조사)'이다. 어형은 '쌤〉썜〉뺨'으로 변화하였다. 이때의 'ㅁ'은 앞에 오는 체언 '쌤'의 말음 'ㅁ'으로 인하여 중철표기된 것이다.

21. 텨늘 : 치거늘

기본형은 '티다'로 분석하면 '티-(어간) + -어늘(설명의 연결 어미)'인다.

22. 마즌 : 맞은

기본형은 '맞다'로 분석하면 '맞-(어간) + -은(관형형 어미)'이다.

23. 거시로다 : 것이로다

분석하면 '것(의존 명사) + 이(서술격 조사) + -로-(감동법 선어말 어미) + -다(설명형 종결 어미)'이다.

24. 일로 : 이로

분석하면 '이(대명사) + ㄹ + 로(도구의 부사격 조사)'이다. 'ㄹ'은 '로'의 'ㄹ' 때문에 첨가된 것이다.

25. 보습건댄 : 보건대

기본형은 '보다'로 '보-(어간) + -습-(객체 높임 선어말 어미) + -거-(확인의 과거 시상 선어말 어미) + -ㄴ댄(조건의 연결 어미)'이다.

26. 禪旨ㅣ는 : 선지(禪旨)인 것을

분석하면 '禪旨(명사) + ㅣ(서술격 조사) + -ㄴ(관형형 어미) + 둣(의존 명사) + 올(목적격 조사)'이다.

27. 아ᅀᆞ오리로다 : 알겠도다

기본형은 '알다'로 분석하면 '알-(어간) + -ᅀᆞ오-(객체 높임 선어말 어미) + -리-(미래 추측 선어말 어미) + -로-(감동법 선어말 어미) + -다(설명형 종결 어미)'이다.

28. 혼갓 : 단지, 오직

부사 '혼갓'은 두 가지 의미를 가진다. 하나는 '오직, 단지'의 의미이고 다른 하나는 '공연히'의 의미이다. 여기서는 앞의 뜻에 가깝다.

29. 므춤내 : 마침내

어형은 '므춤내〉므츰내〉마침내'로 변화하였다.

30. 되오물 : 되는 것을, 됨을

기본형은 '되다'로 분석하면 '되-(어간) + -옴(명사형 어미) + 올(목적격 조사)'이다.

吾有一言호니

【원문】吾有一言호니 絶慮忘緣ㅣ로다 兀然無事坐호니 春來草自靑ㅣ로다(5a, 6 - 5a, 7)

【현대역】내 한마디 말을 하고자 하니 생각을 끊고 연경(緣境)을 끊음이로다. 홀로 우뚝하게 일없이 앉으니 봄이 와 풀이 절로 푸르도다.

【한자어 풀이】
1. 올연(兀然) : 홀로 우뚝한 모양.

【언해문】·내 흔 말ᄊᆞ물 둣노·니 念慮 긋·고 緣境 니주·미로다 兀然 無事·히 안조니 보미 오·매 프리 절·로 프·르ᄂᆞᆺ도다 (5a, 8 - 5a, 9)

【현대역】내 하나의 말씀을 두었나니 염려(念慮)를 끊고 연경(緣境)을 잊음이로다. 홀로 우뚝히 일없이 앉으니 봄이 오매 풀이 절로 푸르러지는도다.

【한자어 풀이】
1. 염려(念慮) : 앞일에 대하여 여러 가지로 마음을 써서 걱정함. 또는 그런 걱정을 말한다.
2. 연경(緣境) : 인연의 경계.

【언해문 분석】

1. 둣노니 : 두었나니, 두어 있나니
   기본형은 '둣다'로 분석하면 '둣-(어간) + -ᄂ-(현재 시상 선어말 어미) + -오-(의도법 선어말 어미) + -니(설명의 연결 어미)'이다. 중세국어에서 '뒷노니'의 형태가 보이는 것으로 보아 '뒷노니〉둣노니'의 변화형이다. 어간형 '둣-'은 '두-(어간) + -어 + (이)ㅅ-(有, 어간)'의 결합에서 '이'가 생략된 것이다.

2. 긋고 : 끊고, 그치고, 쉬고
   기본형은 '긋다'로 분석하면 '긋-(어간) + -고(나열의 연결 어미)'이다.

3. 니주미로다 : 잊음이로다
   기본형은 '닛다'로 분석하면 '닛-(어간) + -움(명사형 어미) + 이(서술격 조사) + -로-(감동법 선어말 어미) + -다(설명형 종결 어미)'이다.

4. 안조니 : 앉으니
   기본형은 '앉다(座)'로 분석하면 '앉-(어간) + -오-(의도법 선어말 어미) + -니(설명의 연결 어미)'이다.

5. 프리 : 풀이
   어형은 '플〉풀'로 원순모음화하여 변화하였다.

6. 프르ᄂ옷도다 : 푸르러지는도다
   기본형은 '프르다'로 분석하면 '프르-(어간) + -ᄂ-(현재 시상 선어말 어미) + -옷도-(감동법 선어말 어미) + -다(설명형 종결 어미)'이다. '-옷도-'는 감동법 형태가 두 번 반복된 것으로 감동의 효과를 높이는 기능을 하고 있다.

【주】兀然ᄂᆞᆫ 無心ᄒᆞᆫ 양·지라 ·이 ·사ᄅᆞ미 ·무ᄉᆞ매 自得ᄒᆞ야 無生境界예 飢來喫飯ᄒᆞ고 困來即眠ᄒᆞ·니 일 ·업·슨 閑道人의 眞樂ㅣ라 닐·얼·· 디로다 緣慮이 ·나거든 더·론·디 아니·며 이·리 잇거·든 :업·게 :혼 ·디 아니라 本來 緣 :업·스·며 本來

:일 :업·서 綠水靑山과 松風蘿月에 任意逍遙ᄒ며 紫陌紅塵과 漁村酒肆애 安閑自在ᄒ야 年代甲子ᄂᆞᆫ ·아·디 ·몯호딕 :보미 오·매 :프리 절로 프·르:ᄂᆞᆺ도·다(5a, 9 – 5b, 4)

【주 현대역】 올연(兀然)은 무심(無心)한 모양이다. 이 사람이 마음에 스스로 깨달아 불생불멸의 경계에 배고프면 밥 먹고 졸리면 잠을 자니 일 없는 한도인(閑道人)의 참된 즐거움이라 이를 것이로다. 연려(緣慮) 나거든 더는 것이 아니며 일이 있거든 없게 하는 것이 아니다. 본래 인연[緣] 없으며 본래 일 없어 녹수청산(綠水靑山)과 송풍라월(松風蘿月)에 마음대로 돌아다니며 번잡한 도성의 큰 길과 어촌의 술집에서 편안하고 한가롭고 마음대로 하여 시대나 연월은 알지 못하지만 봄이 오매 풀이 절로 푸르러지는도다.

【주 한자어 풀이】
1. 무생경계(無生境界) : 불생불멸의 경계. 무생(無生)은 생기거나 없어지는 변화가 적용되지 않는 상태나 세계로서 불생불멸(不生不滅)이라고도 한다.
2. 기래끽반(飢來喫飯) 곤래즉면(困來卽眠) : 배고프면 밥 먹고 졸리면 잔다는 말로 '평상심(平常心)'을 나타낸다.
3. 한도인(閑道人) : 깨달아야 할 것도 수행할 것도 없는 한가한 사람이다.
4. 연려(緣慮) : 연려심(緣慮心). 외계의 사물을 보고 생각하는 마음이다.
5. 송풍나월(松風蘿月) : 소나무 사이로 부는 바람과 담쟁이덩굴 사이로 비치는 달이라는 뜻으로 운치 있는 자연 경치를 이르는 말이다.
6. 소요(逍遙) : 슬슬 거닐어 돌아다님. 산책.
7. 자맥(紫陌) : 도성의 큰 길.
8. 홍진(紅塵) : 햇빛에 비치어 벌겋게 일어나는 티끌로 번거롭고 속된 세상을 비유적으로 이르는 말이다.

【주 언해문 분석】
1. 양직라 : 모양이다, 모습이다

분석하면 '양ᄌ(명사) + 이(서술격 조사) + -라(설명형 종결 어미)'이다. '양ᄌ'는 〈월인천강지곡〉(1447) (68)에 한자 '樣子'로 쓰였던 것으로 이 어휘의 고유어화를 보여준다.

2. 닐얼 디로다 : 이를 것이로다, 말할 것이로다
   기본형은 '닐어다'로 '닐어-(어간) + -ㄹ(관형형 어미) + ᄃ(의존 명사) + 이(서술격 조사) + -로-(감동법 선어말 어미) + -다(설명형 종결 어미)'이다. 어간형 '닐어-'는 '닐오-, 닐우-'로 나타나는 것이 일반적이나 여기에서는 '닐어다'로 나타난다.

3. 나거든 : 나거든(생기거든), 나지만
   기본형은 '나다'로 분석하면 '나-(어간) + -거든(조건의 연결 어미)'이다. '-거든'은 조건의 의미를 가지는 것이었으나 현대국어에서 주절이 주로 명령이나 청유일 때만 제한적으로 쓰인다.

4. 더론 디 : 더는(없애는) 것이
   기본형은 '덜다'로 분석하면 '덜-(어간) + -오-(의도법 선어말 어미) + -ㄴ(관형형 어미) + ᄃ(의존 명사) + 이(주격 조사)'이다.

5. 잇거든 : 있거든, 있지만
   기본형은 '잇다/이시다(有)'로 분석하면 '잇-(有, 어간) + -거든(조건의 연결 어미)'이다.

6. 혼 디 : 하는 것이
   기본형은 'ᄒ다(爲)'로 분석하면 'ᄒ-(어간) + -오-(의도법 선어말 어미) + -ㄴ(관형형 어미) + ᄃ(의존 명사) + 이(주격 조사)'이다.

7. 아디 : 알지
   기본형은 '알다'로 분석하면 '알-(어간) + -디(부정 부사형 연결 어미)'이다.

8. 몯ᄒ되 : 못하지만, 못하되
   기본형은 '몯ᄒ다'로 분석하면 '몯ᄒ-(어간) + -오ᄃᆡ(설명의 연결 어미)'이다.

咄哉丈夫여 將頭覓頭ᄒ야

【원문】 咄哉丈夫여 將頭覓頭ᄒ야 馳求不歇ㅣ로다 若言下에 廻光ᄒ야 更不別求ᄒ면 與祖佛無殊ᄒ야 當下無事ᄒ리라 (5b, 5 - 5b, 7)

【현대역】 아아, 장부(丈夫)여! 머리로 머리를 찾아 구하는 것을 그치지 않도다. 만일 말을 듣자마자 심광(心光)을 돌이켜 다시 다른 데 가서 구하지 않으면 부처나 조사와 다름이 없어 곧 일이 없어질 것이다.

【한자어 풀이】
1. 치구(馳求) : 자기의 본심을 잃고 악착같이 구하는 것이다.
2. 언하(言下) : 말을 듣자마자. 말하자마자.
3. 당하(當下) : 곧 그 자리에서.

【언해문】 ·애 丈夫ㅣ·여 머·리를 가져 머리를 어더 헤디·혀 求·호·믈 그·치디 아·니·ᄒᄂ·다 ·ᄒ다가 말ᄉᆞᆷ 그·테 心光·을 도ᄅᆞ·혀 다시 다른 ·ᄃᆡ ·가 求·티 아·니ᄒ면 佛祖과 달:옴 :업서 ·즉재 ·일 ·업·스리라 (5b, 8 - 6a, 1)

【현대역】 아아, 장부(丈夫)여! 머리를 가지고 있어도 머리를 찾아 헤매어 구하는 것을 그치지 아니하는구나. 만일 말씀 끝에 심광(心光)을 돌이켜 다시 다른 데 가서 구하지 아니하면 불조(佛祖)와 다름이 없으니

즉시 일이 없어질 것이다.

【한자어 풀이】
1. 심광(心光) : 내광(內光) 또는 지혜광(智慧光)이라고도 하며 지혜의 밝음을 광명에 비유한 것이다.

【언해문 분석】
1. 애 : 아아!
   '咄哉'를 번역한 소리로 탄식하는 소리이다.
2. 가져 : 가지고 있어도
   기본형은 '가지다'로 분석하면 '가지-(어간) + -어(설명의 연결 어미)'이다.
3. 어더 : 찾아, 얻어
   기본형은 '얻다'로 분석하면 '얻-(어간) + -어(설명의 연결 어미)'이다.
4. 헤디혀 : 헤매어
   기본형은 '헤디히다'로 분석하면 '헤디히-(어간) + -어(설명의 연결 어미)'이다.
5. 求호믈 : 구하는 것을, 구함을
   분석하면 '구(求)ᄒ다'로 분석하면 '求ᄒ-(어간) + -옴(명사형 어미) + 을(목적격 조사)'이다.
6. 그테 : 끝에
   분석하면 '긑(명사) + 에(처소격 조사)'이다. 어형은 '긑〉끝'으로 변화하였다.
7. 도ᄅ혀 : 돌이켜
   기본형은 '도ᄅ혀다'로 분석하면 '도ᄅ혀-(어간) + (-어)(부사형 연결 어미)'이다. 어형은 '도ᄅ혀〉도로혀〉돌이켜'로 변화하였다.
8. 다ᄅᆫ : 다른

기본형은 '다ᄅ다'로 분석하면 '다ᄅ-(어간) + -ㄴ(관형형 어미)'이다. 기본형은 '다ᄅ다>다르다'로 변화하였다.
9. 딕 : 데, 곳
   어형은 '딕>데'로 변화하였다.
10. 달옴 : 다름이, 다른 것이
    기본형은 '다ᄅ다'로 분석하면 '다ᄅ-(어간) + -옴(명사형 어미) + (이)(주격 조사)'이다.
11. 즉재 : 즉시, 곧
    '즉시, 즉시예, 즉직, 즉자히, 즉제, 즉채, 즌시' 등은 모두 같은 말인데 이 책 (56b, 4)에는 '즉제'가 나타난다.

【주】咄者ᄂᆞᆫ ·애ᄃᆞᄂᆞᆫ 소리라 :녜 演若達多이 머·리·를 가져 머·리:를 ·얻더니 ·이제 衆生이 ᄆᆞᅀᆞ·믈 가져 ᄆᆞᅀᆞ·믈 어두·미 :쏘 ·이 ·ᄀᆞᆮ도다 잍디·옷 더욱 어·긔며 ᄃᆞ디옷 더·욱 :머니 眞實로 미·치다 닐·얼디로다 ᄒᆞ다가 :머·리 일·티 아닌 ·ᄃᆞᆯ 알면 凡聖ㅣ 一體ㅣ라 ·즉재 일 :업·스리라(6a, 1 - 6a, 4)

【주 현대역】 돌(咄)은 애달파하는 소리이다. 옛적 연야달다(演若達多)가 머리를 가지고 머리를 찾더니 이제 중생(衆生)이 마음을 가지고 마음을 얻음이 또 이 같도다. 얻을수록 더욱 어긋나며 달려갈수록 더욱 멀어지니 진실로 미쳤다 말할 것이로다. 만일 머리를 잃지 않은 것을 알면 범부와 성인이 한 몸이라 즉시 일이 없어질 것이다.

【주 한자어 풀이】
1. 돌(咄) : 선가에서 선문답을 하거나 선지(禪旨)를 펼 때 말과 행동으로 표현 할 수 없는 것을 '쯧쯧'하는 소리로 나타내는 일종의 의성어이다.
2. 연야달다(演若達多) : 인도사람에게 흔한 이름으로 연야달다(延若達多), 야야달다(耶若達多)라고도 쓰며 사수(祠授)로도 번역된다. 하늘

에 기도하여 낳은 아들이라는 뜻이다.

【언해문 분석】
1. 애드는 : 애달파하는, 애닲는
   기본형은 '애돌다'로 분석하면 '애돌-(어간) + -는(현재 시상 관형형 어미)'이다. 어간형 '애돌-'의 'ㄹ'은 뒤에 오는 'ㄴ'의 영향으로 탈락하였다.
2. 소리라 : 소리이다
   분석하면 '소리(명사) + (이)(서술격 조사) + -라(설명형 종결 어미)'이다. 어형은 '소리〉소리'로 변화하였다. 〈두시언해중간본〉(1632)(1, 2b)에는 '소리'로도 나타난다.
3. 얻더니 : 찾더니, 얻더니
   기본형은 '얻다'로 분석하면 '얻-(어간) + -더-(과거 회상 선어말 어미) + -니(이유의 연결 어미)'이다.
4. ᄀᆞᆮ도다 : 같도다
   기본형은 'ᄀᆞᆮ다'로 분석하면 'ᄀᆞᆮ-(어간) + -도-(감동법 선어말 어미) + -다(설명형 종결 어미)'이다. 기본형은 'ᄀᆞᆮ다〉같다'로 변화하였다.
5. 읻디옷 : 얻을수록, 찾을수록
   위의 언해문에 나타나는 '어더'의 풀이로 '얻디옷'의 오각으로 보인다. 분석하면 '얻-(어간) + -디옷(익심형 연결 어미)'이다. 중세국어에서 '정도의 더해감'을 뜻하는 어미로 '-디옷'과 '-ㄹ수록'이 있다. '-디옷'이 '-ㄹ수록'에 비하여 일반적으로 사용되었는데 현대국어에서는 '-ㄹ수록'만 남아 있다.
6. 어긔며 : 어긋나며
   기본형이 '어긔다'로 분석하면 '어긔-(어간) + -며(나열의 연결 어미)'이다. '어리다'는 자동사의 타동사 용법이 있는데 여기서는 자동사로 쓰여 '어긋나다'의 뜻이다.

7. 둔디옷 : 달려갈수록

  기본형은 '둗다(走)'로 분석하면 '둗-(어간) + -디옷(익심형 연결 어미)'이다. 기본형은 '둗다〉닫다'로 변화하였다. '둗-'은 현대국어에서 '내닫-, 달아나-' 등의 합성어에서만 그 의미가 화석되어 남아 있다.

8. 머니 : 멀어지니

  기본형은 '멀다'로 분석하면 '멀-(어간) + -니(설명의 연결 어미)'이다. 어간형 '멀-'의 'ㄹ'은 뒤에 오는 'ㄴ'의 영향으로 탈락하였다.

9. 미치다 : 미쳤다

  기본형은 '미치다(狂)'로 분석하면 '미치-(어간) + -다(설명형 종결 어미)'이다.

10. 일티 : 잃지

  기본형은 '잃다'로 분석하면 '잃-(어간) + -디(부정 부사형 연결 어미)'이다. '잃'의 말음과 '디'의 두음인 'ㅎ + ㄷ'이 합해져 '티'로 나타난다.

11. 아닌 둘 : 않은 것을

  기본형은 '아니ㅎ다'로 분석하면 '아니(ㅎ)-(어간) + -ㄴ(관형형 어미) + 두(의존 명사) + ㄹ(목적격 조사)'이다.

12. 업스리라 : 없어질 것이다

  기본형은 '없다'로 분석하면 '없-(어간) + -으리-(미래 추측 선어말 어미) + -라(설명형 종결 어미)'이다. 중세국어에서 '없다'는 동사와 형용사로 모두 쓰였는데 이곳의 '없다'는 동사로서 '없어지다'의 뜻이다.

經에 云狂性이 自歇ᄒᆞ면

【원문】 經에 云狂性이 自歇ᄒᆞ면 頭非外得ᄒᆞ리라 縱未歇狂ᄒᆞᆫ들 亦何遺失ㅣ리오 ᄒᆞ시니라(6a, 5- 6a, 6)

【현대역】 경(經)에 이르되 "미친 성(性)이 스스로 없어지면 머리를 밖에서 얻지 않으리라. 비록 미치는 것을 없애지 못한들 또 어찌 잃게 하겠는가."라고 하시니라.

【언해문】 經에 니ᄅᆞ·샤ᄃᆡ 미·친 性이 제 歇ᄒᆞ면 머·리·를 바:ᄭᅴ ·가 ·얻·디 아니ᄒᆞ리라 비록 머·츄·믈 歇·티 ·몯ᄒᆞᆫ ·들 ·ᄯᅩ 엇뎌 일·히리오 ᄒᆞ시니라(6a, 7 -6a, 8)

【현대역】 경(經)에 이르시되 미친 성(性)이 스스로 없어지면 머리를 밖에 가서 얻지 않을 것이다. 비록 미치는 것을 없애지 못한들 또 (머리를) 어찌 잃게 하겠는가 하시니라.

【언해문 분석】
1. 바ᄭᅴ : 밖에(다른 데에)
   분석하면 '밖(명사) + 의(특이 처소격 조사)'이다.
2. 아니ᄒᆞ리라 : 않을 것이다, 못할 것이다
   기본형은 '아니ᄒᆞ다'로 분석하면 '아니ᄒᆞ-(어간) + -리-(미래 추측 선어말 어미) + -라(설명형 종결 어미)'이다.
3. 미츄믈 : 미치는 것을, 미침을

기본형은 '미치다(狂)'로 분석하면 '미치-(어간) + -움(명사형 어미) + 울(목적격 조사)'이다.
4. 몯흔들 : 못한들, 못한다고 하여도
기본형은 '몯ᄒ다'로 분석하면 '몯ᄒ-(어간) + -ㄴ들(양보의 연결 어미)'이다.
5. 엇뎌 : 어찌, 어째서
〈석보상절〉(1449)(6, 9a)에 '엇뎨', 〈두시언해중간본〉(1632) (1, 6a)에 '엇디' 등의 변형이 나타난다.
6. 일히리오 : 잃게 하겠는가
기본형은 '일히다'로 분석하면 '일히-(어간) + -리-(미래 추측 선어말 어미) + -오(설명 의문 종결 어미)'이다. 어간형 '일히-'는 '잃-(어근) + -이(사동의 파생 접사)'이다. '-오'는 의문사 '엇뎌'와 호응한다.

【주】오·직 狂心·을 歇ᄒ면 머리는 本來 安然·ᄒ·얏도다 비록 제 狂心을 歇·티 ·몯흔들 :엇뎌 제 모·로믈 因·ᄒ야 제 머·리 일히리·오(6a, 8 - 6a, 9)

【주 현대역】오직 광심(狂心)을 없애면 머리는 본래 안연(安然)하도다. 비록 저의 광심(狂心)을 없애지 못한들 어찌 자신이 모르는 것을 인하여 자신이 머리를 잃게 하겠는가.

【주 언해문 분석】
1. 安然ᄒ얏도다 : 안연(安然)하도다, 편안하게 있도다
기본형은 '안연(安然)ᄒ다'로 분석하면 '安然ᄒ-(어간) + -야(부사형 연결 어미) + (이)ㅅ-(有, 어간) + -도-(감동법 선어말 어미) + -다(설명형 종결 어미)'이다.
2. 제 : 자신이

분석하면 '저(대명사) + ㅣ(주어적 속격 조사)'이다. '제'는 소유격형과 주격형이 동일한데 성조에 따라 평성의 '제'는 소유격을, 상성의 ':제'는 주격을 나타낸다. 여기서는 평성으로 뒤에 오는 동명사 '-모룜'의 주어로 기능하고 있다. '저'는 현대국어에서 겸양의 뜻으로 쓰이지만 중세국어에서 '저'는 자기 자신을 나타내는 평칭으로 쓰이며 '쟈갸'라는 높임말이 있다.
3. 모로물 : 모르는 것을, 모름을
   기본형은 '모ᄅ다'로 분석하면 '모ᄅ-(어간) + -옴(명사형 어미) + 울(목적격 조사)'이다.

經에 云一切衆生이 於無生中에

【원문】經에 云一切衆生이 於無生中에 妄見生死涅槃ᄒ노ᄂ디 如見空花의 起滅ㅣ로다 然ㅣ나 妙覺圓照ᄂᆞᆫ 離於花翳ᄒᆞ니 故로 翳眼으로 觀空ᄒ면 無花에 見花ㅣ라 ᄒ시고 又云翳差ᄒ면 花除ㅣ라 ᄒ시니라(6b. 1 - 6b. 4)

【현대역】경(經)에 이르되 "일체의 중생이, 나는 것 없는 가운데[無生中]에서 망령되이 생사(生死)와 열반(涅槃)을 보는 것은 허공(虛空)의 꽃이 피고 지는 것을 보는 것과 같도다. 그러나 미묘한 깨달음으로 원만히 비추어 보면 꽃과 가리는 것에서 벗어날 것이니 그러므로 가려진 눈으로 허공(虛空)을 보면 꽃 없는 데에서 꽃을 볼 것이다."라고 하시고 또 이르되 "눈을 가린 병이 나으면 (거짓) 꽃이 없어질 것이다."라고 하시니라.

【한자어 풀이】
1. 무생중(無生中) : 무생 가운데. 열반의 진리는 생멸이 없으므로 '무생'이라 한다.
2. 예차(翳差) : 눈 가림 병이 낫다. '예(翳)'는 눈이 침침하다는 뜻이고 '차(差)'는 병이 낫는다는 뜻이다.

【언해문】經에 니ᄅᆞ샤·ᄃᆡ 一切 衆生이 :남 :업슨 ·ᄃᆡ 거·즛

生死과 涅槃과·를 ·보·논 ·디 虛空앳 고지 起과 滅과 봄 ·곧도
다 그러나 妙覺圓照는 곳과 ᄀ료믈 여:희니 그:럴ᄉᆡ 니ᄅᆞ샤·
ᄃᆡ ᄀᆞ·룐 ·눈ᄂᆞ로 虛空·을 보면 곳 :업슨 ·ᄃᆡ 곳 보리라 ·ᄒᆞ시
고 :ᄯᅩ 니ᄅᆞ샤·ᄃᆡ 누·네 ᄀᆞ·룐 병이 ·됴ᄒᆞ면 ·거즛 고지 제 업
스리라 ᄒᆞ시니라(6b. 5 - 6b. 8)

【현대역】 경(經)에 이르시되 "일체(一切) 중생(衆生)이 나는 것 없는
데에서 거짓 생사(生死)와 열반(涅槃)을 보는 것이 허공(虛空)에 있는 꽃
이 피고 지는 것을 보는 것 같구나. 그러나 미묘한 깨달음으로 원만하게
비추어 보면 꽃과 가리는 것을 여의니 그러므로 이르되 가린 눈으로 허
공(虛空)을 보면 꽃 없는 데에서 꽃 볼 것이다."라고 하시고 또 이르시되
"눈에 가린 병이 좋아지면 거짓 꽃이 스스로 없어질 것이다."라고 하시
니라.

【한자어 풀이】
1. 생사(生死) : 중생의 일생 시종(始終)을 말하며 미혹의 세계 또는 윤
   회의 모습이다.
2. 열반(涅槃) : 모든 번뇌의 속박에서 해탈하고 진리를 궁구하며 미(迷)
   한 생사를 초월해서 불생불멸의 법을 체득한 경지이다.
3. 묘각(妙覺) : 보살 수행의 52위(位)나 41위의 마지막 지위로 온갖 번
   뇌를 끊어버린 부처님의 자리이다.

【언해문 분석】
1. 남 : 나는 것
   기본형은 '나다(生)'로 분석하면 '나-(어간) + -ㅁ(명사형 어미)'이다.
2. ᄃᆡ : 데에서, 곳에서
   어형은 'ᄃᆡ>데'로 변화하였다.
3. 거즛 : 거짓(假, 僞)

17세기 문헌 〈동국신속삼강행실도〉(1617)에 '거즏(忠 1, 22b)', 거즌 (烈 4, 33b) 거짓(烈, 6, 25b)' 등으로도 나타난다.
4. 보논 디 : 보는 것이
   기본형은 '보다'로 분석하면 '보-(어간) + -ᄂ-(현재 시상 선어말 어미) + -오-(의도법 선어말 어미) + -ㄴ(관형형 어미) + ᄃ(의존 명사) + 이(주격 조사)'이다.
5. ᄀ료믈 : 가리는 것을, 가림을
   기본형은 'ᄀ리다'로 분석하면 'ᄀ리-(어간) + -옴(명사형 어미) + 을(목적격 조사)'이다. 기본형은 'ᄀ리다〉가리다'로 변화하였다.
6. 그럴ᄉᆡ : 그러므로, 그래서, 때문에
   기본형은 '그러다'로 분석하면 '그러-(어간) + -ㄹᄉᆡ(원인의 연결 어미)'이다.
7. 눈ᄂᆞ로 : 눈으로
   분석하면 '눈(명사) + ㄴ + ᄋᆞ로(도구의 부사격 조사)'이다. 이때의 'ㄴ'은 앞에 오는 체언 '눈'의 말음 'ㄴ'으로 인하여 'ㄴ'으로 중철표기 된 것이다.
8. 됴ᄒᆞ면 : 좋아지면, 나아지면
   기본형은 '둏다'로 분석하면 '둏-(어간) + -ᄋᆞ면(조건의 연결 어미)'이다. 기본형은 '둏다〉죻다〉좋다'로 변화하였다. '둏다'는 동사와 형용사로 모두 쓰였는데 이곳의 '둏다'는 동사로서 '좋아지다'의 뜻이다. 주로 '병이 좋아지다'에 쓰인다.
9. 고지 : 꽃(花)이
   분석하면 '곶(花, 명사) + 이(주격 조사)'로 '곶'이 '꽃'이 된 것은 경음화 된 것이다. 어형은 '곶〉곶〉꽃〉꽃'으로 변화하였다.
10. 제 : 스스로, 저절로
    표기에는 평성인 '저'로 나타나나 여기서는 거성의 '·저'로 '스스로 저절로'의 뜻인 부사이다.

【주】一切 衆生은 부텻 外ㅣ 대는 다이라 妙覺圓照는 人人의 本心이오 醫는 眼病이라 醫는 見分에 가·줄비시고 花는 相分에 ·가·줄비시고 虛空은 眞性에 가·줄(비)시니라 衆生이 몰라 生死 보믄 空花 니롬 ·곧고 아라 涅槃 ·어·두믄 空花 滅홈 곧도다 그러나 虛空性은 ·잠깐도 起滅 ·업거늘 眼病·으로 ·셔 二見 내고 眞覺性은 ·잠깐도 生涅 ·업거·늘 妄病으로셔 二見 내도다 思益經에 니르샤·딕 諸佛ㅣ 世間에 나·샤·미 衆生·을 生死:예 내야 涅槃에 :드류·믈 爲·ᄒ·샨 ·디 아니라 오·직 生死과 涅槃괏 二見 濟度·호·믈 爲·타 ·ᄒ시·니라(6b, 8 – 7a, 5)

【주 현대역】 일체(一切) 중생(衆生)은 부처의 외(外)에는 모두이다. 묘각원조(妙覺圓照)는 사람들의 본심이고 가리개[醫]는 눈병[眼病]이다. 가리개[醫]는 견분(見分)에 견주시고 꽃[花]은 상분(相分)에 견주시고 허공(虛空)은 진성(眞性)에 견주시니라. 중생(衆生)이 몰라서 생사(生死)를 보는 것은 허공의 꽃을 이르는 것 같고 알아서 열반(涅槃)을 얻는 것은 허공의 꽃이 시듦과 같도다. 그러나 허공성(虛空性)은 잠깐도 기멸(起滅)이 없거늘 눈병[眼病]으로써 두 견해[二見]를 내고 진각성(眞覺性)은 잠깐도 생열(生涅) 없거늘 망병(妄病)으로써 두 견해[二見]를 내도다. 사익경(思益經)에 이르시되 "제불(諸佛)이 세간(世間)에 나오신 것은 중생(衆生)을 생사(生死)에서 건져내어 열반(涅槃)에 들게 함을 위하시는 것이 아니라 오직 생사(生死)와 열반(涅槃)의 두 견해[二見]에서 제도(濟度)함을 위한다." 하시니라.

【주 한자어 풀이】
1. 견분(見分) : 객관의 사물이 인식하기에 적합하도록 주관에 나타나는 영상(影像)인 상분(相分)을 인식하는 작용이다.
2. 상분(相分) : 심식(心識)이 인식작용을 일으킬 때 그와 동시에 인지할

그림자를 마음 가운데 떠오르게 하여 대상을 삼는다.
3. 기멸(起滅) : 생하고 멸하는 것. 인연이 화합하면 생하고 이산(離散) 하면 멸한다는 뜻이다.
4. 진각성(眞覺性) : 참다운 깨달음의 본질.
5. 망병(妄病) : 잘못된 견해. 그릇된 사상.
6. 사익경(思益經) : 사익범천소문경(思益梵天所問經)의 약칭이다.
7. 이견(二見) : 단견(斷見)과 상견(常見)의 두 견해. 단견(斷見)은 일체 사물에 대해 단무(斷無)의 견해를 내는 것이고 상견(常見)은 일체 사물에 상주하는 견해를 내는 것을 말한다.

【주 언해문 분석】
1. 外ㅣ대ᄂᆞᆫ : 외에는
    '대'는 '예'의 오각으로 보인다. 〈두시언해초간본〉(1481)(7, 6a)에는 '-애ᄂᆞᆫ', 〈석보상절〉(1447)(23, 34a)에는 '-에ᄂᆞᆫ' 등의 형태가 나타난다.
2. 다이라 : 모두이다, 다이다
    분석하면 '다(皆) + 이(서술격 조사) + -라(설명형 종결 어미)'이다.
3. 가ᄌᆞᆯ비시고 : 견주시고, 비유(譬喩)하시고
    기본형은 '가ᄌᆞᆯ비다(比)'로 분석하면 '가ᄌᆞᆯ비-(어간) + -시-(주체 높임 선어말 어미) + -고(나열의 연결 어미)'이다.
4. 보ᄆᆞᆫ : 보는 것은, 봄은
    기본형은 '보다'로 분석하면 '보-(어간) + -ㅁ(명사형 어미) + ᄋᆞᆫ(지정의 보조사)'이다.
5. 니롬 : 이르는 것, 이름
    기본형은 '니ᄅᆞ다(至)'로 분석하면 '니ᄅᆞ-(어간) + -옴(명사형 어미)'이다. 기본형은 '니ᄅᆞ다>이르다'로 변화하였다.
6. 어두ᄆᆞᆫ : 얻는 것은, 얻음은

經에 云一切衆生이 於無生中에   63

기본형은 '얻다'로 분석하면 '얻-(어간) + -움(명사형 어미) + 은(지정의 보조사)'이다.

7. 잠깐도 : 잠깐도, 조금도
   분석하면 '잠깐(명사) + 도(보조사)'이다. 어형은 한자어 '잠간(暫間)'에서 온 말로 '잠깐〉잠깐'으로 변화하였다.

8. 업거늘 : 없거늘
   기본형은 '업다'로 분석하면 '업-(어간) + -거늘(구속의 연결 어미)'이다.

9. 나샤미 : 나오신 것은
   기본형은 '나다'로 분석하면 '나-(어간) + -샤-(주체 높임 선어말 어미) + -(오)ㅁ(명사형 어미) + 이(주격 조사)'이다.

10. 내야 : 건져내어, 내어
    기본형은 '내다(出)'로 분석하면 '내-(어간) + -야(부사형 연결 어미)'이다.

11. 드류믈 : 드는 것을, 듦을
    기본형은 '드리다'로 분석하면 '드리다(어간) + -움(명사형 어미) + 을(목적격 조사)'이다. 어간형 '드리다'는 '들-(入, 어근)- + -이(사동의 접사)'로 이루어진 것이다.

離心求佛者는 外道ㅣ오

【원문】離心求佛者는 外道ㅣ오 執心爲佛者는 爲魔ㅣ라 大抵忘機는 是佛道ㅣ오 分別는 是魔境ㅣ라 又分別을 不生ㅎ면 虛明이 自照ㅣ리라(7a, 6 - 7a, 8)

【현대역】마음을 여의고 부처를 구하는 사람은 외도(外道)이고 마음에 집착하여 부처를 삼는 사람은 마(魔)가 되느니라. 무릇 기(機)를 잊는 것은 이것이 부처의 도(道)이고 분별은 이것이 마(魔)의 경계(境界)니라. 또 분별을 내지 않으면 텅 비고[虛] 밝은 것이 스스로 비추리라.

【한자어 풀이】
1. 외도(外道) : 불교 이외의 종교. 또는 외도의 법을 따르는 사람도 외도라 한다.
2. 마(魔) : 마라(魔羅)의 준말. 몸과 마음을 요란하게 하여 선법(禪法)을 방해하고 좋은 일을 깨뜨려 수도에 장애가 되는 것을 말한다.
3. 기(機) : 기류(機類)·기근(機根)·기연(機緣)이라는 숙어로 쓰이는데 종교의 대상인 교법에 대한 주체(중생)를 통틀어 기(機)라 한다.

【언해문】ᄆᆞᅀᆞᆷ 여:희고 부텨 求:ᄒᆞᄂᆞ·니·는 外道ㅣ오 ᄆᆞᅀᆞ물 執·ᄒᆞ야 부텨 ·삼ᄂᆞ니·는 魔ㅣ라 大抵혼디 機 니·ᄌᆞ면 ·이 부텨·의 道ㅣ오 ᄀᆞᆯ희ᄲᅮ문 ·이 魔의 境界ㅣ라 ·ᄯᅩ 分別을 내디

아·니ᄒᆞ면 虛코 볼고미 졔 비·취리라(7a, 9 -7b, 2)

【현대역】마음을 여의고 부처를 구하는 이것은 외도(外道)이고 마음을 집착하여 부처를 삼는 이것은 마(魔)이다. 무릇 기(機)를 잊는 것은 이것이 부처의 도(道)이고 가리는 것은 이것이 마(魔)의 경계(境界)이다. 또 분별을 내지 않으면 텅 비고[虛] 밝은 것이 스스로 비출 것이다.

【언해문 분석】
1. 求ᄒᆞᄂᆞ니ᄂᆞᆫ : 구하는 이는
   '求ᄒᆞᄂᆞ이ᄂᆞᆫ'의 연철표기로 분석하면 '求ᄒᆞ-(어간) + -ᄂᆞ(현재 시상 관형형 어미) + 이(의존 명사) + ᄂᆞᆫ(보조사)'이다. 의존 명사 '이'는 사람이나 사물을 지칭한다.
2. 大抵ᄒᆞ디 : 무릇, 대저
3. 니주믄 : 잊는 것은, 잊음은
   기본형은 '닞다'로 분석하면 '닞-(어간) + -움(명사형 어미) + ᄋᆞᆫ(지정의 보조사)'이다. 기본형은 '닞다〉잊다'로 변화하였다.
4. ᄀᆞᆯᄒᆡ뿌믄 : 가리는 것은, 분별하는 것은, 분별함은
   기본형은 'ᄀᆞᆯᄒᆡ쁘다'로 분석하면 'ᄀᆞᆯᄒᆡ쁘-(어간) + -움(명사형 어미) + ᄋᆞᆫ(지정의 보조사)'이다.
5. 볼고미 : 밝은 것이, 밝음이
   기본형은 '볽다'로 분석하면 '볽-(어간) + -옴(명사형 어미) + 이(주격 조사)'이다. 기본형은 '볽다〉밝다'로 변화하였다.
6. 비취리라 : 비출 것이다
   기본형은 '비취다'로 분석하면 '비취-(어간) + -리-(미래 추측 선어말 어미) + -라(설명형 종결 어미)'이다. 중세국어에서 '비취-'는 자동사적 용법과 타동사적 용법을 다 가지고 있었다.

【주】緣生ᄒᆞᆫ 萬法이 假名ㅣ라 無實커늘 衆生이 迷惑ᄒᆞ야

名相에 着ᄒᆞ도다 虛明 自性을 ·아디 몯ᄒᆞᆯᄉᆡ 進退예 어·긔여 外道과 邪魔·의 일·후믈 얻도다 機ᄂᆞᆫ 能과 所왓 ᄆᆞᄉᆞᆷ ·니ᄂᆞᆫ 고디라(7b. 2 - 7b. 4)

【주 현대역】인연에 따라 생기는 온갖 법[萬法]이 거짓 이름[假名]이다. 실(實)이 없거늘 중생(衆生)이 미혹(迷惑)하여 이름[名]과 상(相)에 집착(着)하는구나. (본래) 비고 밝은 스스로의 성품을 알지 못하므로 나아가고 물러나는 데에 어긋나 외도(外道)와 사마(邪魔)의 이름을 얻는구나. 기(機)는 능(能, 주관)과 소(所, 객관)의 마음 일어나는 곳이다.

【주 한자어 풀이】
1. 상(相) : 외계(外界)에 나타나 마음의 상상(像想)이 되는 사물의 모양이다.
2. 사마(邪魔) : 4마(魔)의 하나. 사특하고 나쁜 마라(魔羅). 몸과 마음을 괴롭혀 좋은 일을 하지 못하게 하며 수도를 방해하는 삿되고 악한 마군이다.

【주 언해문 분석】
1. 니ᄂᆞᆫ : 일어나는
   기본형은 '닐다(起)'로 분석하면 '닐-(어간) + -ᄂᆞᆫ(현재 시상 관형형 어미)'이다. 어간형 '닐-'의 'ㄹ'은 뒤에 오는 'ㄴ'의 영향으로 탈락하였다.
2. 고디라 : 곳이다
   분석하면 '곧(명사) + 이(서술격 조사) + -라(설명형 종결 어미)'이다. '곧'은 현대국어에서 '곳'으로 변했다.

若不秘重得意一念ᄒ고

【원문】若不秘重得意一念ᄒ고 別求見性神通則豈有休歇時ㅣ리오 一念者ᄂᆞᆫ 一法也ㅣ니 所謂衆生心也ㅣ라(7b, 5 - 7b, 7)

【현대역】만일 깨친 한 생각을 중하게 여기지 않고 각별히 견성(見性) 신통(神通)을 구한다면 어찌 쉴 때가 있겠는가. 한 생각이라는 것은 한 법이니 이른바 중생심(衆生心)이라.

【한자어 풀이】
1. 일념(一念) : 찰나(刹那)라고도 하며 시간의 단위로 극히 짧은 시간을 말한다.
2. 견성(見性) : 자기의 심성을 사무쳐 알고 모든 법의 실상인 당체(當體)와 일치하는 정각(正覺)을 이루어 부처가 되는 것을 말한다.
3. 시(時) : 때. 시절. 시기. 시간. 결정적인 시점.
4. 중생심(衆生心) : 중생이 본래 갖추고 있는 심성. 즉 진여심(眞如心)을 말한다.

【언해문】:ᄒᆞ다가 ·ᄠᅳᆮ 어든 一念으란 秘重·히 아·니코 各別히 見性 神通·을 求ᄒᆞ면 ·엇뎌 休歇홀 時節·이 이·시리오 一念ㅣ란 거·슨 一法ㅣ·니 닐·온 衆生心ㅣ라(7b, 8 -7b, 9)

【현대역】만일 뜻 얻은 한 생각은 중히 여기지 아니하고 각별히 견성(見性) 신통(神通)을 구하면 어찌 쉴 시절(時節)이 있겠는가. 한 생각이

라는 것은 한 법이니 이른바 중생심(衆生心)이다.

【언해문 분석】
1. 어든 : 얻은
   기본형은 '얻다'로 분석하면 '얻-(어간) + -은(관형형 어미)'이다.
2. 一念으란 : 한 생각은, 한 생각일랑은
   분석하면 '一念 + 으란(지정의 보조사)'이다.
3. 아니코 : 아니하고
   기본형은 '아니ᄒ다'로 분석하면 '아니ᄒ-(어간) + -고(나열의 연결 어미)'이다.
4. 이시리오 : 있겠는가
   기본형은 '잇다/이시다'로 분석하면 '이시-(어간) + -리-(미래 추측 선어말 어미) + -오(설명 의문 종결 어미)'이다. '-오'는 의문사 '엇뎌'과 호응한다.
5. 一念ㅣ란 : 한 순간이라는, 일념(一念)이라는
   분석하면 '一念(명사) + ㅣ(서술격 조사) + -라(설명형 종결 어미) + -ㄴ(관형형 어미)'이다.
6. 거슨 : 것은
   분석하면 '것(의존 명사) + 은(지정의 보조사)'이다.
7. 닐온 : 이른바
   원문의 '所謂'를 축자한 것이다. 기본형은 '니르다'로 분석하면 '닐-(어간) + -오-(의도법 선어말 어미) + -ㄴ(명사형 어미)'이다.

【주】·이는 內外馳求ᄒᄂᄂ 病ㅣ·니 亦是 魔外·의 二坑ㅣ라 바ᄅ 一念 不生ᄒ야 前後際斷ᄒ면 三細六麁이 ·다 그처 照體 獨立ᄒ야 ·곧 果位眞佛ㅣ리라(7b, 9 -8a, 2)

【주 현대역】이는 안과 밖에서 치구(馳求)하는 병이니 역시 천마(天魔)

와 외도(外道)의 두 구덩이이다. 바로 한 생각도 생기지 아니하여 전후제단(前後際斷)하면 삼세육추(三細六麤)가 모두 끊어져 몸이 빛나고 홀로 서서 곧 참부처[眞佛]의 자리를 이룰 것이다.

【주 한자어 풀이】
1. 치구(馳求) : 자기의 본심을 잃고 악착같이 구하는 것이다.
2. 천마(天魔) : 4마(魔)의 하나. 천자마(天子魔)라고도 한다. 수행하는 사람을 보면 자기네 권속들을 없애고 궁전을 파괴할 것이라 생각하고 마군을 이끌고 수행하는 이를 시끄럽게 하며 정도를 방해하므로 천마라 한다.
3. 전후제단(前後際斷) : 전제(前際)와 후제(後際)가 끊어져서 항상 불멸하지 못함을 말한다. 그러나 단절되지 않은 듯이 보이는 것은 마치 불을 빨리 돌리면 둥근 바퀴같이 보이듯이 전과 후가 상속(相續)하는 탓이다.
4. 삼세(三細) : 무명업상(無明業相)·능견상(能見相)·경계상(境界相)을 말하는데 ①무명업상(無明業相)은 진여가 무명에 의하여 차별적 현상을 내게 되는 첫걸음으로 아직 주관 객관이 갈라지기 이전의 상태이고, ②능견상(能見相)은 무명업상이 주관 객관으로 갈라져 대립된 때에 그 주관적 방면을 말하며 ③경계상(境界相)은 능견상인 주관 앞에 나타나는 객관적인 대상의 경계를 말한다.
5. 육추(六麤) : 삼세(三細)에서 더욱 미혹한 망상의 모양이 생기게 되는데 이것이 육추이다. ①지상(智相, 주관적인 마음 작용인 능견상이 객관적인 대상인 경계상을 인식하되 그 실성(實性) 알지 못하고 마음 밖에 다른 존재인 줄로 잘못 집착하고 시비 선악의 판단을 내려 사랑하고 미워하는 생각에 사로잡히는 모양)과 ②상속상(相續相, 사랑하고 미워하는 망념이 상속하면서 좋은 것에는 즐거워하는 느낌을 일으키고 미운 것에는 걱정하는 생각을 일으키어 그치지 않고 상속하

는 모양)과 ③집취상(執取相, 앞 상에 대한 즐겁고 걱정되는 느낌이 단순한 주관적 감정인 줄을 알지 못하고 객관의 경계인 줄로만 믿고 대상과 경계에 집착하는 것)과 ④계명자상(計名字相, 대상과 경계의 선악을 구별할 뿐만 아니라 다시 이름을 붙이고 그 이름에 집착하여 모든 번뇌를 내는 모양)과 ⑤기업상(起業相, 이름에 집착하게 되면 반드시 행위가 따르는 것. 이 집착하는 생각으로 짓는 언어와 동작을 뜻함)과 ⑥업계고상(業繫苦相, 언어 동작으로 지은 모든 업인(業因)에 속박되어 반드시 받게 되는 미(迷)의 고과(苦果))을 말한다.

【주 언해문 분석】

1. 바ᄅ : 바로

17세기 문헌 〈동국신속삼강행실도〉(1612)(孝, 4 88b)에 '바로', 〈첩해신어초간본〉(1676)(6, 22b)에 '바르'로 나타난다.

2. 그처 : 끊어져

기본형은 '긏다'로 분석하면 '긏-(어간) + -어(부사형 연결 어미)'이다 어간형 '긏다'는 타동사적 용법과 자동사적 용법을 다 가지고 있는 동사인데 타동사적 '긏-'은 '끊다'나 '그치다'의 의미를 자동사적 '긏-'은 '끊어지다'나 '그치다'의 의미를 가진다. 여기에서는 자동사적 용법으로 쓰였다.

淨名ㅣ 云我의 本性이

【원문】淨名ㅣ 云我의 本性이 元自淸淨ᄒᆞ니 卽時豁然ᄒᆞ면 還得本心이라 ᄒᆞ시며 又一悟애 卽至佛地ㅣ라 ᄒᆞ시니라(8a, 3 - 8a, 5)

【현대역】정명(淨名)이 이르되 "내 본성(本性)이 원래 자체가 깨끗하여 곧바로 깨달으면 도로 본심(本心)을 얻을 것이다."라고 하시며 "또 하나를 깨달음에 곧 불지(佛地)에 이를 것이다."라고 하시니라.

【한자어 풀이】
1. 정명(淨名) : 정명거사. 인도 비야리국의 부호인 유마힐(維摩詰)이다.
2. 활연(豁然) : 활짝 깨닫는 모양.
3. 불지(佛地) : 부처의 세계.

【언해문】淨名ㅣ 니르·샤ᄃᆡ 나·의 本性이 本來 ·게 ·조ᄒᆞ니 ·즉재 ·훤츨ᄒᆞ면 도로 本心·을 ·어드리라 ᄒᆞ시며 :ᄯᅩ ᄒᆞᆫ 아로매 ·곧 佛地예 니·르리라 ᄒᆞ시니라(8a, 6 - 8a, 7)

【현대역】정명(淨名)이 이르시되 "나의 본성(本性)이 본래 자체가 깨끗하니 즉시 훤칠하면 도로 본심(本心)을 얻을 것이다."라고 하시며 "또 하나를 아는 것에서 곧 불지(佛地)에 이를 것이다."라고 하시니라.

【언해문 분석】

1. 本來 게 : 본래 자체가

    '게'는 '제'의 잘못으로 보인다. 이어지는 문장 '性自淸淨'의 언해에서 '自'의 언해가 '제'로 나타나는 것으로 보아 '제'의 획 하나가 떨어져 나간 것으로 보인다.

2. 조ᄒᆞ니 : 깨끗하니

    기본형은 '좋다(淨)'로 분석하면 '좋-(어간) + -ᄋᆞ니(원인의 연결 어미)'이다. 어간형 '좋-'은 '깨끗하다'는 뜻이고 현대국어의 '좋다(好)'에 해당하는 중세국어는 '둏다'이다.

3. 즉재 : 즉시

    '즉시, 즉시예, 즉직, 즉자히, 즉제, 즉채, 즌시' 등은 모두 같은 말인데 이 책 (56b, 4)에는 '즉제'가 나타난다. '즉재'의 '즉'은 '卽'이며 '재'는 '자히〉자이〉재'로 변화한 말이다.

4. 훤츨ᄒᆞ면 : 훤칠하면, 환하면

    기본형은 '훤츨ᄒᆞ다'로 분석하면 '훤츨ᄒᆞ-(어간) + -면(조건의 연결 어미)'이다. 여기에서는 '깨달아 막힘이 없는 것'을 말한다.

5. 어드리라 : 얻을 것이다(찾을 것이다)

    기본형은 '얻다'로 분석하면 '얻-(어간) + -으리-(미래 추측 선어말 어미) + -라(설명형 종결 어미)'이다.

6. 아로매 : 아는 것에서

    기본형은 '알다'로 분석하면 '알-(어간) + -옴(명사형 어미) + 애(처소격 조사)'이다.

7. 니르리라 : 이를 것이다, 이르리라

    기본형은 '니르다(至)'로 '니르-(어간) + -리-(미래 추측 선어말 어미) + -라(설명의 연결 어미)'이다.

【주】 ·이ᄂᆞᆫ 本性 淸淨을 니ᄅᆞ시니라(8a, 7 -8a, 7)

【주 현대역】이는 본성(本性)이 청정(淸淨)한 것을 이르신 것이다.

【주 언해문 분석】
1. 니ᄅᆞ시니라 : 이르신 것이다, 이르시니라
   기본형은 '니ᄅᆞ다(至)'로 분석하면 '니ᄅᆞ-(어간) + -시-(주체 높임 선어말 어미) + -니라(설명형 종결 어미)'이다.

祖師ㅣ 云性自清淨ᄒᆞ니

【원문】祖師ㅣ 云性自清淨ᄒᆞ니 起心着淨ᄒᆞ면 却生淨妄ᄒᆞ리라 妄無處所ᄒᆞ야 着者ㅣ 是妄ㅣ니 若不生心動念ᄒᆞ면 自然無妄ㅣ라 ᄒᆞ시니라(8a, 8 - 8b, 1)

【현대역】조사(祖師)가 이르시되 "본성(本性)은 자체가 청정(淸淨)하니 마음을 일으켜 청정(淸淨)에 집착하면, 도리어 청정(淸淨)하다는 망집[妄]이 생겨나리라. 망집[妄]은 머무는 바가 없어 집착하는 것이 이 망집[妄]이니 만일 마음을 내고 생각을 움직이지 않으면 자연히 망집[妄]이 없을 것이다."라고 하시니라.

【한자어 풀이】
1. 망(妄) : 망집(妄執). 허망한 법에 집착하는 것이다.

【언해문】祖師ㅣ 니ᄅᆞ샤ᄃᆡ 性이 제 淸淨ᄒᆞ니 ᄆᆞᅀᆞᆷ 니ᄅᆞ와·다 ·조토다 ·호매 着ᄒᆞ면 도ᄅᆞ혀 조·탓 妄이 나리라 妄ㅣ란 거·슨 자·리 ·업셔 着·호미 ·이 妄ㅣ니 ·ᄒᆞ다가 ᄆᆞᅀᆞᆷ ·내며 念 뮈우·디 아·니ᄒᆞ면 自然·히 妄 :업·스·리라 ᄒᆞ시니라(8b, 2 - 8b, 4)

【현대역】조사(祖師)가 이르시되 "본성(本性)은 자체가 청정(淸淨)하니 마음을 일으켜 깨끗하다는 것에 집착하면, 도리어 깨끗하다는 망(妄)이 생겨날 것이다. 망(妄)이라는 것은 자리가 없어 집착하는 것이 이 망

(妄)이니 만일 마음을 내며 생각을 움직이지 아니하면 자연히 망(妄)이 없을 것이다."라고 하시니라.

【언해문 분석】
1. 니르와다 : 일으켜
    기본형은 '니르왇다(起)'로 분석하면 '니르왇-(어간) + -아(설명의 연결 어미)'이다. 〈월인석보〉(1459)(7, 35a)에는 '니르왇다'로, 〈두시언해중간본〉(1632)(2, 52b)에는 '니르왓다'로 나타난다.
2. 도르혀 : 도리어
    어형은 '도르혀〉도르혀〉도로혀〉도리어'로 변화하였다.
3. 조탓 : 깨끗하다는
    기본형은 '좋다'로 분석하면 '좋-(어간) + -다(설명형 종결 어미) + ㅅ(관형격 조사)'이다. 현대국어에서는 종결어미 다음에 관형형 어미 '-ㄴ, -는'이 쓰이지만 여기에서는 15세기 국어처럼 'ㅅ' 속격조사가 쓰이는 모습을 보여준다.
4. 나리라 : 생겨날 것이다
    기본형은 '나다(生)'로 분석하면 '나-(어간) + -리-(미래 추측 선어말 어미) + -라(설명형 종결 어미)'이다.
5. 뮈우디 : 움직이지, 동하지
    기본형은 '뮈우다'로 분석하면 '뮈우-(어간) + -디(부정 부사형 연결 어미)'이다. 어간형 '뮈우-'는 '뮈-(어근) + -우(사동의 파생 접사)'이다.

【주】·이ᄂᆞᆫ 妄性 本空·을 니ᄅᆞ시니라(8b, 4 – 8b, 4)
    【주 현대역】 이는 미혹한 성품이 본래 공(空)한 것을 이르신 것이다.

【주 언해문 분석】
1. 망성(妄性) : 미혹한 성품.

敎門엔 惟傳一心法ᄒᆞ시고

【원문】 敎門엔 惟傳一心法ᄒᆞ시고 禪門엔 惟傳見性法ᄒᆞ시니 心이 卽是性ㅣ오 性이 卽是心ㅣ니라(8b, 5 - 8b, 6)

【현대역】 교문(敎門)에서는 오직 일심법(一心法)을 전(傳)하시고 선문(禪門)에서는 오직 견성법(見性法)을 전(傳)하시니 마음이 곧 성(性)이고 성(性)이 곧 마음이니라.

【한자어 풀이】
1. 교문(敎門) : 불교의 교리를 체계적으로 연구하는 분야이다.
2. 일심법(一心法) : 일심이란 만유의 실체인 진여(眞如), 또는 모든 현상의 근원에 있는 마음의 법을 뜻한다.
3. 선문(禪門) : 참선을 통해 깨달음을 얻으려는 분야이다.
4. 견성법(見性法) : 견성성불법(見性成佛法). 선가에서 자신의 성품을 꿰뚫어 알고 모든 법의 실상인 당체(當體)와 일치하는 정각을 이루어 부처가 되는 법을 말한다.

【언해문】 敎門에ᄂᆞᆫ 오·직 一心法·을 傳ᄒᆞ시고 禪門에·ᄂᆞᆫ 오·직 見性法·을 傳ᄒᆞ시·니 心이 ·곧 性ㅣ오 性ㅣ ·곧 心ㅣ니라(8b, 7 - 8b, 8)

【현대역】 교문(敎門)에서는 오직 일심법(一心法)을 전(傳)하시고 선문(禪門)에서는 오직 견성법(見性法)을 전(傳)하시니 심(心)이 곧 성(性)이

고 성(性)이 곧 심(心)이니라.

【언해문 분석】
1. 오직 : 오직
   바로 뒤에 '惟'의 언해로 '오직'이 나오는 것으로 '오직'의 오각으로 보인다. 이 책에서는 이곳을 빼놓고는 '오직'의 형태만 보인다.
2. 性ㅣ오 : 성(性)이고
   분석하면 '性 + ㅣ(서술격 조사) + -오(나열의 연결 어미)'이다. 나열의 연결 어미 '-고'는 'ㅣ' 모음 아래에서 'ㄱ'이 탈락하여 '-오'가 된다.

【주1】 ᄆᆞᅀᆞᄆᆞᆫ ·이 衆生·의 本源心ㅣ라 無明·의 相·을 取·ᄒᆞᄂᆞᆫ ᄆᆞᅀᆞᆷ 아·니오 性은 ·이 一心·의 本法性ㅣ라 性과 相괏 서르 마초ᄂᆞᆫ 性ㅣ 아·니니라(8b, 8 -8b, 9)

【주1 현대역】 마음은 이것이 중생(衆生)의 본바탕 마음이라서 무명(無明)의 형상[相]을 취(取)하는 마음이 아니고, 성품[性]은 이것이 한 마음[一心]의 근본이 되는 성품이라서 성품[性]과 형상[相]이 서로 대립되는 성품이 아니다.

【주1 한자어 풀이】
1. 무명(無明) : 근본적인 무지(無知). 잘못된 의견이나 집착 때문에 진리를 깨닫지 못하는 마음의 상태. 모든 번뇌의 근원이 된다.

【주1 언해문 분석】
1. 性과 相괏 : 성품과 형상이
   분석하면 '性 + 과(공동격 조사) + 相 + 과(공동격 조사) + ㅅ(주어적 속격 조사)'이다.
2. 마초ᄂᆞᆫ : 대립되는, 맞추는, 상대되는, 견주는

기본형은 '마초다'로 분석하면 '마초-(어간) + -는(현재 시상 관형형 어미)'이다.

【주2】 心字·과 性字·괘 各各 深淺이 다ᄅ거·늘 禪者·과 敎者괘 ·다 이 일:훔만 아라 或 녀튼 거슬 기·피 :알며 或 기·픈 거·슬 녀:티 아라 觀·과 行·앳 大病ㅣ 되일ᄉᆡ ·이리 仔細·히 ᄀᆞᆯ:히시·니라 ·이 一心體性·은 깁·고 너버 萬法·을 ᄀᆞ초 쁴:려 動:티 아니:호ᄃᆡ 緣·을 조·출ᄉᆡ 體:예 卽·ᄒᆞ며 用·애 卽·ᄒᆞ며 人·에 卽ᄒᆞ며 法에 卽ᄒᆞ며 妄·애 卽ᄒᆞ며 眞·에 卽ᄒᆞ며 事애 卽ᄒᆞ며 理·예 卽·ᄒᆞ:야 義勢·ᄂᆞᆫ 千萬差別ㅣ로·ᄃᆡ 도ᄅᆞ:혀 湛然常寂·ᄒᆞ:야 一切ㅣ 다 ᄀᆞ·즐·ᄉᆡ 性 아니:며 相 아니:며 理 아니:며 事 아니:며 부텨 아니·며 衆生 아:닌 等·이·라 ·이·ᄀᆞ티 大不可思議일·ᄉᆡ 宗師이 바ᄅᆞ 人人·의 現前 一念·을 ᄀᆞᄅᆞ:쳐 見性成佛케 ᄒᆞ야시·든 學者이 그 言下·에 大悟ᄒᆞ:면 百千 法門·과 無量妙義:를 一時·예 證得·ᄒᆞ·ᄂᆞ니라 이·ᄂᆞᆫ 비:록 禪·과 敎:를 對辯ᄒᆞ샤도 望理成佛·ᄒᆞ·ᄂᆞᆫ 敎 ᄠᅳ디 아니라 先師이 니ᄅᆞ:샤·ᄃᆡ 眞心은 包含衆妙·호ᄃᆡ 亦超言辭ᄒᆞ·고 眞性·은 離名絶相·호ᄃᆡ 緣起 無碍ㅣ라 ·ᄒᆞ시니라 (8b, 9 - 9b, 1)

【주2 현대역】 심(心)자와 성(性)자가 각각 깊이가 다르거늘 선자(禪者)와 교자(敎者)가 모두 이 이름만 알아 혹 옅은 것을 깊이 알며 혹 깊은 것을 옅게 알아 마음으로 진리를 살피고[觀] 몸소 실천함[行]에 큰 병이 되므로 이렇게 자세히 가리시니라. 이 일심체성(一心體性)은 깊고 넓어 만법(萬法)을 갖추어 감싸 움직이지 않을지라도 연(緣)을 좇으므로 체(體)에 들어맞으며 용(用)에 들어맞으며 인(人)에 들어맞으며 법(法)에 들어맞으며 망(妄)에 들어맞으며 진(眞)에 들어맞으며 사(事)에 들어맞

으며 이(理)에 들어맞아 뜻하는 바는 천차만별이지만 도리어 담연상적(湛然常寂)하여 일체가 모두 갖추어졌으므로 성(性) 아니며 상(相) 아니며 이(理) 아니며 사(事) 아니며 부처 아니며 중생 아닌 것 등(等)이다. 이같이 대불가사의(大不可思議)이므로 종사(宗師)가 바로 사람들 앞에 나타나 한 생각을 가르쳐 견성성불(見性成佛)하게 하시면 배우는 사람이 말을 듣자마자 크게 깨달으면 백천(百千)의 법문(法門)과 셀 수 없는 묘한 뜻을 일시에 증득(證得)하느니라. 이는 비록 선(禪)과 교(敎)를 상대적으로 말할지라도 이(理)를 보고 성불(成佛)하는 교(敎)의 뜻이 아니다. 선사(先師)가 이르시되 "진심(眞心)은 중묘(衆妙)를 포함할지라도 또한 말[言辭]을 초월하고 진성(眞性)은 명상(名相)을 떠났을지라도 연기(緣起)에 거리낄 것이 없다."라고 하시니라.

【주2 한자어 풀이】
1. 관(觀)·행(行) : 마음으로 진리를 관하고 몸소 실천함.
2. 즉(即) : 들어맞다. 즉하다.
3. 의세(義勢) : 뜻하는 바는.
4. 담연상적(湛然常寂) : 담연은 물이 맑고 깊은 모양이며 상적은 몸과 마음이 일체의 미혹에서 벗어나 늘 고요한 것이다. 여기서는 깨달음의 경지이다.
5. 이사(理事) : 교학(教學)에서 이(理)는 보편적인 절대·평등의 진리 혹은 이법(理法)을 가리키며, 사(事)는 개별적이고 구체적인 사상(事象)·현상(現象)을 의미한다.
6. 언하(言下) : 말을 듣자마자. 말하자마자.
7. 증득(證得) : 바른 지혜로 진리를 체득하는 것. 증(證)은 오(悟)이고 득(得)은 지(知)이다.
8. 진성(眞性) : 타고난 마음.
9. 연기(緣起無碍) : 연기에 따르지 않음. 곧 부처는 여여(如如)히 왔다

가 여여(如如)히 갈 뿐 인연법을 따르지 않음을 말한다.

【주2 언해문 분석】
1. 心字과 性字괘 : 심(心)자와 성(性)자가
   분석하면 '心字 + 과(공동격 조사) + 性字 + 과(공동격 조사) + ㅣ(주격 조사)'이다. 현대국어에서는 두 가지를 비교할 때 후행 어사에는 공동격 조사를 생략하고 주격 조사만 붙여 쓰고 있으나 중세국어에서는 반드시 공동격을 후속 어사에도 붙여 놓고 다시 주격 조사를 붙였다.
2. 다ᄅ거늘 : 다르거늘
   기본형은 '다ᄅ다'로 분석하면 '다ᄅ-(어간) + -거늘(설명의 연결 어미)'이다. 기본형은 '다ᄅ다>다르다'로 변화하였다.
3. 녀튼 : 옅은
   기본형은 '녙다'로 분석하면 '녙-(어간) + -은(관형형 어미)'이다. 기본형은 '녙다>옅다'로 변화하였다.
4. 되일ᄉᆡ : 되므로, 되기 때문에
   기본형은 '되이다'로 분석하면 '되이-(어간) + -ㄹᄉᆡ(원인의 연결 어미)'이다.
5. ᄀᆞᆯ히시니라 : 가리시니라, 선택하시니라
   기본형은 'ᄀᆞᆯ히다'로 분석하면 'ᄀᆞᆯ히-(어간) + -시-(주체 높임 선어말 어미) + -니라(설명형 종결 어미)'이다. 〈노걸대언해〉(1670)(下, 64b)에 'ᄀᆞᆯ회다', 〈가례언해〉(1632)(7, 16a)에 'ᄀᆞᆯ희다', (7, 15a)에 'ᄀᆞᆯ히다', (7, 18b)에 'ᄀᆞᆯᄒᆞ다'로도 나타난다.
6. ᄀᆞ초 : 갖추어
   'ᄀᆞ초다'의 어간이 부사화 된 것으로 〈경신록언해〉(1886)(9a)에 '가초', (44a)에 'ᄀᆞᆺ초'의 형태로도 나타난다.
7. ᄢᅳ려 : 감싸

기본형은 '끄리다(抱, 擁, 衛)'로 분석하면 '끄리-(어간) + -어(부사형 연결 어미)'이다. '끄리-'는 '싸다, 안다'를 기본 의미로 하여 '감싸다, 보호하다, 포함하다'까지의 의미영역을 가지고 있다. 이 책의 (25b, 9)에는 '쓰려'가 나타난다. 〈두시언해중간본〉(1632)(6, 5b)에 '끄리다', 〈첩해신어초간본〉(1676) (9, 14 b)에 '쓰리다' 등으로 표기되었다. 기본형은 '끄리다〉쓰리다〉꾸리다'로 변화하였다.

8. 아니오딕 : 않을지라도

기본형은 '아니ᄒ다'로 분석하면 '아니(ᄒ)-(어간) + -오딕(양보의 연결 어미)'이다.

9. 조출식 : 좇으므로, 좇기 때문에

기본형은 '좇다(隨, 逐, 追)'로 분석하면 '좇-(어간) + -올식(원인의 연결 어미)'이다.

10. ᄀᄌᆞᆯ식 : 갖추어졌으므로, 갖추어졌기 때문에

기본형은 'ᄀᆽ다'로 분석하면 'ᄀᆽ-(어간) + -올식(원인의 연결 어미)'이다. 기본형은 'ᄀᆽ다〉갖다'로 변화하였다.

11. ᄀᆞᄅ쳐 : 가르쳐

기본형은 'ᄀᆞᄅ치다'로 분석하면 'ᄀᆞᄅ치-(어간) + -어(부사형 연결 어미)'이다. 'ᄀᆞᄅ치다'는 중세국어에서 '가르치다'와 '가리키다'의 뜻으로 쓰였는데 여기에서는 전자의 의미로 쓰였다.

12. ᄒ야시든 : 하시면

기본형은 'ᄒ다'로 분석하면 'ᄒ-(어간) + -야⋯ + -시-(주체 높임 선어말 어미) + ⋯-든(조건의 연결 어미)'이다. '야든'은 불연속 형태이다. 현대국어에서는 '-시-'가 선행하여 '-시거든'이 된다.

心則從妙起明ㅣ니

【원문】心則從妙起明ㅣ니 如鏡之光ㅣ오 性則即明而妙ㅣ니 如鏡之體ㅣ니라(9b. 2 - 9b. 3)
【현대역】마음은 묘(妙)로 말미암아 밝아지니 거울의 빛과 같고 성(性)은 곧 밝고 묘(妙)하니 거울의 형체와 같으니라.

【언해문】ᄆᆞᅀᆞ·ᄆᆞᆫ 妙:ᄅᆞᆯ브·터 ᄇᆞᆯ·고미니 거우:루·의 빗 ·ᄀᆞ고 性·은 ᄇᆞᆯ·고매 即ᄒᆞ:야 妙ᄒᆞ·니 거·우루·의 얼굴 ·ᄀᆞᄐᆞ·니라(9b. 4 - 9b. 5)
【현대역】마음은 묘(妙)로부터 밝아지는 것이니 거울의 빛 같고 성(性)은 밝아짐에 들어맞아 묘(妙)하니 거울의 형체 같으니라.

【언해문 분석】
1. 妙ᄅᆞᆯ브터 : 묘(妙)로부터
   분석하면 '묘(妙) + ᄅᆞᆯ브터(출발점의 보조사)'이다. '출발점'을 뜻하는 '브터'는 목적격조사를 선행시킨 'ᄋᆞᆯ브터' 형식이 중세국어에서 일반적인 것으로 보아 용언 '븥-(附)'이 문법화된 것으로 보인다.
2. ᄇᆞᆯ고미니 : 밝아지는 것이니
   기본형은 'ᄇᆞᆰ다'로 분석하면 'ᄇᆞᆰ-(어간) + -옴(명사형 어미) + 이(서술격 조사) + -니(원인의 연결 어미)'이다. 기본형은 'ᄇᆞᆰ다〉밝다'로 변화하였다.

3. 거우루의 : 거울의
   분석하면 '거우루(명사) + 의(관형격 조사)'이다. 어형은 '거우루〉거 올〉거울'로 변화하였다.
4. 얼굴 : 형체
   중세국어의 '얼굴(體)'은 '형체, 모습'의 뜻을 가진다. 현대국어에서는 그 의미가 축소되어 '안면(顔面)'만을 가리키게 되었다.
5. ᄀᆞᆮ᠂ᄒ니라 : 같으니라
   기본형은 'ᄀᆞᆮᄒ다'이다. 분석하면 'ᄀᆞᆮᄒ-(어간) + -니라(설명형 종결 어미)'이다. 이형으로 〈소학언해〉(1586)(6, 42b) 등에서는 'ᄀᆞᆮ트다'의 형태도 보인다.

【주】·이는 衆外·옛 法·을 ᄒᆞᆫ갓 :말·ᄉᆞ미 및·디 :몯ᄒᆞᆯ·ᄉᆡ 上文·에 心字과 性字·를 다·시 譬喩로 나·토시니라(9b, 5 – 9b, 6)
【주 현대역】이는 중생(衆生)과 외도(外道)의 법(法)을 한갓 말이 미치지 못하므로 위 문장에서 심(心)자와 성(性)자를 다시 비유(譬喩)로 나타내시니라.

【주 한자어 풀이】
1. 중외(衆外) : 중생(衆生)과 외도(外道). 중생은 정식(情識)이 있는 생물이고, 외도는 불교를 믿지 않는 사람을 가리킨다.

【주 언해문 분석】
1. ᄒᆞᆫ갓 : 한갓, 오직
   부사 'ᄒᆞᆫ갓'은 두 가지 의미를 가진다. 하나는 '한갓, 오직'의 의미이고 다른 하나는 '공연히'의 의미이다. 여기서는 앞의 뜻으로 쓰였다.
2. 밋디 : 미치지, 도달하지
   기본형은 '밋다(及)'로 분석하면 '밋-(어간) + -디(부정 부사형 연결 어미)'이다. '밋-'은 '및-'의 8종성 표기법에 따른 표기이다.
3. 나토시니라 : 나타내시니라

기본형은 '나토다'로 분석하면 '나토-(어간) + -시-(주체 높임 선어말 어미) + -니라(설명형 종결 어미)'이다. 어간형 '나토-'는 '낱-(어근) + -오(사동의 파생 접사)'이다.

敎門에 惟執悉達이

【원문】 敎門에 惟執悉達이 一生成佛者는 爲小乘機也ㅣ오 多劫에 修行ᄒ야 相盡性顯ᄒ야ᅀᅡ 方得成佛者는 爲大乘機也ㅣ오 一念悟時ㅣ 名爲佛者는 爲頓機也ㅣ오 本來成佛者는 爲圓機也ㅣ니 猶禪門에 煩惱과 菩提를 異執者는 爲皮也ㅣ오 斷煩惱ᄒ고 得菩提者는 爲肉也ㅣ오 迷則煩惱ㅣ오 悟則菩提者는 爲骨也ㅣ오 本無煩惱ㅣ라 元是菩提者는 爲髓也ㅣ니라
(9b, 7 – 10a, 5)

【현대역】 교문(敎門)에 "오직 실달(悉達)만이 일생성불(一生成佛)하셨다."라고 집착하는 사람은 소승(小乘)의 근기(根機)가 되고 "여러 겁(劫)에 수행(修行)하여 형상이 다하고 성품이 나타나 비로소 성불(成佛)을 이루리라."라고 하는 사람은 대승(大乘)의 근기(根機)가 되고 "한 생각을 깨쳤을 때 이름이 부처가 된다."라고 하는 사람은 돈교(頓敎) 근기(根機)가 되고 "본래부터 성불(成佛)이다."라고 하는 사람은 원교(圓敎) 근기(根機)가 되니 선문(禪門)에 "번뇌(煩惱)와 보리(菩提)를 다르다."라고 하는 사람은 살갗이 되고 "번뇌(煩惱)를 끊고 보리(菩提)를 얻을 것이다."라고 하는 사람은 살이 되고 "모르면 번뇌(煩惱)이고 알면 보리(菩提)이다."라고 하는 사람은 뼈가 되고 "본래 번뇌(煩惱) 없이 원래 보리(菩提)이다."라고 하는 사람은 골수(骨髓)가 되는 것과 같으니라.

【한자어풀이】
1. 교문(敎門) : 부처께서 말씀으로 가르친 것을 교(敎)라 한다.
2. 실달(悉達) : 석가가 출가하기 전 정반왕 태자 때의 이름. 실달다(悉達多)라고 음사하기도 한다.
3. 소승(小乘) : 대승에 반대되는 것으로 성문승, 연각승이 있다.
4. 대승(大乘) : 사람을 싣고 이상경(理想境)에 이르게 하는 교법 가운데서 교리 교설과 이상경에 도달하려는 수행과 그 이상 목적이 모두 크고 깊은 것이므로 이것을 받은 근기도 또한 큰 그릇인 것을 대승이라 한다.
5. 보리(菩提) : 불교의 최고 이상인 불타 정각의 지혜. 불타 정각의 지혜를 얻기 위하여 닦는 도를 말한다.
6. 번뇌(煩惱) : 나라고 생각하는 사정에서 일어나는 나쁜 경향의 마음 작용이다.

【언해문】敎門:에 오·직 悉達이 一(生)成佛·ᄒ시니라 執·ᄒᆞᄂ니·ᄂᆞ 小乘根機(ㅣ)오 여려 劫에 修行·ᄒ야 相·이 다ᄋ·고 性이 나타ᅀᅡ 비:릇 成佛ᄒ리·라 ·ᄒᆞᄂ니·ᄂᆞ 大乘根機ㅣ오 一念 ·알 時節이 일:후·미 부톄라 ·ᄒᆞᄂ니·ᄂᆞ 頓敎根機ㅣ오 本來 成佛ㅣ라 ᄒᆞᄂ니·ᄂᆞ 圓敎根機ㅣ니 禪門·에 煩惱과 菩提·를 다ᄅᆞ·다 ·ᄒ니·ᄂᆞ 가:치오 煩惱 긋·고 菩提을 得ᄒ리·라 ᄒᆞ니·ᄂᆞ :술·히오 모:ᄅᆞ면 煩惱ㅣ오 ·알면 菩提ㅣ라 ᄒ·니ᄂᆞ ·쎄오 本來 煩惱 ·업시 元是菩提ㅣ라 ᄒ니·ᄂᆞ 髓ㅣ라 ᄒᆞᆷ·옴과 ᄀᆞᄐᆞ니라(10a, 6 – 10b, 2)

【현대역】교문(敎門)에 "오직 실달(悉達)만이 일생성불(一生成佛)하셨다."고 집착하는 것은 소승(小乘)의 근기(根機)이고 "여러 겁(劫)에 수행(修行)하여 형상이 다하고 성품이 나타나야 비로소 성불(成佛)할 것이

라."고 하는 것은 대승(大乘)의 근기(根機)이고 "한 생각을 알(깨칠) 때 이름이 부처라."고 하는 것은 돈교(頓敎) 근기(根機)이고 "본래부터 성불(成佛)이라."고 하는 것은 원교(圓敎) 근기(根機)이니 선문(禪門)에 "번뇌(煩惱)와 보리(菩提)를 다르다."고 하는 것은 가죽이고 "번뇌(煩惱)를 끊고 보리(菩提)를 얻을 것이라."고 하는 것은 살이고 "모르면 번뇌(煩惱)이고 알면 보리(菩提)라."고 하는 것은 뼈이고 "본래 번뇌(煩惱) 없어 원래가 보리(菩提)라."고 하는 것은 골수(骨髓)라고 하는 것과 같으니라.

【한자어 풀이】
1. 근기(根機) : 근(根)은 물건의 근본 되는 힘, 기(機)는 발동하는 뜻. 교법을 듣고 닦아 증(證)하여 얻는 능력. 교법을 받는 중생의 성능을 말한다.
2. 돈교(頓敎) : 단도직입적으로 불과(佛果)를 성취하고 깨달음에 이른다는 교법을 말한다.
3. 원교(圓敎) : 본래 평등하여 깨달을 수 있는 소질은 모두 같다는 교법이다.
4. 골수(骨髓) : 마음 속. 여기에서는 마음속 깊은 곳에 담고 있는 깨달음의 정수이다.

【언해문 분석】
1. 一(生)成佛ᄒ시니라 : 일생성불(一生成佛)하셨다
   (生)에서 '生'을 괄호로 한 것은 이 글자가 제대로 보이지 않지만 '生' 일 것임을 나타낸다. 원문에 '一生成佛者ᄂᆞᆫ'이 있는 것을 보면 '生'이 옳아 보인다. 분석하면 '一生成佛ᄒ-(어간) + -시-(주체 높임 선어말 어미) + -니라(설명형 종결 어미)'이다.
2. 執ᄒᆞᄂᆞ니ᄂᆞᆫ : 집착(執着)하는 것은
   기본형은 '집(執)ᄒ다'로 분석하면 '執ᄒ-(어간) + -ᄂᆞ(현재 시상 관형형 어미) + 이(의존 명사) + 는(지정의 보조사)'이다.
3. 小乘根機(ㅣ)오 : 소승(小乘)의 근기(根機)이고
    원문의 '爲小乘機也ㅣ오'를 보면 '小乘根機ㅣ오'일 것이다. 분석하면 '小乘根機 + ㅣ(서술격 조사) + -오(나열의 연결 어미)'이다. 나열의 어미 '-고'는 '이' 모음 아래에서 'ㄱ'이 탈락하여 '-오'로 나타났다.
4. 여려 : 여러
    '여러'의 오각으로 보인다.
5. 다ᄋ고 : 다하고
    기본형은 '다ᄋ다'로 분석하면 '다ᄋ-(어간) + -고(나열의 연결 어미)'이다.
6. 나타사 : 나타나야
    기본형은 '낱다'로 분석하면 '낱-(어간) + -아사(의무의 부사형 연결 어미)'이다. 조선초기에는 '사'로 표기된 것으로 조사, 부사형 어미, 부사 등의 밑에 쓰인 것이다. 선조 중기이후 '아'로 되었다가 현재는 '야'로 고착되었다.
7. 비릇 : 비로소
    '비르서, 비르소, 비르수, 비르서' 등 다양한 모습을 가지고 있었다.
8. ᄒᆞᄂᆞ니는 : 하는 것은
    기본형은 'ᄒᆞ다'로 분석하면 'ᄒᆞ-(어간) + -ᄂᆞ(현재 시상 관형형 어미) + 이(의존 명사) + 는(지정의 보조사)'이다. 이때의 'ᄒᆞ다'는 '말하다'의 뜻으로 인용동사의 기능을 하고 있다. 중세국어의 인용문은 현대국어와 달리 인용조사가 없이 인용절이 사용되었다.
9. 부톄라 : 부처라
    분석하면 '부텨(명사) + ㅣ(서술격 조사) + -라(설명형 종결 어미)'이다.
10. 하니는 : 하는 것은
    기본형은 'ᄒᆞ다'로 분석하면 'ᄒᆞ-(어간) + -ㄴ(관형형 어미) + 이(의존 명사) + 는(지정의 보조사)'이다.

11. 가치오 : 가죽(皮)이고, 살곶이고
    분석하면 '갗(명사) + 이(서술격 조사) + -오(나열의 연결 어미)'이다. 나열의 어미 '-고'는 '이' 모음 아래에서 'ㄱ'이 탈락하였다.
12. 긋고 : 끊고, 그치고, 쉬고
    기본형은 '긋다'로 '긋-(어간) + -고(나열의 연결 어미)'이다.
13. 숧히오 : 살이고
    분석하면 '숧(명사) + 이(서술격 조사) + -오(나열의 연결 어미)'이다.
14. 업시 : 없어, 없이
    분석하면 '없-(어근) + -이(부사 파생 접사)'이다. 그러나 이어지는 주 '餘人는 佛性 업서(10b, 8)'를 참조하면 '업서'의 잘못으로 생각되기도 한다.
15. ᄒᆞᅀᆞ옴과 : 하는 것과, 함과
    기본형은 'ᄒᆞ다'로 분석하면 'ᄒᆞ-(어간) + -ᅀᆞ-(객체 높임 선어말 어미) + -옴(명사형 어미) + 과(공동격 조사)'이다.

【주】梵語에 悉達·은 예:셔 닐오매 頓吉ㅣ·니 釋迦·의 太子 적 일:후미시니·라 相·은 生·과 住·과 異·과 滅·괘니 ·이·는 生起이라 滅·은 十信位·예셔 긋·고 異·는 三賢位·예셔 ·긋고 住·는 十聖位예셔 긋·고 生·은 佛位·예·셔 그츠·시ᄂᆞ·니 ·이·는 修斷이·라 펴면 五十五位ㅣ오 조·리:면 四位ㅣ니 오·직 生念·과 滅念·과를 議論·ᄒᆞ:실 ᄯᆞᄅᆞ미라 煩惱는 憂煎ㅣ 爲煩ㅣ오 迷亂ㅣ 爲惱ㅣ니 心·과 境·괘 서ᄅᆞ ·싸·홀 ·시라 梵語·에 菩提·는 ·예셔 닐오·매 覺ㅣ·라 敎門下·는 如來 四敎:를 議論·ᄒᆞ·시니 오·직 悉達太子옷 一生成佛ᄒᆞ시고 餘人·는 佛性 업서 成佛 :몯ᄒᆞ·리·라 ·아·ᄂᆞ니·는 小乘根機ㅣ오 三無數劫·에 五位를 伏斷·ᄒᆞ야 十地滿足ᄒᆞ고 四智圓明ᄒᆞ야 ·처어:ᄆᆡ 滅相

굿·고 ᄆᆞᆺ:매 生相 그처 一念 相應·ᄒᆞ:야ᅀᅡ 常住 心性·을
보·리라 아·ᄂᆞ니·ᄂᆞᆫ 大乘根機ㅣ오 無始迷倒ᄒᆞ야 妄認衆生·
ᄒᆞ다가 一念悟時ㅣ 全體是佛ㅣ랏·다 ·아·ᄂᆞ니ᄂᆞᆫ 頓敎根機
ㅣ·오 生·과 住·과 異·과 滅·괘 ·다 :업서 本來 平等ᄒᆞ:야 同
一覺性ㅣ랏·다 ·아·ᄂᆞ니·ᄂᆞᆫ 圓敎根機ㅣ라 禪門下·ᄂᆞᆫ 達摩 四
弟子의 見解深淺·을 굴·히시·니 皮ᄂᆞᆫ 道副ㅣ오 肉·은 揔持ㅣ
오 骨·은 道育ㅣ오 髓·ᄂᆞᆫ 慧可ㅣ라 大抵ᄒᆞ·디 或 敎ㅣ라 或
禪ㅣ·라 ·호미 오·직 ·사ᄅᆞ믹 見解ㅣ 深淺·에 잇·디·위 本法·
에·ᄂᆞᆫ 干涉디 아:니ᄒᆞ니·라 슬프·다 모·ᄅᆞ:면 觸事ㅣ 面墻ㅣ
오 ·알:면 萬法ㅣ 臨鏡ㅣ·며 局執ᄒᆞ:면 坐座井觀天ㅣ오 通達
ᄒᆞ:면 登山望海ㅣ로·다(10b, 2 - 11a, 8)

【주 현대역】범어(梵語)에 실달(悉達)은 여기에서 이름에 돈길(頓吉)이
니 석가(釋迦)의 태자(太子) 때 이름이시다. 상(相)은 생(生)과 주(住)와
이(異)와 멸(滅)이니 이는 생기는 것이다. 멸(滅)은 십신위(十信位)에서
끊고 이(異)는 삼현위(三賢位)에서 끊고 주(住)는 십성위(十聖位)에서
끊고 생(生)은 불위(佛位)에서 끊어지시니 이는 수단(修斷)이다. 펴면 오
십오위(五十五位)이고 줄이면 사위(四位)이니 오직 생기는 생각과 없어
지는 생각을 의논(議論)하실 따름이다. 번뇌(煩惱)는 근심하고 애태움
[憂煎]이 번(煩)이 되고 헤매어 어질어질함[迷亂]이 뇌(惱)가 되니 마음
[心]과 경계[境]가 서로 싸우는 것이다. 범어(梵語)에 보리(菩提)는 여기
에서 이름에 깨달음[覺]이다. 교문(敎門)에서는 여래(如來)의 사교(四
敎)를 의논(議論)하시니 "오직 실달태자(悉達太子)만 일생성불(一生成
佛)하시고 나머지 사람은 불성(佛性)이 없어 성불(成佛) 못할 것이다."라
고 아는 것은 소승근기(小乘根機)이고 "삼무수겁(三無數劫)에 오위(五
位)를 복단(伏斷)하여 십지만족(十地滿足)하고 사지(四智)를 원만하게
밝혀 처음에 멸상(滅相)을 끊고 마침내 생상(生相)을 끊어 하나의 생각

으로 서로 응하여야 늘 존재하는 심성(心性)을 볼 것이다."라고 아는 것은 대승근기(大乘根機)이고 "시작도 없는 미혹으로 전도되어 중생(衆生)을 허망한 것으로 인식하다가 한 생각이 깨치는 때 모두가 이것이 불(佛)이로다."라고 아는 것은 돈교근기(頓敎根機)이고 "생(生)과 주(住)와 이(異)와 멸(滅)은 모두 없어 본래 평등하여 깨달음의 성품은 모두 같도다."라고 아는 것은 원교근기(圓敎根機)이다. 선문(禪門)에서는 달마(達摩) 네 제자(弟子)의 견해의 깊고 얕음을 가리시니 살갗[皮]은 도부(道副)이고 살[肉]은 총지(摠持)이고 뼈[骨]는 도육(道育)이고 골수[髓]는 혜가(慧可)이다. 대체로 혹 교(敎)라 혹은 선(禪)이라 하는 것이 오직 사람 견해(見解)의 깊고 얕음에 있지 본법(本法)에 간섭(干涉)하지 아니한다. 슬프다. 모르면 모든 일[觸事]이 담에 부딪칠 것[面墻]이고 알면 만법(萬法)이 거울에 비춰질 것[臨鏡]이며 국한하여 집착하면[局執]하면 우물에 앉아서 하늘을 보는 것[坐井觀天]이고 통달(通達)하면 산에 올라 바다를 보는 것[登山望海]이로다.

【한자어 풀이】
1. 돈길(頓吉) : 수보리(須菩提). 의역으로 선현(善現), 선길(善吉), 선업(善業), 공생(空生)이라 한다.
2. 상(相) : 외계에 나타나 마음의 상상(像想)이 되는 사물의 모양 이다.
3. 이(異) : 사상(四相)의 하나. 사물이 변화하고 쇠퇴하는 모양이다.
4. 십신위(十信位) : 보살이 수행해야 하는 52단계의 위(位) 가운데 처음 10위(位)이다.
5. 삼현위(三賢位) : 대승에서는 보살수행의 지위인 10주(住) · 10행(行) · 10회향(回向)을 말하며 소승에서는 오정심관위(五停心觀位) · 별상념주위(別相念住位) · 총상념주위(總相念住位)를 가리키는데 이것은 성위(聖位)에 들어가는 방편이다.
6. 십성위(十聖位) : 10지위의 보살.

7. 불위(佛位) : 부처의 지위.
8. 수단(修斷) : 정도(正道)를 닦아 악을 끊는 것이다.
9. 오십오위(五十五位) : 보살계위(菩薩階位). 보살이 초발보리심(初發菩提心)으로부터 수행의 공덕을 쌓아 불과(佛果)에 이르기까지의 동안에 지나는 계위로 위(位) 또는 심(心)이라 한다.
10. 사위(四位) : 섭대승론(攝大乘論)에 의하면 원락행지(願樂行地)·견도(見道)·수도(修道)·구경도(究竟道)이다.
11. 우전(憂煎) : 애태움. 걱정이 심함.
12. 사교(四敎) : 현수(賢首) 4교(敎). 소승교(小乘敎)·점교(漸敎)·돈교(頓敎)·원교(圓敎)를 말한다.
13. 삼무수겁(三無數劫) : 보살이 수행을 통해 원만하게 성취하여 불과(佛果)에 이르는 데에 걸리는 시간이다.
14. 오위(五位) : 유위·무위의 모든 일체법. 색법(色法, 물질)·심법(心法, 정신·사물을 의식하는 마음)·심소법(心所法, 심법에 따라 일어나는 정신과 작용)·불상응법(不相應法, 심법에 따르지 않는 것)·무위법(無爲法, 인과관계를 여의어 상주불변하는 것)을 말한다.
15. 복단(伏斷) : 복(伏)은 제복(制伏). 단(斷)은 단절의 뜻. 번뇌를 제복하여 한동안 일어나지 못하게 하는 것을 복혹(伏惑), 아주 끊어 버려 끝내 다시 나지 못하게 하는 것을 단혹(斷惑)이라 한다.
16. 십지(十地) : 보살이 수행하는 52위 가운데 41위에서 50위까지. 이 10위는 불지(佛智)를 생성하고 능히 주지(住持)하여 움직이지 아니하며 온갖 중생을 짊어지고 교화 이익이 되게 하는 것이 마치 대지가 만물을 싣고 이를 윤익(潤益)함과 같으므로 지(地)라 이름하였다. 곧 환희지(歡喜地)·이구지(離垢地)·발광지(發光地)·염혜지(焰慧地)·난승지(難勝地)·현전지(現前地)·원행지(遠行地)·부동지(不動地)·선혜지(善慧地)·법운지(法雲地)이다.
17. 사지(四智) : 사체(四諦)를 체득한 지혜. 고지(苦智)·집지(集智)·멸지(滅智)·도지(道智)이다.

18. 각성(覺性) : 깨달아 아는 성품.
19. 달마(達摩) : 보리달마(菩提達摩)의 약칭.
20. 도부(道副) : 남제(南齊)의 스님(464-524). 승부(僧副)라고도 하며 태원(太原) 출신이다. 보리달마가 제자를 감험(勘驗)할 때 도부는 "저의 소견으로 문자에 집착하지 말며 문자를 떠나지 않아야 도의 작용이 됩니다."라고 답하였다. 이에 달마는 "그대는 나의 살갖을 얻었다."라고 하였다.
21. 총지(摠持) : 양 무제의 딸로 속성은 소(蕭)씨이다. 달마가 깨달은 바를 묻자 총지는 "제 생각으로는 아난이 아촉불국을 보았을 때에 한 번 보고는 다시 보지 않을 것 같습니다."라고 말하였다. 뒤에 달마에게 "너는 내 살을 얻었다."라는 인가를 받았다.
22. 도육(道育) : 수(隋)나라 때의 스님. 달마가 문인들에게 각자의 깨달음을 말해보라고 했을 때 "사대가 본래 공하고 오음이 있는 것도 아니어서 제가 보기에는 달리 터득할 도가 없습니다."라고 하였다. 이에 달마는 "너는 내 뼈를 얻었다."라고 하였다.
23. 혜가(慧可) : 인조혜가(仁祖慧可, 487-593). 위진남북조 때의 스님으로 하남성 낙양 출신이다. 숭산 소림사로 보리달마를 찾아가 눈 속에 앉아 가르침을 구하였으나 달마가 받아들이지 않자 왼팔을 잘라 굳은 뜻을 보이고 법을 구했다. 그리하여 마침내 달마에게 받아들여져 깨달음을 얻었다. 혜가가 깨달음을 얻은 뒤에 달마는 "너는 내 골수를 얻었다."라고 하였다.
24. 면장(面墻) : 담을 대면한다는 뜻으로 식견(識見)이 좁음을 이른다.

【언해문 분석】
1. 예셔 : 여기에서, 이곳에서
   분석하면 '예(명사) + 셔(처소격 조사)'이다. 어형 '예'는 '이어긔〉여긔〉예'의 변화이다.

2. 닐오매 : 이름에, 말함에
   기본형은 '닐다'로 분석하면 '닐-(어간) + -옴(명사형 어미) + 애(처소격 조사)'이다.
3. 生과 住과 異과 滅괘니 : 생(生)과 주(住)와 이(異)와 멸(滅)이니
   분석하면 '生 + 과(공동격 조사) + 住 + 과(공동격 조사) + 異 + 과(공동격 조사) + ㅣ(서술격 조사) + -니(설명의 연결 어미)'이다. 언해문의 '煩惱과 菩提를'에서는 마지막의 '과'가 탈락되어 있으나 여기 주석에서는 탈락되어 있지 않은 중세국어의 형태를 보이고 있다. 또한 중세국어라면 'ㄹ'이나 모음 뒤에서는 '와'가 선택되어야 하나 이곳에서는 예외 없이 '과'가 선택되었다.
4. 十信位예셔 : 십신위(十信位)에서
   분석하면 '十信位 + 예서(처소격 조사)'이다. 'ㅣ'모음으로 끝났기 때문에 '예서'가 선택되었다.
5. 그츠시ᄂ니 : 끊어지시니
   기본형은 '긏다'로 분석하면 '긏-(어간) + -으시-(주체 높임 선어말 어미) + -ᄂ-(현재 시상 선어말 어미) + -니(설명의 연결 어미)'이다. '긏다'는 타동사적 용법과 자동사적 용법을 다 가지고 있는 동사인데 여기서는 자동사적 용법 '끊어지다'나 '그치다'의 의미이다.
6. 조리면 : 줄이면, 생략하면
   기본형은 '조리다'로 분석하면 '조리-(어간) + -면(조건의 연결 어미)'이다. 어간형 '조리-'는 '졸-(어근) + -이(사동의 파생 접사)'이다.
7. ᄯᆞ름이라 : 따름이다
   분석하면 'ᄯᆞ름(의존 명사) + 이(서술격 조사) + -라(설명형 종결 어미)'이다. 어형은 'ᄯᆞ름>따름'으로 변화하였다.
8. 싸홀 시라 : 싸우는 것이다
   기본형은 '싸호다'로 분석하면 '싸호-(어간) + -ㄹ(관형형 어미) + ᄉ(의존 명사) + 이(서술격 조사) + -라(설명형 종결 어미)'이다.

9. 悉達太子옷 : 실달태자(悉達太子)만, 실달태자(悉達太子)곧
   분석하면 '悉達太子(명사) + 옷(단독의 보조사)'이다.
10. 아느니ᄂᆞᆫ : 아는 것은
    기본형은 '알다(知)'로 분석하면 '알-(어간) + -ᄂᆞ(현재 시상 관형형 어미) + 이(의존 명사) + ᄂᆞᆫ(지정의 보조사)'이다. '알다'는 앞의 인용절을 직접 이끌고 있다. 이곳의 '알다'는 현대국어의 '라고 알다'와 같은 용법이다.
11. 처어믜 : 처음에
    분석하면 '처엄(명사) + 의(특이 처소격 조사)'이다. 어형은 '처섬〉처엄〉처음'으로 변화하였다.
12. ᄆᆞᄎᆞ매 : 마침내, 마지막에
    기본형은 'ᄆᆞᄎᆞ다(終)'로 분석하면 'ᄆᆞᄎᆞ-(어간) + -ㅁ(명사형 어미) + 애(처소격 조사)이다. 따라서 '마지막에'의 의미로 쓰이기도 하지만 'ᄆᆞᄎᆞᆷ내'와 같이 '마침내'의 의미로 전용되어 쓰이는 경우가 많다.
13. 相應ᄒᆞ야ᅀᅡ : 서로 응하여야
    기본형은 '상응(相應)ᄒᆞ다'로 분석하면 '相應ᄒᆞ-(어간) + -야ᅀᅡ(의무의 부사형 연결 어미)'이다. '-야ᅀᅡ'는 '-어ᅀᅡ'의 형태론적 이형태이다.
14. 是佛ㅣ랏다 : 이것이 불(佛)이로다
    분석하면 '是佛 + ㅣ(서술격 조사) + -랏-(감동법 선어말 어미) + -다(설명형 종결 어미)'이다. '-랏-'은 감동법 선어말 어미 '-롯-'의 이형태로 보인다.
15. ᄀᆞᆯ히시니 : 가리시니, 분별하시니, 선택하시니
    기본형은 'ᄀᆞᆯ히다'로 분석하면 'ᄀᆞᆯ히-(어간) + -시-(주체 높임 선어말 어미) + -니(설명의 연결 어미)'이다. 〈노걸대언해〉(1670)(下, 64b)에 'ᄀᆞᆯ회다', 〈가례언해〉(1632)(7, 16a)에 'ᄀᆞᆯ희다', (7, 15a)에 'ᄀᆞᆯ히다', (7, 18b)에 'ᄀᆞᆯᄒᆞ다'가 나타난다.
16. 사ᄅᆞ믜 : 사람에

분석하면 '사룜(명사) + 익(특이 처소격 조사)'이다.
17. 잇디위 : 있지, 있지마는

기본형은 '잇다(有)'로 분석하면 '잇-(어간) + -디위(긍정의 연결 어미)'이다. 긍정의 대상임을 강조하고 주절에서 그 반대의 사태를 나타내는 어미로 15세기 중엽에는 '-디빅'도 있었다. 현대국어에서는 '-지'로 변화하였다.

18. 호미 : 하는 것이

기본형은 'ᄒᆞ다'로 분석하면 'ᄒᆞ-(어간) + -옴(명사형 어미) + 이(주격 조사)'이다.

然ㅣ나 諸佛說經은

【원문】然ㅣ나 諸佛說經은 先分別諸法ᄒ시고 後說畢竟空ㅣ어시니와 祖師示句ᄂᆞᆫ 迹絕於意地이시든 理顯於心源ㅣ니라(11a, 9 - 11b, 2)

【현대역】 그러나 여러 부처들이 말한 경(經)은 먼저 모든 법을 분별(分別)하시고 후에 필경공(畢竟空)을 말하셨거니와 조사(祖師)가 보인 구(句)는 자취가 의지(意地)에서 끊어지시거든 이치가 마음의 근원에서 나타나느니라.

【한자어 풀이】
1. 필경공(畢竟空) : 18공(空)의 하나. 불교에서 허망한 견해를 깨트리기 위하여 이상(理想)을 공(空)이라 한다.
2. 의지(意地) : 의(意)는 제 6의식(意識). 이 식(識)은 일신(一身)을 지배하고 또 만사(萬事)를 발생하므로 의지라 한다.
3. 심원(心源) : 마음의 근원.

【언해문】 그:러나 諸佛 니ᄅᆞ·샨 經·은 몬져 諸法을 分別:ᄒᆞ:시고 後·제 畢竟空·을 니ᄅᆞ:셔·시니·와 祖師 ·뵈:샨 句·ᄂᆞᆫ 자최 意地·예 그·처시·든 理ㅣ 心源·에 낟ᄂᆞ·니라(11b, 3 - 11b, 4)

【현대역】 그러나 제불(諸佛)이 이르신 경(經)은 먼저 제법(諸法)을 분별(分別)하시고 뒤에 필경공(畢竟空)을 이르셨거니와 조사(祖師)께서 보이신 구

(句)는 자취가 의지(意地)에서 끊으시면 이치가 마음의 근원에 나타나느니라.

【언해문 분석】
1. 니ᄅ샨 : 이르신, 말씀하신
   기본형은 '니ᄅ다'로 분석하면 '니ᄅ-(어간) + -샤-(주체 높임 선어말 어미) + (-오-)(의도법 선어말 어미) + -ㄴ(관형형 어미)'이다.
2. 몬져 : 먼저
   어형은 '몬져〉먼저'로 변화하였다. 〈용비어천가〉(1447) (7장)에 '몬졔', 〈능엄경언해〉(1462)(1, 98)에 '몬졔'의 형태로도 나타난다.
3. 後제 : 뒤에, 후일(後日), 훗날
   〈송강가사〉(1747)(2, 16)에는 '후졔'로 나타난다.
4. 니ᄅ셔시니와 : 이르셨거니와, 말씀하셨거니와, 말씀하셨지만
   기본형은 '니ᄅ다(說)'로 분석하면 '니ᄅ-(어간) + -시-(주체 높임 선어말 어미) + -어…… + -시-(주체 높임 선어말 어미) + ……-니와(양보의 연결 어미)'이다. '-어니와'는 불연속 형태이다. 이곳에서는 주체 높임 선어말 어미 '-시-'가 두 번 사용되어 있다. 이는 '-시-'가 어미 '-거니와' 사이에 놓여 '-거시니와'로 쓰이던 중세국어에서 '-시-'가 '-거니와' 앞에 놓여 '-시거니와'의 형태로 쓰이게 되는 근대국어로 이행하는 과정에서 나타난 혼란으로 생각된다. 원문은 '後說畢竟空ㅣ어니와'로 나타나 언해문이 원문보다 더 고어적인 형태를 보인다.
5. 뵈샨 : 보이신
   기본형은 '뵈다'로 분석하면 '뵈-(어간) + -샤-(주체 높임 선어말 어미) + -(오)ㄴ(관형형 어미)'이다. 어간형 '뵈-'는 '보-(어근) + -이(사동의 파생 접사)'이다.
6. 그처시든 : 끊으시면
   기본형은 '긏다(絶)'로 분석하면 '긏-(어간) + -어… + -시-(주체 높임 선어말 어미) + …-든(조건의 연결 어미)'이다. '-어든'은 불연속

형태이다. 과거 시상과 존경법의 '-거시-, -더시-'는 15세기에 이미 도치되어 '-시거, -시더-'로 나타나고 근대국어에서 고정되었다.
7. 낟ᄂ니라 : 나타나느니라, 드러나느니라
   기본형은 '낟다(顯)'로 분석하면 '낟-(어간) + -ᄂ-(현재 시상 선어말 어미) + -니라(설명형 종결 어미)'이다. 이 책의 (19a, 8)에 '나타-'가 나타난다. 어간형 '낱-'은 뒤에 오는 자음의 영향으로 'ㄷ'으로 나타난 것이다.

【주】迹·은 祖師 言迹ㅣ·오 意·ᄂ 學者意地ㅣ·라 諸佛·은 萬代依憑을 爲ᄒ실·시 理·를 委示·ᄒ·시고 祖師·ᄂ 卽時 度脫·에 ·겨실·시 意·예 玄通·케 ·ᄒ·시니·라(11b, 4 – 11b, 6)
【주 현대역】자취는 조사(祖師)의 말 자취이고 도리[意]는 공부하는 사람의 의지이다. 제불(諸佛)은 만대의 의빙(依憑)이 되시므로 이치를 자세히 가르치시고 조사(祖師)는 즉시 도탈(度脫)에 계시므로 도리[意]에 통달하게 하시니라.

【주 한자어 풀이】
1. 의빙(依憑) : 의지하는 것. 여기서는 중생이 의지처로 삼는 스승을 말한다.
2. 도탈(度脫) : 득도해탈(得道解脫)의 준말. 생사의 괴로움을 초월하여 번뇌를 해탈하는 것이다.
3. 의(意) : 도리(道理). 의의(意義).
4. 현통(玄通) : 현묘(玄妙)한 이치에 통달함.

【주 언해문 분석】
1. 겨실시 : 계시므로, 계시기 때문에
   기본형은 '겨시다'로 분석하면 '겨시-(어간) + -ㄹ시(원인의 연결 어미)'이다. 기본형은 '겨시다〉계시다'로 변화하였다.

諸佛은 說弓ᄒ시고

【원문】諸佛은 說弓ᄒ시고 祖師ᄂᆞᆫ 說絃ᄒ시니 佛說無碍之法ᄒ샤ᅀᅡ 方歸一味ㅣ어시든 拂此一味之迹ᄒ야ᅀᅡ 方現祖師所示一心ᄒ시니라 故로 云庭前栢樹子話ㅣ 龍藏에 所未有底ㅣ라 ᄒ시니라(11b, 7 - 12a, 1)

【현대역】여러 부처들은 활을 말하시고 조사(祖師)는 활시위를 말하시니 부처는 걸림이 없는 법(法)을 말하시어야 비로소 한 맛[一味]에 돌아가심이거든 이 한 맛[一味]의 자취를 떨어내야 비로소 조사(祖師)가 보인 바의 한 마음[一心]을 나타내시니라. 그러므로 이르되 "뜰 앞의 잣나무[庭前栢樹子]."라는 화두는 용장(龍藏)에 있지 않는 것이라 하시니라.

【한자어 풀이】
1. 일미(一味) : 만법 곧 온갖 일과 모든 물질이 다르지 않고[不二] 똑 같은 것[眞如]을 말한다.
2. 정전백수자화(庭前栢樹子話) : 뜰 앞의 잣나무[庭前栢樹子]란 화두는 어떤 선승이 조주(趙州)에게 "어떤 것이 조사가 서쪽에서 오신 뜻입니까."에 대한 답으로 진리에 도달하려면 상대적인 지혜나 분별심을 버린 평상심으로 현실을 직관하여 선지(禪旨)를 체득하는 것을 말한다.
3. 용장(龍藏) : 대승경전(大乘經傳). 부처가 멸(滅)한 후 대승경전이 용궁에 진장(鎭藏)되었다는 고사에서 나온 말이다.

【언해문】 諸佛·은 화·를 니ᄅ·시·고 祖師ᄂᆞᆫ ·시·우:를 니ᄅ·시니 부텨:ᄂᆞᆫ ᄀᆞ룜 ·업·슨 法·을 니ᄅ·샤ᅀᅡ 비·릇 一味예 도라·가·시거·든 ·이 一味 자·최를 쩌러·ᅀᅡ 비·릇 祖師·의 ·뵈:샨 一心·을 나·토시니라 그:럴:ᄉᆡ 니ᄅ·샤:ᄃᆡ 庭前栢樹子ㅣ란 話:ᄂᆞᆫ 龍藏·에 잇:디 아·닌 거·시라 ·ᄒᆞ·시니라(12a, 2 – 12a, 5)

【현대역】 제불은(諸佛)은 활을 이르시고 조사(祖師)는 활시위를 이르시니 부처는 가리는 것 없는 법(法)을 이르시어야 비로소 한 맛[一味]에 돌아가시는데 이 한 맛[一味]의 자취를 떨어내야 비로소 조사(祖師)가 보이신 한 마음[一心]을 나타내시니라. 그러므로 이르시되 "뜰 앞의 잣나무[庭前栢樹子]."라는 화두는 용장(龍藏)에 있지 않는 것이라 하시니라.

【언해문 분석】

1. 시우를 : 활시위를
   분석하면 '시울(명사) + 을(목적격 조사)'이다. 어형은 '시울〉시욿〉시윻〉시위'로 변화하였다.

2. ᄀᆞ룜 : 가리는 것
   기본형은 'ᄀᆞ리다(碍)'로 분석하면 'ᄀᆞ리-(어간) + -움(명사형 어미)'이다.

3. 니ᄅ샤ᅀᅡ : 이르시어야
   기본형은 '니ᄅ다(說)'로 분석하면 '니ᄅ-(어간) + -샤-(주체 높임 선어말 어미) + -(아)ᅀᅡ(의무의 부사형 연결 어미)'이다.

4. 도라가시거든 : 돌아가시는데
   기본형은 '도라가다'로 분석하면 '도라가-(어간) + -시-(주체 높임 선어말 어미) + -거든(조건의 연결 어미)'이다. 이곳의 '-거든'은 조건의 의미보다는 양보의 의미로 사용되었다.

5. 자최를 : 자취를
   분석하면 '자최(跡) + 를(목적격 조사)'이다. 어형은 '자최〉자취'로 변화하였다.
6. 뻐러사 : 떨어내야
    기본형은 '떨다(拂)'로 분석하면 '떨-(어간) + -어사(의무의 부사형 연결 어미)'이다. 어간형 '떨-'은 '떨다(擺), 떨치다(振), 떨어내다(拂)'의 의미를 가지는데 여기서는 '떨어내다'의 의미이다. '-어사'는 오늘날 '-어야'로 바뀌었다.
7. 비릇 : 비로소
    '비릇'은 동사 '비릇다'의 어간이 그대로 부사로 쓰인 것인데 여기에 부사 파생 접사 '-오'가 붙어 '비로소'가 되었다.
8. 祖師의 : 조사(祖師)가
    분석하면 '祖師(명사) + 의(주어적 속격 조사)'이다.
9. 뵈샨 : 보이신
    기본형은 '뵈다'로 분석하면 '뵈-(어간) + -샤-(주체 높임 선어말 어미) + (-오-)(의도법 선어말 어미) + -ㄴ(관형형 어미)'이다. 어간형 '뵈-'는 '보-(어근) + -이(사동의 파생 접사)'이다.
10. 나토시니라 : 나타내시니라
    기본형은 '나토다'로 분석하면 '나토-(어간) + -시-(주체 높임 선어말 어미) + -니라(설명형 종결 어미)'이다. 어간형 '나토-'는 '낟-(어근) + -오(사동의 파생 접사)'이다.

【주】諸佛·은 曲示·ᄒ실·ᄉᆡ 譬弓·ᄒ·시고 祖師·는 直示·ᄒ·실·ᄉᆡ 譬絃·ᄒ·시니라 龍藏·은 佛 一代 所說·ᄒ:샨 龍宮 萬藏·엣 法ㅣ시니라 有僧ㅣ 趙州和尙:ᄭᅴ 問ᄒᆞᄉᆞ오:ᄃᆡ 어·늬 이 祖師 西來·ᄒ:샨 ·ᄠᅳ디닛:고 州ㅣ 닐·ᄋᆞ·샤:ᄃᆡ 庭前栢樹子ㅣ라·ᄒ시:니 ·이 話·ᄂᆞᆫ 語路義路ㅣ ·다 그:처 擬議商量 ·몯ᄒ리·니 亦是 上文·애 迹絶於意地理顯於心源ㅣ·라 그·럴·ᄉᆡ 祖師

西來·ᄒᆞ:샨 單傳密旨ᄂᆞᆫ 五敎一乘 밧ᄭᅴ 머:리 ·나:샨·들 ·아ᅀᆞ
오리로·다 玄中銘·에 亦云胡家曲子韻出靑宵ㅣ라 ·ᄒᆞ·시다
(12a, 4- 12b, 1)

【주 현대역】 제불(諸佛)은 굽은 것을 보이시므로 활을 비유하시고 조사(祖師)는 곧은 것을 보이시므로 활시위에 비유한 것이다. 용장(龍藏)은 부처(佛)가 한 평생 말씀하신 용궁(龍宮) 만장(萬藏)의 법이다. 어떤 스님이 조주화상(趙州和尙)께 묻되 "무엇이 이 조사(祖師)가 서쪽에서 오신 뜻입니까."하니 조주화상(趙州和尙)이 이르시되 "뜰 앞의 잣나무." 라고 하시니 이 화두는 말(言語)의 길과 뜻의 길이 모두 끊어져 헤아리고 헤아리는 것을 못할 것이니 역시 윗글의 자취가 의지(意地)에서 끊어지고 이치가 심원(心源)에서 드러난 것이다. 그러므로 조사(祖師)가 서쪽에서 오신 단전밀지(單傳密旨)는 오교일승(五敎一乘) 밖에서 멀리 나신 것을 알 것입니다. 현중명(玄中銘)에 또한 "오랑캐의 곡자(曲子) 운(韻)은 푸른 하늘에서 나온다."라고 말하셨다.

【주 한자어 풀이】
1. 용궁(龍宮) : 용궁은 용왕 또는 용신이 사는 곳으로 용호(龍戶)라고도 한다.
2. 만장(萬藏) : 만법경(萬法經).
3. 조주화상(趙州和尙) : 중국스님(778-897). 임제종. 남전보원(南泉普願)의 법제자이다.
4. 의의상량(擬議商量) : 헤아리고 헤아려서 잘 생각함.
5. 단전밀지(單傳密旨) : 단전(單傳)은 말이나 글자에 의지하지 않고 다만 마음으로써 마음에 전하는 법이고 밀지(密旨)는 비밀로 내리는 칙지(勅旨)이다.
6. 오교일승(五敎一乘) : 부처님의 평생의 가르침을 5종으로 분류한 것이다.
7. 현중명(玄中銘) : 중국 조동종(曹洞宗)의 개조 동산량(洞山良, 807-869)

의 저서이다.
8. 곡자(曲子) : 악곡(樂曲).
9. 청소(淸宵) : 푸른 하늘. 창공.

【주 언해문 분석】

1. 說ᄒᆞ샨 : 말씀하신

   기본형은 '설(說)ᄒᆞ다'로 분석하면 '說ᄒᆞ-(어간) + -샤-(주체 높임 선어말 어미) + (-오-)(의도법 선어말 어미) + -ㄴ(관형형 어미)'이다.

2. 問ᄒᆞᄉᆞ오ᄃᆡ : 묻되

   분석하면 '問ᄒᆞ다'로 분석하면 '問ᄒᆞ-(어간) + -ᄉᆞ오-(객체 높임 선어말 어미) + -(오)ᄃᆡ(설명의 연결 어미)'이다.

3. ᄠᅳ디닛고 : 뜻입니까

   분석하면 'ᄠᅳᆮ(명사) + 이(서술격 조사) + -닛고(ᄒᆞ야쎠체 설명 의문 종결 어미)'이다. '-고'는 의문사 '어느'와 호응한다.

4. 니ᄅᆞ샤ᄃᆡ : 이르시되, 말씀하시기를

   기본형은 '니ᄅᆞ다'로 분석하면 '니ᄅᆞ-(어간) + -샤-(주체 높임 선어말 어미) + -(오)ᄃᆡ(설명의 연결 어미)'이다.

5. 그처 : 끊어져

   기본형은 'ᄀᆾ다'로 분석하면 'ᄀᆾ-(어간) + -어(부사형 연결 어미)'이다. 어간형 'ᄀᆾ-'은 '끊어지다'나 '그치다'의 의미를 가진다.

6. 몯ᄒᆞ리니 : 못할 것이니

   기본형은 '몯ᄒᆞ다'로 분석하면 '몯ᄒᆞ-(어간) + -리-(미래 추측 선어말 어미) + -니(설명의 연결 어미)'이다.

7. 밧ᄭᅴ : 밖에서

   일반적으로 '밧긔'로 표기되어 '밧(명사) + 의(특이 처소격 조사)'로 분석할 수 있다. '밧ᄭᅴ'는 중철표기로 경음이 확립된 것을 보여주는 용례이다.

8. 머리 : 멀리

   분석하면 '멀-(어근) + -이(부사 파생 접사)'이다. 동음이의어로 '머·리(頭), 머·리(髮)'가 있다.

9. 나샨둘 : 나신 것을

   기본형은 '나다(生)'로 분석하면 '나-(어간) + -샤-(주체 높임 선어말 어미) + (-오)(의도법 선어말 어미) + -ㄴ(관형형 어미) + ᄃ(의존 명사) + ㄹ(목적격 조사)'이다.

10. 아ᅀᆞ오리로다 : 알 것입니다, 알겠도다, 알 것이로다

    기본형은 '알다'로 분석하면 '알-(어간) + -ᅀᆞ오-(객체 높임 선어말 어미) + -리-(미래 추측 선어말 어미) + -로-(감동법 선어말 어미) + -다(설명형 종결 어미)'이다. 어간형 '알-'의 'ㄹ'은 뒤에 오는 'ᅀ'의 영향으로 탈락하였다.

故로 學者는 先以如實言敎로

【원문】故로 學者는 先以如實言敎로 委辨不變隨緣二義이 是自心之性相ㅣ며 頓悟漸修兩門이 是自行之始終然後에 放下敎義하고 但將自心에 現前一念하야 叅詳禪旨則必有所得하리니 所謂出身活路ㅣ니라(12b, 2 - 12b, 6)

【현대역】그러므로 배우는 사람은 먼저 진실 그대로의[眞如] 가르침으로 불변(不變)과 수연(隨緣)의 두 가지 뜻이 내 마음의 성품[性]과 형상[相]이며 돈오(頓悟)와 점수(漸修)의 두 문(門)이 내 수행의 시작과 끝인 것을 자세히 가린 후에 교(敎)의 뜻을 내버리고 다만 스스로의 마음에 지금 한 생각[一念]을 가지고 선(禪)의 요지를 자세하게 참구(叅究)하면 반드시 얻을 바가 있을 것이니 이른바 속박을 벗어날 살 길이니라.

【한자어 풀이】
1. 여실(如實) : 진여(眞如). 법계(法界).
2. 언교(言敎) : 여래(如來)는 말로써 교법(敎法)을 수시(垂示)하기 때문에 이렇게 말한다.
3. 불변(不變) : 변하지 않는 것. 생명을 초월한 것. 인연법에 따르지 않는 절대무위의 본체를 뜻한다.
4. 수연(隨緣) : 시간과 공간의 인연. 인과의 법칙에 지배되는 상대법. 현상계의 차별법을 말한다.
5. 돈오(頓悟) : 신속하게 곧바로 깨닫는 것. 수행의 단계를 거치지 않고

곧장 깨닫는 것을 말한다.
6. 점수(漸修) : 점차로 수학하는 것. 단계를 밟아 수행하는 것. 서서히 높은 경지에 나아가는 수행 방식이다.
7. 위곡(委曲) : 자세함. 상세함.
8. 방하교의(放下敎義) : 교(敎)를 버리고 선(禪)에 들어간다는 뜻이다.
9. 현전(現前) : 이제. 지금.
10. 출신(出身) : 일체의 속박을 벗어나 자재 무애함. 출생(出生) · 출사(出死)라고도 한다.

【언해문】 그럴·ᄉᆡ 學者·ᄂᆞᆫ 몬져 實다:온 言敎·로 ᄡᅥ 不變·과 隨緣·과 二義ㅣ ·이 自心·의 性·과 相·괘며 頓悟·과 漸修·과 兩門ㅣ ·이 自行·의 始·와 終:괘·ᄃᆞᆯ 委曲·히 글·힌 後·에 敎 ᄠᅳ·들 노·코 ·오·직 自心에 現前一念을 가·져 禪旨·를 詳明히 叅究ᄒᆞ:면 ·반ᄃᆞ·기 得·홀 :고·디 이시·리니 니ᄅᆞ:샨 出身·홀 :산길히니라(12b, 7 - 13a, 1)

【현대역】 그러므로 배우는 사람은 먼저 진실 그대로의[眞如] 가르침으로 불변(不變)과 수연(隨緣)의 두 가지 뜻이 이 내 마음의 성품(性稟)과 형상(形相)이며 돈오(頓悟)와 점수(漸修)의 두 문(門)이 내 수행의 시작과 끝인 것을 자세히 가린 후에 교(敎)의 뜻을 내버리고 오직 스스로의 마음에 이제 한 생각[一念]을 가지고 선(禪)의 요지를 자세하게 밝혀 참구(叅究)하면 반드시 얻을 것이 있을 것이니 이른바 속박을 벗어날 살 길이니라.

【언해문 분석】
1. 實다온 : 진실 그대로의, 진실다운
   기본형은 '실(實)답다'로 분석하면 '實답-(어간) + -ㄴ(관형형 어미)'이다. 어간형 '實답-'은 한자어 '實'에 형용사 파생 접사 '-답-'이 결합한 것이다.

2. 言敎로 : 가르침으로, 언교(言敎)로

분석하면 '언교(言敎) + 로(도구의 부사격 조사)'이다.

3. 뻐 : 으로

원문의 '以'를 언해한 것으로 이미 '로'가 사용되었으므로 불필요한 표현이지만 원문을 고려하여 표기된 것이다.

4. 相괘며 : 형상(形相)이며

분석하면 '相(명사) + 과(공동격 조사) + ㅣ(서술격 조사) + -며(나열의 연결 어미)'이다.

5. 終괘 둘 : 끝인 것을

분석하면 '終(명사) + 과(공동격 조사) + ㅣ(서술격 조사) + -ㄴ(관형형 어미) + 드(의존 명사) + ㄹ(목적격 조사)'이다.

6. 委曲히 : 자세히, 상세히

분석하면 '委曲ᄒ-(어근) + -이(부사 파생 접사)'이다. 〈두시언해중간본〉(1632)(1, 55b) 등에는 한글로 된 '위고기'도 나타난다.

7. 글힌 : 가린

기본형은 '글히다'로 분석하면 '글히-(어간) + -ㄴ(관형형 어미)'이다. 〈노걸대언해〉(1670)(下, 64b)에 '글회다', 〈가례언해〉(1632)(7, 16a)에 '글희다', (7, 15a)에 '글히다', (7, 18b)에 '글ᄒ다'로도 나타난다.

8. 노코 : 내버리고, 놓고

기본형은 '놓다(放)'로 분석하면 '놓-(放, 어간) + -고(나열의 어미)'이다.

9. 반ᄃ기 : 반드시, 꼭 마땅히, 당연히

원래 모두 평성인 '반ᄃ기'로 표시되어야 하는데 '·반ᄃ·기', '··반ᄃ기'로 표기되어 혼란상을 보여준다. 〈경민편 중간본〉(1658)(35b)에 '반드시', 〈칠장사판 천자문〉(1661)(6a)에 '반득', 〈가례언해〉(1632)(10, 16b)에 '반ᄃ시' 등으로도 나타난다.

10. 이시리니 : 있을 것이니

기본형은 '이시다(有)'로 분석하면 '이시-(어간) + -리-(미래 추측 선어말 어미) + -니(설명의 연결 어미)'이다.
11. 니르샨 : 이른바
   기본형은 '니르다'로 분석하면 '니르-(어간) + -샤-(주체 높임 선어말 어미) + -(오)ㄴ(관형형 어미)'이다. 여기에서는 '所謂'를 언해한 것이다.
12. 산길히니라 : 살 길이니라, 살 길이다
   분석하면 '산긿(活路, 명사) + 이(서술격 조사) + -니라(설명형 종결 어미)'이다. '활로(活路)'는 현대국어에서 '살 길'로 나타나 이곳에서는 '산 길'로 나타나 특이하다.

【주】·이 우·흔 禪敎를 對辨·ᄒ시다가 ·이에 니·르런 ·츼·텨 禪에 決斷·ᄒ시니라 上根人ᄂᆞᆫ ·이 限애 디·디 아·니·ᄒ야 ᄒᆞ·마 :다 ·알려니:와 未世學者ᄂᆞᆫ 法眼이 分明·티 :몯·ᄒ야 渾亂 正法홀·가 先聖이 시·름·ᄒ샤 仔細히 分辨ᄒ시니 學者ᄂᆞᆫ 다·시곰 潛心琓味·홀디어다 依敎觀行ᄋᆞᆫ 千聖의 軌轍ㅣ어·니:와 懸崖撒手ㅣ△ᅡ 衝天丈夫ㅣ로·다 不變ᄂᆞᆫ 心眞如ㅣ오 隨緣ᄂᆞᆫ 心生滅ㅣ며 性ᄋᆞᆫ 體ㅣ오 相ᄋᆞᆫ 用ㅣ라 頓悟ᄂᆞᆫ 不變ㅣ오 漸修ᄂᆞᆫ 隨緣ㅣ며 始ᄂᆞᆫ 因ㅣ오 終ᄋᆞᆫ 果ㅣ라(13a, 1 - 13a, 6)

【주 현대역】이 위는 선교(禪敎)를 대조하여 분별하시다가 여기에 이르러서는 치우쳐 선(禪)에 결단(決斷)하시니라. 상근인(上根人)은 이 한계에 떨어지지 않아 이미 다 알겠지만 미세학자(未世學者)는 법안(法眼)이 분명하지 못하여 바른 법을 혼동할까 옛 성인이 근심하시어 자세히 분별하셨으니 배우는 사람은 다시금 마음을 가라앉혀 음미할지어다. 교(敎)에 따르는 관행(觀行)은 수많은 성인의 궤철(軌轍)이지만 벼랑에 매달렸을 때 손을 놓는 것이어야 충천(衝天)한 장부(丈夫)이다. 불변(不變)은 마음의 진여(眞如)이고 수연(隨緣)은 마음의 생멸(生滅)이며 성품(性稟)은 본체(本體)이고 현상(現相)은 작용(作用)이다. 돈오(頓悟)는 불변(不變)이고 점수(漸

修)는 수연(隨緣)이며 시작은 원인이고 끝은 결과이다.

【주 한자어 풀이】
1. 대변(對辨) : 대조하여 분별함.
2. 상근인(上根人) : 뛰어난 지혜가 있어 수행을 능히 감당할 만한 사람을 말한다.
3. 미세학자(未世學者) : 배움이 적은 사람. 혹은 어린 사람을 말한다.
4. 잠심(潛心) : 마음을 가라 앉혀 깊이 생각함.
5. 완미(琓味) : 본래 음식을 잘 씹어서 맛보는 것으로 여기서는 '잘 알아차려 음미하는 것'을 뜻한다.
6. 의교관행(依敎觀行) : 교(敎)에 따르는 관행.
7. 궤철(軌轍) : 수레바퀴 자국. 앞 사람의 행위.
8. 충천(衝天) : 높이 솟아 하늘에 부딪침. 기세가 대단한 모양.
9. 법안(法眼) : 일체 법을 분명하게 비춰 보는 눈이다.
10. 진여(眞如) : 대승 불교의 이상개념(理想概念)의 하나. 우주 만유에 보편(普遍)한 상주 불변의 본체이다.
11. 상(相) : 현상(現相). 과거의 경험한 일을 생각함.
12. 돈오(頓悟) : 신속하게 곧바로 깨닫는 것. 수행의 단계를 거치지 않고 곧장 깨닫는 것을 말한다.
13. 점수(漸修) : 점차로 수학하는 것. 단계를 밟아 수행하는 것. 서서히 높은 경지에 나아가는 수행 방식이다.

【주 언해문 분석】
1. 우흔 : 위는
   분석하면 '웋(上, 명사) + 은(대조의 보조사)'이다. 어형은 '웋〉위'로 변화하였다.
2. 니르런 : 이르러서는

3. 쵹텨 : 치우쳐

   기본형은 '쵹티다'로 분석하면 '쵹티-(어간) + -어(부사형 연결 어미)'이다. 위에서는 선(禪)과 교(敎)를 대변하다가 여기서부터는 선의 중요성을 강조하기 위해서 '치우치다'로 표현하였다.

4. 디디 : 떨어지지, 지지

   기본형은 '디다'로 분석하면 '디-(어간) + -디(부정 부사형 연결 어미)'이다. 기본형은 '디다〉지다'로 변화하였다. '디다'는 자동사와 사동사의 모습이 같으나 성조에서 차이가 난다. 자동사는 '디·다'로 사동사는 ':디·다'로 나타나는데 여기서는 자동사로 쓰였다.

5. ᄒ᠊마 : 이미, 벌써

   '이미'와 '장차'의 뜻이 있는데 여기서는 '이미'의 뜻으로 쓰였다.

6. 알려니와 : 알겠지만, 알 것이지만

   기본형은 '알다'로 분석하면 '알-(어간) + -리-(미래 추측 선어말 어미) + -어니와(양보의 연결 어미)'이다.

7. 渾亂正法홀가 : 바른 법을 혼동할까

   기본형은 '혼란정법(混亂正法)ᄒ다'로 분석하면 '渾亂正法ᄒ-(어간) + ㄹ가(판정 의문형 종결 어미)'이다.

8. 시름ᄒ샤 : 근심하시어, 걱정하시어

   기본형은 '시름ᄒ다'로 분석하면 '시름ᄒ-(어간) + -샤-(주체 높임 선어말 어미) + (-아)(부사형 연결 어미)'이다. 어간형 '시름ᄒ-'는 '시름(명사) + -ᄒ-(동사 파생 접사)'이다.

9. 다시곰 : 다시금

   분석하면 '다시(再, 부사) + -곰(부사 파생 접사)'이다.

10. 玩味홀디어다 : 음미할지어다, 완미(玩味)할지어다

    기본형은 '완미(玩味)ᄒ다'로 분석하면 '玩味ᄒ-(어간) + -오-(의도법 선어말 어미) + -ㄹ디어다(설명형 종결 어미)'이다. 어간형 '玩味ᄒ-'는 한자 '玩味'에 동사 파생 접사 '-ᄒ-'가 결합한 것이다.

大抵學者는 須叅活句ㅣ언뎡

【원문】大抵學者는 須叅活句ㅣ언뎡 莫叅死句ㅣ어다(13 a, 7 – 13a, 7)
【현대역】무릇 배우는 사람은 모름지기 살아 있는 구[活句]를 참구(叅究)할지언정 죽은 구[死句]는 참구(叅究)하지 말지어다.

【한자어 풀이】
1. 대저(大抵) : 무릇. 대개.
2. 활구(活句) : 의로(意路)가 통하지 않고 의미를 알 수 없는 말이다.
3. 사구(死句) : 선종에서 말하는 것으로 의미(意味)가 있고 의로(意路)가 통하는 말이다.

【언해문】大抵ᄒᆞ·디 學者는 모로·미 :산 句를 叅究·홀·디언:뎡 주·근 句란 叅究 마:롤·디어다(13a, 8 – 13a, 8)
【현대역】무릇 배우는 사람은 모름지기 살아 있는 구[活句]를 참구(叅究)할지언정 죽은 구[死句]는 참구(叅究)하지 말지어다.

【한자어 풀이】
1. 참구(叅究) : 선(禪)에 참여하여 진리를 연구함.

【언해문 분석】
1. 大抵ᄒᆞ디 : 무릇, 대저(大抵)

〈소학언해〉(1586)(5, 95a)에는 한글로 표기된 '대뎌ᄒᆞ다'도 나타난다.
2. 모로미 : 모름지기, 반드시
   다른 문헌에 '모로매, 모롬애, 모롬이, 모ᄅᆞ매, 모ᄅᆞ미' 등이 나타난다.
3. 叅究홀디언뎡 : 참구(叅究)할지언정
   기본형은 '참구(叅究)ᄒᆞ다'로 분석하면 '叅究ᄒᆞ-(어간) + -ㄹ디언뎡(양보의 연결 어미)'이다.
4. 마롤디어다 : 말지어다
   기본형은 '말다'로 분석하면 '말-(어간) + -오-(의도법 선어말 어미) + -ㄹ디어다(설명형 종결 어미)'이다.

【주】活句ᄂᆞᆫ 禪ㅣ오 死句ᄂᆞᆫ 敎ㅣ라 此下ᄂᆞᆫ 活句 工夫를 仔細히 굴·히시·니라(13a, 8 – 13a, 9)
【주 현대역】활구(活句)는 선(禪)이고 사구(死句)는 교(敎)이다. 이 아래는 활구(活句) 공부(工夫)를 자세(仔細)히 분별하시니라.

【주 한자어 풀이】
1. 공부(工夫) : 공부(功夫)라고도 쓰며 어떤 학문이나 일 또는 기술 따위를 배우거나 익혀 그에 대한 지식을 쌓는 것이다.

【주 언해문 분석】
1. 禪ㅣ오 : 선이고
   분석하면 '禪(명사) + ㅣ(서술격 조사) + -오(나열의 연결 어미)'이다. '-오'는 나열의 어미 '고'가 'ㅣ'모음 아래에서 'ㄱ'이 탈락한 것이다.
2. 굴히시니라 : 분별하시니라, 가르시니라
   기본형은 '굴히다'로 분석하면 '굴히-(어간) + -시-(주체 높임 선어말 어미) + -니라(설명형 종결 어미)'이다.

凡本叅公案上에

【원문】凡本叅公案上에 切心做工夫를 如雞이 抱卵ᄒᆞ며 如猫이 捕鼠ᄒᆞ며 如飢이 思食ᄒᆞ며 如渴이 思水ᄒᆞ며 如兒이 憶母ᄒᆞ면 必有透徹之期ᄒᆞ리라(13b, 1 - 13b, 3)

【현대역】무릇 본래 참구(叅究)하는 공안(公案) 중에 간절한 마음으로 공부(工夫) 이루는 것을 닭이 알을 안는 것처럼 하며 고양이가 쥐를 잡는 것처럼 하며 굶주린 사람이 밥을 생각하듯이 하며 목마른 사람이 물을 생각하듯이 하며 아이가 어미를 그리워하듯이 하면 반드시 꿰뚫을 기약(期約)이 있으리라.

【한자어 풀이】
1. 공안(公案) : 선종(禪宗)에서 제자에게 화두를 내어 추구(推究)하게 하는 문제이다.

【언해문】大凡 本叅·ᄒᆞ논 公案에 ᄯᅳᆫᄒᆞᆫ ᄆᆞᅀᆞᆷ·으로 工夫 일·우:믈 ᄃᆞᆯ기 ·알 :안·ᄃᆞᆺ ᄒᆞ·며 괴 :쥐 잡·ᄃᆞᆺ ᄒᆞ·며 주우리·니 ·밥 ᄉᆞ랑·ᄐᆞᆺ ᄒᆞ·며 목ᄆᆞᄅᆞ·니 ·믈 ᄉᆞ랑·ᄐᆞᆺ ᄒᆞ·며 아·ᄒᆡ ·어·미 ·그려ᄐᆞᆺ ᄒᆞ:면 ·반ᄃᆞ기 ᄉᆞᄆᆞ·ᄎᆞᆯ 期約ㅣ 이시리라(13b, 4 - 13b, 6)

【현대역】무릇 본래 참구(叅究)하는 공안(公案)에 간절한 마음으로 공부(工夫) 이루는 것을 닭이 알을 안듯이 하며 고양이가 쥐를 잡듯이 하며

굶주린 사람이 밥을 생각하듯이 하며 목마른 사람이 물을 생각하듯이 하며 아이가 어미를 그리워하듯이 하면 반드시 통할 기약(期約)이 있을 것이다.

【한자어 풀이】
1. 대범(大凡) : 무릇. 대강. 대략.

【언해문 분석】
1. 뿐흔 : 간절한
    기본형은 '뿐ᄒᆞ다'로 분석하면 '뿐ᄒᆞ-(어간) + -ㄴ(관형형 어미)'이다. 이밖에도 이 책에서 사용된 합용병서는 'ㅂ'계열로 'ㅳ : 뜨디(2a, 3), 뜬(58a, 7), ᄯᅵ여(35a, 9)--', 'ㅄ : 쁘ᄅᆞ시며(3a, 3), 쁘러ᄇᆞ리도다(39a, 5), 힘쁘면(17b, 10)--', 'ㅄ : 너기쁘면(3b, 5), 너기뼈(63a, 1), 뿐흔(13b, 4)--', 'ㅳ : 뻑(15a, 6), 뺄(15b, 2)' 등이 나타나고 'ㅄ'계열로 'ㅴ : ᄭᅵ려(9a, 3) 흔ᄭᅦ(50b, 2)'가 나타나고 'ㅅ'계열로 'ㅺ : 잠깐도(1a, 5), 숨ᄭᅳ테(21b, 4) ᄭᅵ여(4b, 5)--', 'ㅼ : 쏘(1b, 4), ᄯᅡ(19a, 5), 쫑(55a, 5)--', 'ㅽ : ᄡᅧ(3a, 5), ᄡᅥᆯ(53a, 2), ᄡᅮ처내유믈(20b, 9)--' 등이 나타난다. 그러나 15세기에 쓰이던 'ㅼ'과 'ㅳ'의 합용병서는 보이지 않는다.
2. ᄆᆞᅀᆞᆷ으로 : 마음으로
    분석하면 'ᄆᆞᅀᆞᆷ(명사) + 으로(도구의 부사격 조사)'이다. 'ᄆᆞᅀᆞᆷ으로'는 분철이 적용되고 모음조화가 파괴되어 형성되었다.
3. 일우믈 : 이루는 것을, 이룸을
    기본형은 '일우다(成)'로 분석하면 '일우-(어간) + -ㅁ(명사형 어미) + 을(목적격 조사)'이다. 어간형 '일우-'는 '일-(어근) + -우(사동의 파생 접사)'이다.
4. ᄃᆞᆰ기 : 닭이
    어형은 'ᄃᆞᆰ>닭'으로 변화하였다.

5. 안둣 : 안듯이
   기본형은 '안다(抱)'로 분석하면 '안-(어간) + -둣(부사형 어미)'이다.
6. 괴 : 고양이
   현대국어 고양이는 '괴(猫, 명사) + -앙이(축소형 접사)'에서 비롯된 것이다.
7. 주우리니 : 굶주린 사람이, 굶주린 이
   기본형은 '주우리다(飢)'로 분석하면 '주우리-(어간) + -ㄴ(관형형 어미) + 이(명사)'이다. 기본형은 '주으리다/주우리다〉주리다'로 변화하였다.
8. ᄉᆞ랑톳 : 생각하듯이
   기본형은 'ᄉᆞ랑ᄒᆞ다'로 분석하면 'ᄉᆞ랑ᄒᆞ-(어간) + -둣(부사형 어미)'이다. '사랑ᄒᆞ다'는 중세국어에서 '思'의 의미로 널리 쓰였으며 이 밖에 '愛, 寵, 孼'의 의미로도 쓰였다.
9. 목ᄆᆞᄅ니 : 목마른 사람이
   기본형은 '목ᄆᆞᄅ다'로 분석하면 '목ᄆᆞᄅ-(어간) + -ㄴ(관형형 어미) + 이(명사)'이다.
10. 아희 : 아이
    어형은 '(漢)兒孩'에서 온 말로 '아히〉아희〉아이'로 변화하였다.
11. 그려톳 : 그리워하듯이
    기본형은 '그려ᄒᆞ다'로 분석하면 '그려ᄒᆞ-(어간) + -둣(부사형 어미)'이다. 어간형 '그려ᄒᆞ-'는 '그리-(어간) + -어(부사형 연결 어미) + ᄒᆞ-(어간)'가 결합한 통사적 복합어이다.
12. ᄉᆞᄆᆞᄎᆞᆯ : 통(通)할, 꿰뚫을, 사무칠
    기본형은 'ᄉᆞᄆᆞᆾ다'로 분석하면 'ᄉᆞᄆᆞᆾ-(어간) + -을(관형형 어미)'이다. 기본형은 'ᄉᆞᄆᆞᆾ다〉사무치다'로 변화하였고 어의(語義)는 '通하다〉맺히다'로 변하였다.

【주】公案ᄂᆞᆫ 祖師 話頭ㅣ니 本衆公案ᄂᆞᆫ 一千七百則話頭·예

셔 :처엄 맛·다 叅究·ᄒᆞ논 話頭ㅣ라 雞抱卵논 煖氣를 相續ᄒᆞ
야아 命根:을 일·우고 命根 일·우고·도 至於子啐 一聲에 母
啄·을 :몯 미·츠:면 그 ·알히 석ᄂᆞ니 ·이논 工夫예 始終 間斷
:업수믈 가·줄비시·니라 ·또 猫의 鼠과 飢의 食과 渴의 水과
兒의 母이 ·다 ·이 眞實切心ㅣ니 話頭도 ·이 切心 :업·스:면
일·우디 :몯ᄒᆞ리라(13b, 6 – 14a, 1)

【주 현대역】 공안(公案)은 조사(祖師)의 화두(話頭)이니 본래 참구(叅究)하는 공안(公案)은 일천칠백 화두에서 처음 맡아 참구(叅究)하는 화두이다. 닭이 알을 품는 것은 따뜻한 기운을 이어 주어야 생명의 근원을 이루고 생명의 근원을 이루고도 병아리가 쪼는 소리에 어미가 쪼는 것을 못 미치면(때맞춰 쪼지 않으면) 그 알이 썩나니 이는 공부(工夫)에 시종(始終) 끊어짐이 없음을 비유하시니라. 또 고양이에게의 쥐와 굶주릴 때의 밥과 목마를 때의 물과 아이에게의 어머니가 다 이러한 진실로 간절한 마음이니 화두(話頭)도 이 간절한 마음이 없으면 이루지 못할 것이다.

【주 한자어 풀이】
1. 명근(命根) : 생명의 근원. 목숨.
2. 지어자줄(至於子啐) ~ 석ᄂᆞ니 : 줄탁동시(啐啄同時)를 뜻하는 말로 닭이 알을 깔 때에 알속의 병아리가 껍질을 깨뜨리고 나오기 위하여 껍질 안에서 쪼는 것을 줄(啐)이라 하고 어미 닭이 밖에서 쪼아 깨뜨리는 것을 탁(啄)이라 한다. 이 두 가지가 동시에 행해짐으로 사제지간이 될 연분(緣分)이 서로 무르익음의 비유로 쓰였다.
3. 시종(始終) : 처음부터 끝까지.

【주 언해문 분석】
1. 公案논 : 공안은

분석하면 '公案 + ㄴ + 은(지정의 보조사)'이다. 이때의 'ㄴ'은 앞에 오는 체언 '공안'의 말음 'ㄴ'으로 인하여 중철표기된 것이다.
2. 처엄 : 처음
이 책의 하권 (63b, 3)에는 '처섬'으로 나타난다. 어형은 '처섬〉처엄〉처음〉처음'으로 변화하였다.
3. 맛다 : 맡아
기본형은 '맛다(任)'로 분석하면 '맛-(어간) + -아(부사형 연결 어미)'이다. 기본형은 '맛다〉맜다〉맡다'로 변화하였다.
4. 相續ᄒ야사 : 이어 주어야, 상속하여야
기본형은 '상속(相續)ᄒ다'로 분석하면 '相續ᄒ-(어간) + -야사(의무의 부사형 연결 어미)'이다.
5. 미츠면 : 미치면
기본형은 '미츠다(及)'로 분석하면 '미츠-(어간) + -면(조건의 연결 어미)'이다. 기본형은 '미츠다〉미치다'로 전설모음화하였다.
6. 알히 : 알이
분석하면 '앓(卵, 명사) + 이(주격 조사)'이다. 어형은 '앓〉알'로 변화하였다. 〈몽산화상법어약록언해〉(1467)에는 방점이 '알·히'로 나타나 있다.
7. 석ᄂ니 : 썩나니
기본형은 '석다'로 분석하면 '석-(어간) + -ᄂ-(현재 시상 선어말 어미) + -니(설명의 연결 어미)'이다. 기본형은 '석다〉썩다/섞다〉썩다'로 변화하였다.
8. 업수믈 : 없음을, 없는 것을
분석하면 '없-(어간) + -움(명사형 어미) + 을(목적격 조사)'이다.
9. 가줄비시니라 : 비유하시니라, 견주시니라
기본형은 'ᄀ줄비다'로 분석하면 '가줄비-(어간) + -시-(주체 높임 선어말 어미) + -니라(설명형 종결 어미)'이다. 〈월인천강지곡〉(1447)에는 방점이 '가·줄·비다'로 나타난다.

先德丨 云㕘禪는

【원문】先德丨 云㕘禪는 須透祖師關丨오 妙悟는 要窮心路絶丨라 ᄒᆞ시니라(14a, 2 - 14a, 3)

【현대역】 선덕이 이르시되 "참선(㕘禪)은 반드시 조사의 관문을 뛰어넘는 것이고 오묘한 깨달음[妙悟]은 반드시 마음의 길이 끊어진 데까지 다하라."라고 하시니라.

【한자어 풀이】
1. 선덕(先德) : 돌아가신 덕이 높은 스님. 여기서는 무문관의 무문혜개(無門慧開)를 가리킨다.
2. 참선(㕘禪) : 선법을 참구함. 스스로 좌선하거나 또는 자기가 모범으로 앙모하는 선(禪) 지식에게 가서 선을 참학(㕘學)하는 것이다.
3. 조사관(祖師關) : 조사의 지위에 들어가는 관문이다.
4. 묘오(妙悟) : 오묘한 깨달음. 큰 깨달음.

【언해문】 先德丨 니ᄅᆞ샤ᄃᆡ 㕘禪는 모·로·미 祖師關·을 ᄉᆞᄆᆞ:고 微妙ᄒᆞᆫ ·아로·ᄆᆞᆫ 모로미 ᄆᆞᅀᆞᆷ :길 그·츤 ᄃᆡ 다ᄋᆞ·라·ᄒᆞ시니라(14a, 4 - 14a, 5)

【현대역】 선덕(先德)이 이르시되 "참선(㕘禪)은 모름지기 조사의 관문을 꿰뚫고 묘한 깨달음은 모름지기 마음의 길이 끊어진 곳까지 다하라."라고 하시니라.

【한자어 풀이】
1. 미묘(微妙) : 섬세하고 묘함.

【언해문 분석】
1. 叅禪ᄂᆞᆫ : 참선은
   분석하면 '참선(叅禪) + ㄴ + 은(대조의 보조사)'이다. 이때의 'ㄴ'은 앞에 오는 체언 '참선'의 말음 'ㄴ'으로 인하여 중철표기된 것이다.
2. ᄉᆞᄆᆞᆺ고 : 꿰뚫고, 통과하고
   기본형은 'ᄉᆞᄆᆞᆺ다'로 분석하면 'ᄉᆞᄆᆞᆺ-(어간) + -고(나열의 연결 어미)'이다.
3. 아로ᄆᆞᆫ : 깨달음은, 앎은
   기본형은 '알다'로 분석하면 '알-(어간) + -옴(명사형 어미) + 은(대조의 보조사)'이다.
4. 그츤 듸 : 끊어진 곳
   기본형은 '긏다'로 분석하면 '긏-(어간) + -은(관형형 어미) + 듸(의존 명사)'이다. '긏다'는 타동사적 용법과 자동사적 용법을 다 가진다. 타동사적 '긏-'은 '끊다, 그치다'의 의미를 가지고 있고 자동사적 '긏-'은 '끊어지다, 그치다'를 의미한다. 여기서는 자동사로 쓰였다.
5. 다ᅀᆞ라 : 다하라
   기본형은 '다ᅀᆞ다(窮)'로 분석하면 '다ᅀᆞ-(어간) + -라(설명형 종결 어미)'이다. 여기에서만 이런 형태로 나타나고 다른 문헌에서는 모두 '다ᄋᆞ다'로 나타난다.

【주】關ᄂᆞᆫ 去來 不通ᄒᆞᆯ 시니 祖師 公案에 心意識·으로 通·티 :몯ᄒᆞᆯ :들 가:ᄌᆞᆯ비시·니라(14a, 5 -14a, 6)

【주 현대역】 관(關)은 오고 감이 통하지 않는 것이니 조사(祖師)의 공안(公案)을 심의식(心意識)으로 꿰뚫지 못하는 것을 비유하시니라.

【주 한자어 풀이】

1. 관(關) : 조사관(祖師關)을 이름.
2. 거래(去來) : 오고 감. 왕래(往來).
3. 심의식(心意識) : 사량분별. 범부의 생각이나 지혜.

【주 언해문 분석】

1. 關ㄴ : 관(關)은
   분석하면 '관(關) + ㄴ + 은(지정의 보조사)'이다. 이때의 'ㄴ'은 앞에 오는 체언 '관'의 말음 'ㄴ'으로 인하여 중철표기된 것이다.
2. 不通홀 시니 : 통하지 않는 것이니
   기본형은 '불통(不通)ᄒ다'로 분석하면 '不通ᄒ-(어간) + -ㄹ(관형형 어미) + ㅅ(의존 명사) + 이(서술격 조사) + -니(설명의 연결 어미)'이다.
3. 몯홀 둘 : 못하는 것을
   기본형은 '몯ᄒ다'로 분석하면 '몯ᄒ-(어간) + -ㄹ(관형형 어미) + ᄃ(의존 명사) + ㄹ(목적격 조사)'이다.

高峯ㅣ 云叅禪는

【원문】高峯ㅣ 云叅禪는 須具三要ㅣ니 一은 有大信根이오 二은 有大憤志ㅣ오 三은 有大疑情이니 苟闕其一이면 如折足 之鼎이 終成廢器ㅣ라 ᄒᆞ시니라(14a, 7 - 14a, 9)

【현대역】 고봉이 이르시되 "참선(叅禪)은 반드시 세 가지 요건을 갖추어야 하니 하나는 큰 신근(信根)이 있는 것이고 둘은 큰 분지(憤志)가 있는 것이고 셋은 큰 의정(疑情)이 있는 것이니 진실로 그 하나라도 빠지면 다리 부러진 솥과 같이 마침내는 쓸모없는 그릇이 된다."라고 하시니라.

【한자어 풀이】
1. 고봉(高峯) : 고봉원묘(高峯原妙). 임제종(臨濟宗) 양기파(楊岐派)사람으로 속성은 서씨(徐氏)이며 강소성 소주부(蘇州府) 오강현(五江縣) 출신이다.
2. 신근(信根) : 신념의 기초. 오근(五根)의 하나로 나무뿌리와 같이 능히 유지시키는 것과 생기게 하는 것을 뜻한다.
3. 분지(憤志) : 뜻을 세움.
4. 의정(疑情) : 의심하는 마음.
5. 폐기(廢器) : 부서진 그릇으로 여기에서는 쓸모없는 그릇을 뜻한다.

【언해문】 高峯ㅣ 니ᄅᆞ·샤ᄃᆡ 叅禪는 모·로미 ·세 믈·리 ᄀᆞ자·아 ᄒᆞ리·니 ᄒᆞ나ᄒᆞᆫ :큰 信根·을 둘 ·시오 둘·흔 :큰 憤志·를

·둘 ·시오 :세·흔 :큰 疑情·을 둘 시니 眞實로 ·그 흔나·히나
闕ᄒ:면 ·발 것:근 ·소·티 ᄆᆞ·ᄎ매 廢器ㅣ 되:욤 ᄀᆞ트리라 ·
ᄒᆞ시니라(14b, 1 - 14b, 3)
【현대역】 고봉(高峯)이 이르시되 "참선(參禪)은 모름지기 세 가지 요지가 갖추어져야 할 것이니 하나는 큰 신근(信根)을 두는 것이고 둘은 큰 분지(憤志)를 두는 것이고 셋은 큰 의정(疑情)을 두는 것이니 진실로 그 하나라도 빠지면 발 꺾은 솥이 마침내 폐기(廢器)가 되는 것과 같을 것이다."라고 하시니라.

【언해문 분석】
1. 믈리 : 요지(宗)가, 요건(要)이
  분석하면 '믏(명사) + 이(주격 조사)'이다. 'ᄆᆞᆯ'의 주격형으로 '믏/ᄆᆞᆯ'는 비자동적 교체를 보이는 명사이다. 자음 앞에서는 'ᄆᆞᆯ'로 모음 앞에서는 '믏'로 나타난다.
2. ᄀᆞ자ᅀᅡ : 갖추어져야
  기본형은 'ᄀᆞᆽ다(具)'로 분석하면 'ᄀᆞᆽ-(어간) + -아ᅀᅡ(의무의 부사형 연결 어미)'이다. 기본형은 'ᄀᆞᆽ다〉갖다'로 변화하였다.
3. ᄒᆞ나흔 : 하나는
  분석하면 'ᄒᆞ낳(명사) + 은(대조의 보조사)'이다. 어형은 'ᄒᆞ낳〉하나'로 변화하였다.
4. 둘 시오 : 두는 것이고
  분석하면 '두-(置, 어간) + -ㄹ(관형형 어미) + ᄉ(의존 명사) + 이(서술격 조사) + -오(나열의 연결 어미)'이다.
5. 眞實로 : 진실로
  분석하면 '진실(眞實) + -로(부사 파생 접사)'이다. 〈두시언해 중간본〉(1632) (7, 29b)에는 한자어 대신 '진실로'로도 나타난다.
6. ᄒᆞ나히나 : 하나라도

분석하면 '흔낱(一, 명사) + 이(서술격 조사) + -나(양보의 연결 어미)'이다.
7. 것근 : 꺾은
　기본형은 '젓다'로 분석하면 '젓-(어간) + -은(관형형 어미)'이다. 기본형은 '젓다〉꺾다'로 변화하였다.
8. 되욤 : 되는 것
　기본형은 '되다'로 분석하면 '되-(어간) + -욤(명사형 어미)'이다.
9. ᄀᆞᄐᆞ리라 : 같을 것이다
　기본형은 'ᄀᆞᆮᄒᆞ다'이다. 분석하면 'ᄀᆞᆮᄒᆞ-(어간) + -리-(미래 추측 선어말 어미) + -라(설명형 종결 어미)'이다. 이형으로 〈소학언해〉(1586)(6, 42b) 등에서는 'ᄀᆞᆮᄐᆞ다'의 형태도 보인다.

【주】佛ㅣ 니ᄅᆞ·샤ᄃᆡ 成佛:엔 信爲根本ㅣ라 ·ᄒ시고 永嘉ㅣ 니ᄅᆞ·샤ᄃᆡ 修道:엔 先須立志ㅣ라 ·ᄒ·시고 蒙山ㅣ 니ᄅᆞ:샤ᄃᆡ 工夫:앤 不疑言句이 是爲大病ㅣ라 ·ᄒ·시니라(14b, 3 -14b, 5)

【주 현대역】 부처가 이르시되 "성불(成佛)에는 믿음이 근본(根本)이 된다."라고 하시고 영가(永嘉)가 이르시되 "수도(修道)에는 먼저 모름지기 뜻을 세워야 한다."라고 하시고 몽산(蒙山)이 이르시되 "공부(工夫)에는 언구(言句)를 의심하지 않는 것이 이것이 큰 병이다."라고 하시니라.

【주 한자어 풀이】
1. 성불(成佛) : 작불(作佛)·성도(成道)·득도(得道) 라고도 함. 각자가 스스로 무상의 깨달음을 얻고 부처가 되는 것이다.
2. 영가(永嘉) : 영가현각(永嘉玄覺, 665-713). 온주(溫州) 영가(永嘉)의 현각(玄覺) 선사를 이른다.
3. 몽산(蒙山) : 원대(元代) 스님. 강서성(江西省) 여릉도(廬陵道) 고안현(高安縣) 사람으로 이름은 덕이(德異)이다. 그의 저서 중 〈몽산화상법

어약록(蒙山和尙法語略錄)〉〈몽산화상수심결(蒙山和尙修心訣)〉은 조선 세조·중종 조에 언해되었다.
4. 언구(言句) : 언어(言語)와 문구(文句).
5. 대오(大悟) : 완전한 깨달음.

【주 언해문 분석】
1. 修道엔 : 수도(修道)에는
   '成佛엔'은 모음조화가 지켜지고 있으나 '修道엔', '工夫앤'은 모음조화가 파괴되어 나타나고 있다.
2. 니르샤딕 : 이르시되
   같은 주에서도 방점이 '니르·샤딕', '니르:샤딕'로 서로 다르게 표기되어 방점의 혼란상을 보여주고 있다.

妙喜ㅣ 云日用應緣處에

【원문】妙喜ㅣ 云日用應緣處에 只擧狗子無佛性話ᄒᆞ야 擧來擧去ᄒᆞ며 看來看去ᄒᆞ야 覺得沒理路ᄒᆞ며 沒義路ᄒᆞ며 沒滋味ᄒᆞ야 心頭이 熱悶時ㅣ 便是當人의 放身命處ㅣ며 亦是成佛作祖底基本也ㅣ라 ᄒᆞ시고 又云若欲敵生死ᆫ댄 須得這一念子爆地一破ᄒᆞ야ᅀᅡ 方了得生死ㅣ라 ᄒᆞ시니라(14b, 6 - 15a, 2)

【현대역】묘희(妙喜)가 이르시되 "날마다 인연하여 응하는 곳에 단지 '개는 불성이 없다'는 화두만을 들어, 항상 살피며 항상 살펴서 이로(理路)도 끊어지며 의로(義路)도 끊어지며 자미(滋味) 없어 마음이 답답하고 갑갑할 때가 곧 그 사람의 몸과 목숨이 내던져질 곳이며 또한 이것이 부처를 이루고 조사를 만들 밑바탕의 기본이라."고 하시고 또 이르시되 "만일 생사를 대적하고자 한다면 반드시 이 한 생각[一念]을 폭파하여 한 번에 깨트려야 비로소 생사(生死)를 얻을 것이다."라고 하시니라.

【한자어 풀이】

1. 묘희(妙喜) : 임제종 양기파이며 호는 운문(雲門)이라고도 한다. 속성은 해씨(奚氏)로 안휘성 선주(宣州) 영국(寧國) 출신이다.
2. 일용(日用) : 날마다 씀.
3. 이로(理路) : 이치의 길.
4. 의로(義路) : 윤리적인 사고의 절차.
5. 자미(滋味) : 자양분이 많고 맛이 좋은 음식.

6. 심두(心頭) : 염두(念頭). 생각의 시초.
7. 당인(當人) : 그 사람. 본인(本人).
8. 신명(身命) : 몸과 목숨.

【언해문】妙喜ㅣ 니르·샤딕 日用緣應·ᄒᆞ논 고대 오·직 狗子無佛性話·를 ·들며 들며 슬·피며 슬·펴 理路ㅣ :업·스며 義路ㅣ :업·스며 滋味ㅣ :업·서 心頭ㅣ :답짜오·믈 :알 時節이 ·곧 當人의 身命 노·홀 ·고디·며 ·쏘 ·이 成佛作祖·홀 ·터·히라 ·ᄒᆞ시고 :쏘 니르·샤딕 ·ᄒᆞ다가 生死를 對敵·고져 ·홀 딘:댄 모·로미 ·이 一念·을 :뻑 ᄒᆞ번 헤·뗘·ᅀᅡ 비·릇 生死·를 ᄆᆞ·ᄎᆞ리라 ·ᄒᆞ시니라(15a, 3. – 15a, 7)

【현대역】 묘희(妙喜)가 이르시되 "일상에서 인연하여 응하는 곳에 오직 '개에게는 불성이 없다.'는 화두[狗子無佛性話]를 (오면서) 들며 (가면서) 들며 (오면서) 살피며 (가면서) 살펴 이로(理路)가 없으며 의로(義路)가 없으며 자미(滋味)가 없어 마음이 답답한 것을 알 시절이 곧 그 사람의 몸과 목숨을 놓을 곳이며 또 이 성불(成佛)하고 조사가 될 터전이라."라고 하시고 또 이르시되 "만일 생사(生死)를 대적하고자 할 것이면 모름지기 이 한 생각[一念]을 탁 한 번에 깨뜨려야 비로소 생사를 마칠 것이라."라고 하시니라.

【언해문 분석】
1. 들며 : 들며

   기본형은 '들다(擧)'로 분석하면 '들-(어간) + -며(나열의 연결 어미)'이다. 원문에 '擧來擧去'가 있는 것으로 보아 언해에서 '오며, 가며'가 생략된 것으로 볼 수 있다. 즉 '항상' 그 화두를 생각함을 비유적으로 말한 것이다.

2. 슬피며 : 살피며

기본형은 '슬피다'로 분석하면 '슬피-(어간) + -며(나열의 연결 어미)'이다. 여기에서 원문에 '看來看去'가 있는 것으로 보아 언해에서 '오며, 가며'가 생략된 것으로 볼 수 있다. 이것도 '항상' 그 화두를 생각함을 비유적으로 말한 것이다.

3. 답까오믈 : 답답한 것을, 답답함을

기본형은 '답갑다'로 분석하면 '답갑-(어간) + -옴(명사형 어미) + 올(목적격 조사)'이다.

4. 노홀 : 놓을, 내던질

기본형은 '놓다(放)'로 분석하면 '놓-(어간) + -오-(의도법 선어말 어미) + -ㄹ(관형형 어미)'이다.

5. 터히라 : 터전이라, 밑바탕이라

분석하면 '텋(명사) + 이(서술격 조사) + -라(설명형 종결 어미)'이다.

6. ᄒᆞ다가 : 만일(萬一), 만약(萬若), 하다가

7. 對敵고져 : 대적하고자

기본형은 '대적(大敵)ᄒᆞ다'로 분석하면 '對敵ᄒᆞ-(어간) + -고져(희망의 연결 어미)'이다. 어간 'ᄒᆞ-' 뒤에 어미가 결합할 때 'ᄒᆞ'가 완전히 탈락된 것이다. 중세국어에서 원망이나 희구를 나타내는 어미는 '-고져, -아져, -과뎌, -과듸여, -굇고' 등이 있다. 스스로의 동작이나 행동을 바랄 경우에는 '-고져'가, 제3자의 동작이나 행동을 바랄 경우에는 '-과뎌'가 쓰이는 것이 보통이다.

8. 홀 딘댄 : 할 것이면

기본형은 'ᄒᆞ다'로 분석하면 'ᄒᆞ-(어간) + -오-(의도법 선어말 어미) + -ㄹ(관형형 어미) + ᄃᆞ(의존 명사) + 이(서술격 조사) + -ㄴ댄(조건의 연결 어미)'이다.

9. 뻑 : 탁, 턱

10. 헤텨사 : 깨뜨려야, 헤쳐야

기본형은 '헤티다'로 분석하면 '헤티-(어간) + -어사(의무의 부사형 연결 어미)'이다. 기본형은 '헤티다〉헤치다'로 변화하였다.
11. 비릇 : 비로소
'비르서, 비르소, 비르수, 비르서' 등 다양한 모습을 가지고 있었으며 '비릇(始) + -오(부사 파생 접사)'가 결합하여 '비로소'가 되었다.
12. ᄆᆞᄎᆞ리라 : 마칠 것이라, 마치리라
기본형은 'ᄆᆞᆾ다(終)'로 분석하면 'ᄆᆞᆾ-(어간) + -리-(미래 추측 선어말 어미) + -라(설명형 종결 어미)'이다.

【주】有僧ㅣ 趙州和尙ㅅ긔 問ᄒᆞᅀᆞ오ᄃᆡ 狗子還有佛性也無ː 엇가 州ㅣ 니ᄅᆞ·샤ᄃᆡ 無ㅣ라 ᄒᆞ시니 ·이 無字는 先師ㅣ 니ᄅᆞ 시ᄃᆡ 有無의 無ㅣ 아·니며 眞無·의 無ㅣ 아·니라 ·ᄒᆞ시·니 ·이 話ㅣ 語路과 義路ㅣ ·다 고ː쳐 商量·티 몯ᄒᆞ·리로다 ᄯᅩ 니 ᄅᆞ·샤ᄃᆡ 趙州露刀劒이 寒霜光焰焰ㅣ로다 擬議問如何ᅟᅵᆫ댄 分身作兩段ㅣ라 ᄒᆞ시다 爆은 ·브렛 ·밤 ᄠᅱᆯ 소리니 工夫ᄒᆞ다가 ᄆᆞ·ᄎᆞ매 疑團打破·호ᄆᆞᆯ 가ː즐비시·니라(15a, 7 - 15b, 2)

【주 현대역】어떤 스님이 조주화상(趙州和尙)께 묻되 "개에게 불성이 있습니까 없습니까[狗子還有佛性也無]?"라고 하자 조주(趙州)가 이르시되 "무(無)."라고 하시니 이 무(無)라는 글자는 선사(先師)가 이르시되 "있고 없음[有無]의 무(無)가 아니며 진무(眞無)의 무(無)가 아니다."라고 하시니 이 화두(話頭)는 말길[語路]과 뜻길[義路]을 모두 고쳐도 상량(商量)하지 못할 것이다. 또 이르시되 "조주(趙州)의 무서운 칼날[刃劒]이 서릿발처럼 빛나고 빛나도다. 헤아려 어떠한가 물으면 몸이 나뉘어 두 동강 된다."라고 하셨다. 폭(爆)은 불에 밤 튀는 소리니 공부(工夫)하다가 마침내 의문 덩어리를 타파함을 비유하시니라.

【주 한자어 풀이】
1. 조주화상(趙州和尙) : 중국스님(778-897). 임제종. 남전보원(南泉普願)의 법제자이다. 당나라 조주(曹州) 사람으로 조주(趙州)의 관음원에 있었으므로 조주라 한다. 어려서 조주의 호통원(扈通院)에서 중이 되었으나 계는 받지 않고 지양에 남전을 찾으니 마침 누워 있다가 '어느 곳에서 왔는가' 조주 '서상원(瑞像院)에서 왔습니다' 남전 '서상을 보았는가' '서상은 보지 못하고 누워 있는 부처님을 보았습니다' '네가 유주(有主) 사마냐? 무주(無主) 사마냐' '유주 사마입니다' '주가 어데 있느냐' 조주 '동짓달이 매우 춥사온데 체후 만복하시나이까' 남전이 기특하게 여기고 입실을 허락하였다. 숭악의 유리단(琉璃壇)에 가서 계를 받고 남전에 돌아 왔다. 뒤에 대중이 청하여 조주 관음원에 있게 하니 이곳을 동원(東院)이라고도 하며 교화가 크게 떨쳤다.
2. 진무(眞無) : 허무(虛無).
3. 선사(先師) : 여기에서는 무문혜개(無門慧開)를 말한다.
4. 어로(語路) : 말길, 언어의 길.
5. 의로(義路) : 뜻의 길.
6. 상량(商量) : 헤아려 생각함.
7. 염염(焰焰) : 염염(炎炎). 불이 세차게 타오르는 모양.
8. 의의(擬議) : 헤아림. 재량(裁量)함.
9. 의단(疑團) : 속에 늘 엉키어 풀리지 않는 의문덩어리.

【주 언해문 분석】
1. 無엇가 : 없습니까
'엇가'는 '잇가'의 오각으로 생각되며 분석하면 '無 + -잇-(공손법 선어말 어미) + -가(의문형 종결 어미)'이다. 15세기에는 상위자를 상대한 화자의 공손한 진술을 표시하는 공손법의 선어말 어미는 형태소 '-이-, -잇-'이었다. '-잇-'은 의문법 종결 어미 '-가, -고'와 함께 쓰이는데 'ㅇ'이 소멸됨에 따라 '-잇-'이 쓰였다.
2. 니ᄅ시디 : 이르시되
이 책에서는 모두 '니ᄅ샤디'로 나타나는데 여기에서만 '니ᄅ시디'로 나타난다. '니ᄅ샤디'의 잘못인지 '-샤-'가 없어지고 '-시-'로 통일되는 것을 보여 주는 예인지 현재로서는 알 수 없다.
3. 몯ᄒ리로다 : 못할 것이다
기본형은 '몯ᄒ다'로 분석하면 '몯ᄒ-(어간) + -리-(미래 추측 선어말 어미) + -로-(감동법 선어말 어미) + -다(설명형 종결 어미)'이다.
4. 브렛 : 불에, 불에의
분석하면 '블(명사) + 에(처소격 조사) + ㅅ(관형격 조사)'이다. 어형은 '블〉불'로 원순모음화(ㅡ〉ㅜ)하여 변화하였다.
5. 뛸 : 튀는, 뛰는, 터지는
기본형은 '뛰다'로 분석하면 '뛰-(어간) + -ㄹ(관형형 어미)'이다. 기본형 '뛰다'는 '超, 躍, 跳, 爆'의 뜻으로 '튀다, 뛰다, 터지다' 등의 뜻을 가지고 쓰이는데 여기서는 '튀다, 터지다'의 뜻이다.
6. 소리니 : 소리니
분석하면 '소ᄅ(명사) + (이)(서술격 조사) + -니(설명의 연결 어미)'이다. 어형은 '소ᄅ〉소리'로 변화하였다. 〈두시언해중간본〉(1632)(1, 2b)에는 '소ᄅ'로도 나타난다.

先德ㅣ 云這箇無字는

【원문】先德ㅣ 云這箇無字는 三世諸佛面目ㅣ시며 歷代祖師骨髓ㅣ시며 亦是諸人命根ㅣ니 諸人는 還肯也無아 大疑之下애사 必有大悟ㅣ라 ᄒ시니라(15b, 3 – 15b, 5)

【현대역】선덕이 이르시되 "이 무(無)자는 삼세제불의 면목(面目)이시며 역대 조사의 골수(骨髓)이시며 또한 이것은 모든 사람의 명근(命根)이니 모든 사람은 도리어 긍정하는가? 큰 의심 아래에서야 반드시 큰 깨달음이 있을 것이라."라고 하시니라.

【한자어 풀이】
1. 삼세제불(三世諸佛) : 과거 · 현재 · 미래에 출현하는 여러 부처이다.
2. 면목(面目) : 얼굴 모양. 여기서는 인간이 본래 갖추고 있는 진실한 모습을 말한다.
3. 골수(骨髓) : 마음 속. 여기에서는 마음속 깊은 곳에 담고 있는 깨달음의 정수이다.
4. 명근(命根) : 목숨의 근원.

【언해문】先德ㅣ 니르·샤디 ·이 無字는 三世諸佛·의 面目ㅣ시·며 歷代祖師의 骨髓ㅣ시·며 :쏘 ·이 諸人의 命根ㅣ·니 諸人는 도르·혀 肯信·ᄒᄂ·다 :만·다 ·큰 疑心 아·래사 ·반드기

·큰 아·로미 이시·리라 ·ᄒᆞ시·니라(15b, 6 - 15b, 8)

【현대역】 선덕(先德)이 이르시되 "이 무(無)자는 삼세제불(三世諸佛)의 면목(面目)이시며 역대 조사의 골수(骨髓)이시며 또 이 모든 사람의 명근(命根)이니 모든 사람은 도리어 긍정하여 믿느냐 마느냐? 큰 의심 아래야 반드시 큰 앎(깨달음)이 있을 것이다."라고 하시니라.

【한자어 풀이】
1. 긍신(肯信) : 긍정하고 믿음. 긍정함.

【언해문 분석】
1. 肯信ᄒᆞᄂᆞ다 : 긍정(肯定)하여 믿느냐?
   기본형은 '긍신(肯信)ᄒᆞ다'로 분석하면 '肯信ᄒᆞ-(어간) + -ᄂᆞ-(현재 시상 선어말 어미) + -ㄴ다(의문형 종결 어미)'이다. '-ㄴ다'는 주어가 2인칭 일 때 쓰인다.
2. 만다 : 마느냐?, 않느냐?
   기본형은 '말다(無)'로 분석하면 '말-(어간) + -ㄴ다(의문형 종결 어미)'이다. 어간 '말다'는 뒤에 오는 'ㄴ'으로 인하여 'ㄹ'이 탈락 되었다.
3. 아래ᅀᅡ : 아래야, 아래에서야
   '아래'의 의미는 성조로 구별되는데 '下'를 뜻하는 '아래'는 ':아·래'이고 '예전, 지난날'을 뜻하는 '아래'는 '아·래'이다 여기서는 앞의 뜻이다. 'ᅀᅡ'는 강세 보조사로 현대국어의 '야'에 해당한다.
4. 반ᄃᆞ기 : 반드시, 꼭 마땅히, 당연히
   원래 '반·ᄃᆞ기'이나 '·반ᄃᆞ·기', '·반ᄃᆞ기'로 나타나기도 한다. 〈경민편 중간본〉(1658)(35b)에 '반드시', 〈칠장사판 천자문〉(1661)(6a)에 '반득', 〈가례언해〉(1632)(10, 16b)에 '반ᄃᆞ시' 등으로도 나타난다.

【주】 趙州 未出前:엔들 ·엇·뎌 佛祖ㅣ :업·스시리오 具眼衲

僧은 속·디 아니ᄒ·려니·와 그·러나 先賢ㅣ :이 趙州禪·를 ·이
리 ·츼텨 도·도샨 密意ㅣ 겨시니 모·로미 趙州·의 허·므·를
자·바사 明眼漢ㅣ라 ᄒ·려니:와 自肯處 :업시 口皮邊·ᄂ로
照顧·홀딘·댄 ᄒ갓 一期예 ·눈 :멀ᄲᆞᆫ 아니라 他日애 謗法罪
ㅣ로 鐵棒 마·조·믈 免·티 ·몯ᄒ리라 (15b, 8 -16a, 3)

【주 현대역】 조주(趙州)가 태어나기 전엔들 어찌 부처와 조사가 없으시겠는가. 구안납승(具眼衲僧)은 속지 않을 것이지만 그러나 선현(先賢)이 이 조주(趙州)의 선(禪)을 이렇게 치우쳐 돋우신 밀의(密意)가 계시니 모름지기 조주(趙州)의 허물을 잡아야 명안한(明眼漢)이라 하겠거니와 스스로 확신하는 경지 없이 입으로만 비추어 돌아 볼 것이면 단지 한 평생 눈 멀 뿐만 아니라 다른 날에 법을 헐뜯은 죄로 쇠몽둥이 맞음을 면하지 못할 것이다.

【주 한자어 풀이】
1. 구안(具眼) : 사물의 시비를 판단하는 식견과 안목을 갖추고 있음.
2. 납승(衲僧) : 납자(衲子). 납의(衲衣)를 입는 사람이란 뜻으로 스님을 이르는 말이다.
3. 밀의(密意) : 비밀한 뜻 또는 숨은 뜻인데 여기서는 마음속 깊은 곳에 감춰진 참뜻을 말한다.
4. 명안한(明眼漢) : 눈 밝은 사람.
5. 자긍처(自肯處) : 스스로 확신하는 경지.
6. 구피변(口皮邊) : 입가.
7. 조고(照顧) : 비추어 돌아 봄.
8. 일기(一期) : 평생. 일생.
9. 철봉(鐵棒) : 쇠몽둥이.

【주 언해문 분석】
1. 엇뎌 : 어찌, 어째서
   같은 부사로서 〈석보상절〉(1449)(6, 9a)에 '엇뎨'가, 〈두시언해 중간본〉(1632)(1, 6a)에 '엇디' 등도 나타난다.
2. 업스시리오 : 없으시겠는가, 없으시리오
   기본형은 '없다'로 분석하면 '없-(어간) + -으시-(주체 높임 선어말 어미) + -리-(미래 추측 선어말 어미) + -오(설명 의문형 종결 어미)'이다. '-오'는 의문사 '엇뎌'와 호응한다.
3. 속디 : 속지
   기본형은 '속다'로 분석하면 '속-(어간) + -디(부정 부사형 연결 어미)'이다. 어형은 '속디>속지'로 구개음화하여 변화하였다.
4. 아니ᄒᆞ려니와 : 않을 것이지만, 아니하겠거니와
   기본형은 '아니ᄒᆞ다'로 분석하면 '아니ᄒᆞ-(어간) + -리-(미래 추측 선어말 어미) + -어니와(양보의 연결 어미)'이다. '리' 아래에서 'ㄱ'이 탈락하여 '-어니와'로 나타난다.
5. 그러나 : 그러나
   '그·러나'는 방점표기가 혼란스럽게 나타나는 대표적인 경우인데 석보상절에는 '그:러·나'로 나타나는데 이 책에서는 '그:러나, 그·러나, 그·러·나, 그러·나'로 나타난다.
6. 측텨 : 치우쳐
   기본형은 '측티다'로 분석하면 '측티-(어간) + -어(부사형 연결 어미)'이다.
7. 도도샨 : 돋우신
   기본형은 '도도다'로 분석하면 '도도-(어간) + -샤-(주체 높임 선어말 어미) + (-오-)(의도법 선어말 어미) + -ㄴ(관형형 어미)'이다. 어간형 '도도-'는 '돋-(어근) + -오(사동의 파생 접사)'이다.
8. 허므를 : 허물을

분석하면 '허믈(명사) + 을(목적격 조사)'이다. 어형은 '허믈〉허물'로 원순모음화하여 변화하였다.
9. 자바사 : 잡아야
기본형은 '잡다'로 분석하면 '잡-(어간) + -아사(의무의 부사형 연결 어미)'이다. '-아사'는 현대국어에 '-아야'로 변화하였다.
10. 口皮邊ㄴ로 : 입으로
분석하면 '口皮邊 + ㄴ + 으로(도구의 부사격 조사)'이다. 이때의 'ㄴ'은 앞에 오는 체언 '구피변'의 말음 'ㄴ'으로 인하여 중철표기된 것이다.
11. 照顧홀딘댄 : 비추어 돌아 볼 것이면
기본형은 '조고(照顧)ᄒ다'로 분석하면 '照顧ᄒ-(어간) + -오-(의도법 선어말 어미) + -ㄹ(관형형 어미) + 두(의존 명사) + 이(서술격 조사) + -ㄴ댄(조건의 연결 어미)'이다.
12. 흔갓 : 단지, 오직
부사 '흔갓'은 두 가지 의미를 가진다. 하나는 '오직, 단지'의 다른 하나는 '공연히'의 의미이다. 여기서는 앞의 뜻에 가깝다.
13. 마조믈 : 맞음을, 맞는 것을
기본형은 '맞다'로 분석하면 '맞-(어간) + -옴(명사형 어미) + 을(목적격 조사)'이다.

話頭를 不得擧起處에

【원문】話頭를 不得擧起處에 承當ᄒ며 不得思量卜度ᄒ며 又不得將迷待悟ᄒ고 就不可思量處ᄒ야 思量ᄒ면 心無所之ㅣ 如老鼠이 入牛角ᄒ야 便見倒斷也ㅣ리라 又尋常애 計較安排底ㅣ 是識情이며 隨生死遷流底ㅣ 是識情이며 怕怖慞惶底ㅣ 是識情이어늘 今人ᄂᆞᆫ 不知是病ᄒ고 只管在裏許ᄒ야 頭出頭沒ᄒᄂᆞ다(16a, 4 – 16b, 1)

【현대역】화두를 들어 일으키는 곳에서 승당(承當)하지 말며 생각으로 헤아리고 헤아리지 말며 또 장차 미혹한 것으로 깨닫기를 기다리지 말고 생각할 수 없는 곳까지 나아가 생각하면 마음이 갈 곳이 없는 것이 마치 늙은 쥐가 소뿔에 들어가 곧 거꾸러지고 끊어지는 것을 보는 것과 같다. 또 평소에 비교하여 안배하는 것이 이것이 식정(識情)이며 생사를 좇아 옮겨 다니는 것이 이것이 식정(識情)이며 무서워하고 두려워하는 것이 이것이 식정(識情)이거늘 지금의 사람들은 이 병통을 알지 못하고 다만 이 속에 있어 나왔다 들어갔다 한다.

【한자어 풀이】
1. 승당(承當) : 받아들여 감당함.
2. 사량(思量) : 생각하여 헤아림.
3. 계교(計較) : 비교함. 서로 대봄.

4. 심상(尋常) : 평소. 보통.
5. 식정(識情) : 범부의 미혹한 마음에 의한 견해. 마음의 움직임.
6. 파포장황저(怕怖慞惶底) : 무서워하고 두려워하는 것이다.

【언해문】話頭를 擧起·ᄒᆞ논 고:대 :아디 :말며 思量·ᄒᆞ야 :혜아리디 :말며 :ᄯᅩ 迷 가져 아롬 기·드리디 :말고 어·로 思量티 :몯·ᄒᆞᆯ 고:대 나ᅀᅡ가 思量ᄒᆞ:면 ᄆᆞᅀᆞᆷ 갈 ·곧 :업수·미 늘:근 ·쥐 :쇠·쁘레 ·드롬 ·ᄀᆞ티야 ·곧 갓ᄀᆞ라듀:믈 보·리라 ·ᄯᅩ 尋常애 :혜아려 ·버리:ᄡᅳᄂᆞᆫ 거·시 ·이 識情ㅣ며 生死조차 遷流ᄒᆞᄂᆞᆫ 거시 이 識情ㅣ며 두:리여 젓ᄂᆞᆫ 거·시 ·이 識情ㅣ 어:ᄂᆞᆯ ·이제 사ᄅᆞ·ᄆᆞᆫ ·이 病ᄂᆞᆫ :들 아·디 ·몯ᄒᆞ고 오·직 ·이:에 거·릿겨 이·셔 나·락:들·락 ·ᄒᆞᄂᆞ다(16b, 2 - 16b, 6)

【현대역】화두(話頭)를 들어 일으키는 곳에서 알지 말며 사량(思量)하여 헤아리지 말며 또 미혹한 것을 가지고 앎을 기다리지 말고 가히 사량(思量)하지 못할 곳에 나아가 사량(思量)하면 마음 갈 곳 없는 것이 늙은 쥐 소뿔에 들어가는 것 같아서 곧 거꾸러지는 것을 볼 것이다. 또 평소에 헤아려 벌여 놓는 것이 이 식정(識情)이며 생사(生死)를 좇아 옮겨 다니는 것이 이 식정(識情)이며 두려워 무서워하는 것이 이 식정(識情)이거늘 이제 사람은 이것이 병통인 것을 알지 못하고 오직 이에 걸리어 있어 나왔다가 들어갔다가 한다.

【언해문 분석】
1. 혜아리디 : 헤아리지
   기본형은 '혜아리다'로 '혜아리-(어간) + -디(부정 부사형 연결 어미)'이다. 기본형은 '혜아리다〉헤아리다'로 단모음화하여 변화하였다.
2. 아롬 : 앎(깨닫기), 알음알이

기본형은 '알다'로 '알-(어간) + -옴(명사형 어미)'이다. 여기에서는 '깨달음'을 뜻한다.

3. 기드리디 : 기다리지

기본형은 '기드리다'로 분석하면 '기드리-(어간) + -디(부정 부사형 연결 어미)'이다. 기본형은 '기드리다〉기다리다'로 변화하였다.

4. 어로 : 가히, 능히

'可'는 '어로', '어루'의 두 가지 표기 양상을 보이는 부사이다. '어로'보다는 '어루'가 더 많이 보이는 어형이다.

5. 나ᅀᅡ가 : 나아가

기본형은 '나ᅀᅡ가다'로 분석하면 '나ᅀᅡ가-(어간) + (-아)(부사형 연결 어미)'이다. 'ㅿ'은 15세기 후반부터 동요하기 시작하여 16세기 후반에는 소멸되는 것으로 보는데 이 책에서는 'ㅿ, ㅅ, ㅇ'의 세 가지 모습으로 나타난다. 하권 (38b, 8)에 '나사가ᄂᆞ니ᄂᆞᆫ'이 나오는데 같은 책에 이렇게 두 가지 형태로 나오는 것으로 보아 이때가 'ㅿ'의 혼란 기임을 알 수 있다.

6. 쇠ᄲᅳ레 : 소뿔에

분석하면 '쇠ᄲᅳᆯ + 에(부사격 조사)'이다. '쇠ᄲᅳᆯ, 쇠ᄲᅳᆯ' 등의 형태는 다른 문헌에 보이나 '쇠ᄲᅳᆯ'은 이곳에서만 보인다. 구어적인 표현이거나 사투리로 보인다.

7. 드롬 : 들어가는 것, 듦

기본형은 '들다'로 분석하면 '들-(어간) + -옴(명사형 어미)'이다.

8. ᄀᆞ틱야 : 같아서

기본형은 'ᄀᆞ틱다(如)'로 분석하면 'ᄀᆞ틱-(어간) + -야(부사형 연결 어미)'이다.

9. 갓ᄀᆞ라듀믈 : 거꾸러지는 것을, 거꾸러짐을

기본형은 '갓ᄀᆞ라디다(倒)'로 분석하면 '갓ᄀᆞ라디-(어간) + -움(명사형 어미) + 을(목적격 조사)'이다. 어간형 '갓ᄀᆞ라디-'는 '갓글-(倒,

어간) + -아(부사형 연결 어미) + 디-(落, 어간)'가 결합한 통사적 복합어이다. 기본형은 '갓고로디다/갓ᄀ라디다〉갓구러디다〉거꾸러지다'로 변화하였다.

10. 버리쁘는 : 벌여 놓는, 맞혀보는

    기본형은 '버리쁘다'로 분석하면 '버리쁘-(어간) + -는(현재 시상 관형형 어미)'이다.

11. 두리여 : 두려워

    기본형은 '두리다'로 분석하면 '두리-(어간) + -여(부사형 연결 어미)'이다.

12. 젓는 : 무서워하는

    기본형은 '젛다'로 분석하면 '젓-(어간) + -는(현재 시상 관형형 어미)'이다. '젓-'은 '젛-'의 8종성 표기이다.

13. 病ᄂᆞᆯ : 병통인 것을

    분석하면 '병(病) + ㅣ(서술격 조사) + -ㄴ(관형형 어미) + ᄃᆞ(의존명사) + 을(목적격 조사)'이다.

14. 거릿겨 : 걸리어

    기본형은 '거릿기다'로 분석하면 '거릿기-(어간) + -어(부사형 연결 어미)'이다.

15. 나락 들락 : 나왔다가 들어갔다가

    기본형은 '나다'로 분석하면 '나-(어간) + -락(반복적 동작의 연결 어미) + 들-(어간) + -락(반복적 동작의 연결 어미)'이다.

【주】話頭에 十種病ㅣ 이시니 意根下卜度과 揚眉瞬目處探根과 語路上活計과 文字中引證과 擧起處承當과 在無事匣裏과 作有無會과 作眞無會과 作道理會과 作將迷待悟:괘니 이 十種病을 여·희고 提撕擧覺:만 :홀디어다(16b, 6 -16b, 9)

【주 현대역】화두(話頭)에 10가지 병이 있나니 생각[意根]으로 이리저

리 헤아리는 것과 눈썹을 치켜뜨고 눈을 깜빡거리는 곳에서 분별하는 것과 말의 길[語路]에서 살림살이[活計]를 하는 것(말로만 수행하는 것)과 글[文字]에서 끌어 증거 삼는 것과 (화두를) 들어 일어나는 곳에서 알아 맞히려 하는 것과 일 없는 곳에 들어 앉아 있는 것과 있고 없다는 것을 판단하려는 것과 참으로 없다고 아는 것과 도리(道理)를 지어 짐작하는 것과 미혹한 것으로 깨닫기를 바라는 것이니 이 10가지 병통을 여의고 (화두를) 이끌어 깨우쳐야만 할지어다.

【주 한자어 풀이】
1. 의근(意根) : 6근(根)의 하나로 선가에서는 같고 다름[一異]·옳고 그름[是非]·있고 없음[有無] 등 대립의식을 갖는 정신 작용을 총칭한다.
2. 생활(生活) : 살림살이. 수행.
3. 제시(提撕) : 이끌어 주는 것. 소승이 학인을 이끌어서 정안(正眼)을 열게 하는 것이다.
4. 거각(擧覺) : 거(擧)는 스승이 공안을 들어 보이는 것. 각(覺)은 그것으로 말미암아 학인(學人)이 깨닫는 것이므로 스승과 학인이 접견하는 것을 말한다.

【주 언해문 분석】
1. ~ 悟괘니 : ~ 悟이니
   분석하면 '悟 + 과(공동격 조사) + ㅣ(서술격 조사) + -니(설명의 연결 어미)'이다. 현대국어에서는 두 가지를 비교할 때 후행어에 공동격 조사를 생략하지만 중세국어에서는 후행어에도 반드시 공동격 조사를 붙인 후 다시 조사를 붙인다.
2. 홀디어다 : 할지어다
   기본형은 'ᄒᆞ다'로 분석하면 'ᄒᆞ-(어간) + -오-(의도법 선어말 어미) + -ㄹ디어다(설명형 종결 어미)'이다.

大抵此事는 如蚊子이

【원문】大抵此事는 如蚊子이 上鐵牛ᄒ니 更不問如何若何ᄒ고 下觜不得處에 棄命一攢ᄒ야 和身透入ㅣ어다(17a, 1 - 17a, 3)

【현대역】무릇 이 일은 모기가 무쇠 소에 오르는 것과 같으니 다시 어찌어찌하겠는가를 묻지 말고 주둥이를 댈 수 없는 곳에 목숨을 다하여 한 번 뚫어 온몸으로 꿰뚫어 들어갈지어다.

【언해문】大抵혼·디 ·이 이·른 蚊子이 鐵牛·에 올·옴 ·ᄀᆞᆮᄒ·니 다·시 :엇디:엇디려·뇨 ·구·러 ·묻·디 ·말고 ·부·리 박·디 :몯·홀 고대 목·숨 ᄇᆞ·리고 ᄒᆞᆫ 디·위 비·븨여 ·몸 조·쳐 ᄉᆞᄆᆞ·차 ·드·롤·디어다(17a, 4 - 17a, 5)

【현대역】무릇 이 일은 모기가 무쇠 소에 오르는 것 같으니 다시 어찌어찌하겠는가 말하여 묻지 말고 부리를 박지 못할 곳에 목숨을 버리고 한번 비비어 뚫어 몸이 아울러 꿰뚫어 들어갈지어다.

【언해문 분석】
1. 大抵혼디 : 무릇, 대저(大抵)
   〈소학언해〉(1586)(5, 95a)에는 한글로 표기된 '대뎌혼디'도 나타난다.
2. 올옴 : 오르는 것, 오름
   기본형은 '오ᄅᆞ다(上)'로 분석하면 '오ᄅᆞ-(어간) + -옴(명사형 어미)'

이다. '오르다'는 모음어미 앞에서 '올-'의 형태가 쓰이며 자음어미 앞에서는 '오르니, 오르게'의 형태로 쓰인다.

3. 엇디엇디려뇨 : 어찌어찌하겠는가

기본형은 '엇디엇디ᄒ다'로 분석하면 '엇디엇디ᄒ-(어간) + -리-(미래 추측 선어말 어미) + -어-(과거 확인의 선어말 어미) + -뇨(설명 의문형 종결 어미)'이다. 뒤에 오는 '리'로 인하여 'ᄒ'가 탈락하였다.

4. 구러 : 말하여

기본형은 '굴다'로 분석하면 '굴-(어간) + -어(설명의 연결 어미)'이다. 여기에서는 '말하다, 저주하다, 축원하다'의 뜻이다.

5. 묻디 : 묻지

기본형은 '묻다(問)'로 분석하면 '묻-(어간) + -디(부정 부사형 연결 어미)'이다. 중세국어의 동사 '묻-'은 '묻다'의 의미와 '방문하다'의 두 가지 의미를 가지고 있었다. 여기에서는 전자의 의미로 쓰였다.

6. ᄇ리고 : 버리고

기본형은 'ᄇ리다'로 분석하면 'ᄇ리-(어간) + -고(나열의 연결 어미)'이다. 기본형은 'ᄇ리다〉버리다'의 변화를 거쳤다.

7. ᄒ 디위 : 한번

분석하면 'ᄒ(관형사) + 디위(단위의 의존 명사)'의 결합이다.

8. 비븨여 : 비비어 뚫어, 비비면

기본형은 '비븨다'로 분석하면 '비븨-(어간) + -여(설명의 연결 어미)'이다.

9. 조쳐 : 아울러, 겸하여

기본형은 '조치다(和)'로 분석하면 '조치-(어간) + -어(부사형 연결 어미)'이다.

10. ᄉᄆ차 : 꿰뚫어

기본형은 'ᄉᄆ차다'로 분석하면 'ᄉᄆ차-(어간) + -아(부사형 연결 어미)'이다. 기본형은 'ᄉᄆ차다〉사무치다'로 변화하였고 어의(語義)는

'통하다〉맺히다'로 변하였다.
11. 드롤디어다 : 들어갈지어다
    기본형은 '들다'로 분석하면 '들-(어간) + -오-(의도법 선어말 어미) + -ㄹ디어다(설명형 종결 어미)'이다.

【주】重結上意ᄒ시니 叅得活句·ᄒ야 不使退屈·케 再三勸勵·ᄒ샷다(17a, 5 - 17a, 6)
【주 현대역】거듭 위의 뜻을 마무리하시니 활구(活句)를 참구(叅究)하여, 기가 꺾여 굴하지 않게 여러 번 권하고 격려하셨도다.

【주 한자어 풀이】
1. 퇴굴(退屈) : 기가 꺾여 물러남. 기가 꺾임.
2. 권려(勸勵) : 권하고 격려함.

【주 언해문 분석】
1. ᄒ샷다 : 하셨도다
    기본형은 'ᄒ다(爲)'로 분석하면 'ᄒ-(어간) + -샤-(주체 높임 선어말 어미) + -(오)ㅅ-(감동법 선어말 어미) + -다(설명형 종결 어미)'이다.

工夫는 如調絃之法ᄒᆞ야

【원문】工夫는 如調絃之法ᄒᆞ야 緊緩애 得其中ㅣ니라 勤則近執着ᄒᆞ고 忘則落無明ᄒᆞᄂᆞ니 惺惺歷歷ᄒᆞ며 密密綿綿ㅣ어다(17a, 7 - 17a, 9)

【현대역】공부는 줄을 고르는 법과 같아서 팽팽하고 느슨함이 알맞아야 하느니라. 힘쓰면 집착에 가깝고 잊으면 무명(無明)에 떨어지나니 또렷하고 분명하며 세밀하고 끊임없을지어다.

【한자어 풀이】
1. 무명(無明) : 잘못된 의견이나 집착 때문에 진리를 깨닫지 못하는 마음의 상태. 모든 번뇌의 근원이 된다.
2. 성성(惺惺) : 항상 깨끗하여 깨달은 모양이다.
3. 역력(歷歷) : 분명한 모양. 뚜렷한 모양. 똑똑한 모양이다.
4. 밀밀(密密) : 매우 조밀한 모양. 매우 친밀한 모양이다.
5. 면면(綿綿) : 죽 연이어 끊이지 않는 모양이다.

【언해문】工夫·는 시·울 調和:홀 法 ·ᄀᆞ티·야 :되며 느주매 그 中을 得·홀 디니라 ·힘·쓰:면 執着에 갓·갑고 니·즈:면 無明·에 ·디ᄂᆞ니 싁싁기 ·번·득ᄒᆞ며 密密히 니:슬·디어·다(17b, 1 - 17b, 2)

【현대역】 공부(工夫)는 줄이 조화(調和)하는 법 같아 되며 느슨함[緊緩]에 그 알맞음을 얻을 것이니라. 힘쓰면 집착에 가깝고 잊으면 무명(無明)에 떨어지나니 엄숙히 뚜렷하며 매우 세밀하게 이을지어다.

【언해문 분석】
1. 시울 : 줄
 '시울'은 '시위', '활시위', '줄'의 뜻이 있는데 여기서는 악기의 '줄'을 뜻한다.
2. 되며 : 되며, 팽팽하며
 기본형은 '되다'로 분석하면 '되-(어간) + -며(나열의 연결 어미)'이다. '되다'는 평성의 '되다(爲)', 거성의 '·되다(量)' 상성의 ':되다(繁)'로 구분 되는데 여기서는 상성의 '되다'이다.
3. 느주매 : 느슨함에, 늦음에
 기본형은 '늦다'로 분석하면 '늦-(어간) + -움(명사형 어미) + 애(부사격 조사)'이다.
4. 得홀 디니라 : 얻을 것이니라
 기본형은 '득(得)ᄒ다'로 분석하면 '得ᄒ-(어간) + -오-(의도법 선어말 어미) + -ㄹ(관형형 어미) + ᄃ(의존 명사) + 이(서술격 조사) + -니라(설명형 종결 어미)'이다.
5. 힘쓰면 : 힘쓰면
 기본형은 '힘쓰다'로 분석하면 '힘쓰-(어간) + -면(조건의 연결 어미)'이다. 기본형은 '힘쓰다>힘쓰다'로 변화하였다. '쓰다'는 중세국어에서 '쓰다(用), 쓰다(書)'로 구별하여 적었으나 현대국어에서는 표기상 구별되지 않는다.
6. 갓갑고 : 가깝고
 기본형은 '갓갑다'로 분석하면 '갓갑-(어간) + -고(나열의 연결 어미)'이다. 〈동국신속삼강행실도〉(1617)(忠1, 54b)에 '갇갑다', 〈한청

工夫는 如調絃之法ᄒᆞ야   147

문감〉(264a)에 'ᄀᆞᆺ갑다'의 형태로도 나타난다.
7. 디ᄂᆞ니 : 떨어지나니
   기본형은 '디다'로 분석하면 '디-(어간) + -ᄂᆞ-(현재 시상 선어말 어미) + -니(설명의 연결 어미)'이다. 기본형은 '디다〉지다'로 변화하였다.
8. 싁싁기 : 엄숙히, 장엄히
   '싁싁ᄒᆞ다'에서 'ᄒ'가 줄어들고 부사 파생 접사 '-이'가 결합되어 파생된 부사이다. 이때의 'ㄱ'은 앞에 오는 체언 '싁싁'의 말음 'ㄱ'으로 인하여 'ㄱ'으로 중철표기된 것이다. 〈두시언해중간본〉(1632)(20, 13b)에 '싁스기', 〈오륜 1, 39〉에 '싁싁이'의 형태도 나타난다. 의미가 '엄격하다', '장엄하다'에서 어의가 전성되어 '씩씩하다'가 되었다.
9. 번득ᄒᆞ며 : 뚜렷하며, 확실하며, 환하며
   기본형은 '번득ᄒᆞ다'로 분석하면 '번득ᄒᆞ-(어간) + -며(나열의 연결 어미)'이다.
10. 니ᅀᅳᆯ디어다 : 이을지어다
    기본형은 '닛다'로 분석하면 '닛-(어간) + -을디어다(설명형 종결 어미)'이다.

【주】絃·은 琴瑟의 시·우리라 無明·은 人人이 비·록 本覺明·을 ·두시나 常常迷倒·ᄒᆞ야 始覺明ㅣ ·업·슬 시라 工夫호미 緊急ᄒᆞ면 血氣 不調혼 苦病ㅣ 나·고 放緩ᄒᆞ:면 習閑成性·혼 任病이 되이·리니 工夫의 妙·는 오직 惺歷綿密·ᄒᆞ야 省力成片·홀 ᄯᆞᄅᆞ:미니·라(17b, 2 – 17b, 5)

【주 현대역】 현(絃)은 금슬(琴瑟)의 줄이다. 무명(無明)은 사람마다 비록 본각명(本覺明)을 가지고 있으나 항상 미혹하게 헤매어 시각명(始覺明)이 없는 것이다. 공부(工夫)하는 것이 긴급(緊急)하면 혈기가 조화롭지 아니한 괴로운 병이 생기고 느슨하게 하면 한가한 성품의 습관이 배어 게으른 병[任病]이 되는 것이니 공부(工夫)의 오묘한 이치는 오직 또

렷또렷하고 면밀(綿密)히 하여 적은 힘으로 조금씩 이룰 따름이니라.

【주 한자어 풀이】
1. 금슬(琴瑟) : 거문고와 큰 거문고.
2. 본각명(本覺明) : 모든 중생이 본래 갖추고 있는 깨달음의 지혜를 말한다.
3. 시각명(始覺明) : 본각(本覺)에 순(順)하여 점점 각어(覺語)의 지혜가 생기는 것을 말한다.
4. 생력성편(省力成片) : 적은 힘으로 조금씩 이루어감.

【주 언해문 분석】
1. 두시나 : 가지고 있으나, 두고 있으나
   분석하면 '두-(어간) + -어)(부사형 연결 어미) + (이)시-(有, 어간) + -나(상반의 연결 어미)'이다.
2. 업슬 시라 : 없는 것이다
   기본형은 '없다'로 분석하면 '없-(어간) + -을(관형형 어미) + ㅅ(의존 명사) + 이(서술격 조사) + -라(설명형 종결 어미)'이다.
3. 되이리니 : 되는 것이니
   기본형은 '되이다'로 분석하면 '되이-(어간) + -리-(미래 추측 선어말 어미) + -니(설명의 연결 어미)'이다. 어간형 '되이-'는 '되-(어근) + -이(피동의 파생 접사)'이다.
4. ᄯᆞᄅᆞ미니라 : 따름이니라
   분석하면 'ᄯᆞᄅᆞᆷ(명사) + 이(서술격 조사) + -니라(설명형 종결 어미)'이다. 어형은 'ᄯᆞᄅᆞᆷ>따름'으로 변화하였다.

工夫이 到行不知行ᄒ며

【원문】工夫이 到行不知行ᄒ며 坐不知坐ᄒ면 當此之時ᄒ야 八萬四千魔軍이 在六根門頭ᄒ야셔 伺候ᄒ야 隨心生設ᄒᄂ니 心若不起ᄒ면 爭如之何ㅣ리오(17b, 6 - 17b, 9)

【현대역】공부가 걸어가면서도 걸어가는 것을 알지 못하며 앉아 있어도 앉는 것을 알지 못하면 이때를 당하여 팔만 사천 마군(魔軍)이 육근(六根)의 문 앞에 있어 엿보고 기다려 마음을 따라 생겨 펼쳐지나니 만약 마음을 일으키지 않는다면 무슨 상관이 있으리오.

【한자어 풀이】
1. 마군(魔軍) : 악마들의 군병. 불도를 방해하는 온갖 악한 일을 모두 마군이라 한다.
2. 육근(六根) : 여섯 가지 감각기관 또는 인식기관. 눈·귀·코·혀·몸·정신이다.
3. 사후(伺候) : 엿보고 기다림.

【언해문】工夫이 行호ᄃᆡ 行·올 :아디 ·몯ᄒ며 坐호ᄃᆡ 坐·를 :아디 ·몰·호매 니·르·면 ·이 時節를 當·ᄒ야 八萬四千魔軍이 六根門頭:에 이·셔 :엿·보아 므슴:믈 조·차 나·며 ·펴ᄂ·니 므슴:믈 ·ᄒ다가 니르왇·디 아·니ᄒ:면 :긔 엇디ᄒ료(18a, 1 - 18a, 3)

【현대역】공부가 걷되 걷는 줄을 알지 못하며 앉되 앉는 줄을 알지 못

함에 이르면 이때를 당하여 팔만 사천 마군(魔軍)이 육근(六根)의 문 앞에 있어 엿보고서 마음을 좇아 나며 펴나니 마음을 만약 일으키지 아니하면 그것이 어찌하겠는가.

【언해문 분석】

1. 몯호매 : 못함에, 못하는 것에
   앞에 '不'을 언해한 것이 '몯ᄒ며'로 나타나는 것으로 보아 '몯ᄒ매'의 잘못으로 보인다. 또한 〈선가귀감(보현사판)〉(1569)에는 '몯ᄒ매'로 나타난다.

2. 니르면 : 이르면
   기본형은 '니르다(到)'로 분석하면 '니르-(어간) + -면(조건의 연결 어미)'이다. 기본형은 '니르다〉이르다'로 변화하였다.

3. 엿보아 : 엿보고서
   기본형은 '엿보다'로 분석하면 '엿보-(어간) + -아(부사형 연결 어미)'이다.

4. 펴ᄂ니 : 펴나니
   기본형은 '펴다'로 분석하면 '펴-(어간) + -ᄂ-(현재 시상 선어말 어미) + -니(설명의 연결 어미)'이다.

5. 니르왇디 : 일으키지
   기본형은 '니르왇다(起)'로 분석하면 '니르왇-(어간) + -디(부정 부사형 연결 어미)'이다. 〈월인석보〉(1459)(7, 35a)에는 '니르왇다'로 〈두시언해중간본〉(1632)(2, 52b)에는 '니르왓다'로 나타난다.

6. 긔 : 그것이

7. 엇디ᄒ료 : 어찌하겠는가
   기본형은 '엇디ᄒ다'로 분석하면 '엇디ᄒ-(어간) + -리-(미래 추측 선어말 어미) + -오(설명 의문 종결 어미)'이다.

【주】魔·는 生死·를 즐기·며 五欲:을·즐·겨 正法惱亂ᄒᆞ·는 鬼名ㅣ라 魔種이 八萬四千·은 衆生·의 八萬四千塵勞煩惱·예 標·ᄒᆞ시·니라 魔·는 自心外:예 잇·디 아·니ᄒᆞ니 眼耳等六根:에 ᄆᆞᅀᆞᆷ ·내:면 ᄆᆞᅀᆞ·믈 조·차 種種變化·호ᄃᆡ 道이 놉·디:옷 더·옥 盛·ᄒᆞᄂᆞ니라 凡夫·는 제 境界:를 受用·ᄒᆞᆯ·ᄉᆡ 惱亂·티 아·니커·니·와 菩薩·ᄋᆞᆫ 제 境界:를 背叛홀:ᄉᆡ 對敵ᄒᆞᄂᆞ니라 古一道人이 一旦 之定中:에 보·니 一孝子ㅣ 주·검·을 소·내 바다 와 :울·며 닐오·ᄃᆡ :네 :엇·뎌 내 어미:를 주·긴다 ·ᄒᆞ거·늘 道人ㅣ 이 魔ㄴ·들 :알고 :도·치로 디·근대 孝子ㅣ 快走커·늘 後日레 道人ㅣ 出定·ᄒᆞ야 보·니 제 다리·를 버·히:엇더라 又一道人·은 一夜之中:에 보·니 一猪子ㅣ 와 座·를 두·디거·늘 道人ㅣ 猪鼻를 자·바 두루 그스·며 ·블 ·혀 ·오라 웨거·늘 沙彌ㅣ :블 ·혀 ·가 보·니 道人ㅣ 제 鼻端·을 자·밧더라 ᄒᆞ니 그·럴·ᄉᆡ 內心·을 니ᄅᆞ왇·디 아니ᄒᆞ:면 外魔ㅣ ·드디 ·몯·ᄒᆞᄂᆞ니라 古人ㅣ 亦云壁隙風動ㅣ오 心隙魔侵ㅣ라 ᄒᆞ시니라(18a, 3 -18b, 4)

【주 현대역】마(魔)는 생사(生死)를 즐기며 오욕(五欲)을 즐겨 바른 법을 번뇌하고 어지럽게 하는 귀신 이름이다. 마(魔)의 종류 팔만 사천은 중생(衆生)의 팔만 사천 진로번뇌(塵勞煩惱)에 (대해) 표시하시니라. 마(魔)는 자신의 마음 밖에 있지 아니하니 눈·귀 등 육근(六根)에 마음을 내면 마음을 좇아 갖가지로 변화하는데 도(道)가 높을수록 더욱 성하느니라. 범부(凡夫)는 제 경계를 수용하므로 번뇌(惱亂)하지 아니하지만 보살(菩薩)은 제 경계를 배반하므로 대적하느니라. 옛적 한 도인이 어느 날 아침 선정(禪定) 중에 보니 한 효자가 시체를 손에 받아 와서 울며 이르되 "너는 어찌 내 어미를 죽였느냐."라고 하거늘 도인(道人)이 이것

이 마(魔)인 줄 알고 도끼로 찍으니 효자가 재빨리 달아나거늘 후일에 도인이 선정(禪定)에서 벗어나 보니 제 다리를 베었더라. 또 한 도인은 어느 날 밤 선정 중에 보니 한 마리의 돼지가 와서 자리를 뒤지거늘 도인이 돼지 코를 잡아 두루 끌며 불을 켜 가져오라 외치거늘 사미(沙彌)가 불을 켜서 가 보니 도인이 제 코끝을 잡고 있었다고 하니 그러므로 속마음을 일으키지 아니하면 밖의 마(魔)가 듣지 못하느니라. 옛 사람이 또한 이르기를 "벽의 틈으로 바람이 들어오고[壁隙風動] 마음의 틈으로 마(魔)가 침범한다[心隙魔侵]."라고 하시니라.

【주 한자어 풀이】
1. 오욕(五欲) : 모든 욕망의 근원이 되는 것. 곧 '색(色)·성(聲)·향(香)·미(味)·촉(觸)'의 5경(境)을 말한다.
2. 뇌란(惱亂) : 괴로워서 마음이 어지러움. 또는 남의 마음을 괴롭고 어지럽게 만드는 것을 말한다.
3. 진로(塵勞) : 번뇌(煩惱). 마음을 지치게 하는 것이다.
4. 번란(煩亂) : 몸과 마음이 괴롭고 어지러움. 여기서는 번뇌(煩惱)이다.
5. 일단(一旦) : 어느 날 아침.
6. 사미(沙彌) : 출가하여 10계를 받은 어린 남자 스님을 말한다.

【주 언해문 분석】
1. 놉디옷 : 높을수록
   기본형은 '놉다'로 분석하면 '놉-(어간) + -디옷(익심형 연결 어미)'이다.
2. 더욱 : 더욱
   이 책의 (6a, 2)에는 '더욱'의 형태도 나타난다.
3. 아니커니와 : 아니하지만, 아니하거니와
   기본형은 '아니ᄒ다'로 분석하면 '아니ᄒ-(어간) + -거니와(양보의 연결 어미)'이다.
4. 菩薩ᄅ : 보살은
   분석하면 '보살(菩薩) + ㄹ + 은(대조의 보조사)'이다. 이때의 'ㄹ'은 앞에 오는 체언 '보살'의 말음 'ㄹ'로 인하여 중철표기된 것이다.
5. 주검을 : 시체를, 송장을, 주검을
   분석하면 '주검(명사) + 을(목적격 조사)'이다. 분철 표기가 나타난다. '주검'은 '죽-(어근) + -엄(명사 파생 접사)'이다.
6. 바다 : 받아
   기본형은 '받다'로 분석하면 '받-(어간) + -아(부사형 연결 어미)'이다.
7. 주긴다 : 죽였느냐
   기본형은 '주기다'로 '주기-(어간) + -ㄴ다(의문형 종결 어미)'이다. '-ㄴ다'는 2인칭 의문형 종결 어미로 주어 '네'와 호응한다.
8. 魔ㅣᄃᆞᆯ : 마(魔)인 줄을
   분석하면 '魔(명사) + ㅣ(서술격 조사) + -ㄴ(관형형 어미) + ᄃᆞ(의존 명사) + ㄹ(목적격 조사)'이다.
9. 도치로 : 도끼로
   분석하면 '도치(명사) + 로(도구의 부사격 조사)'이다. 〈두시언해중간본〉(1632)(18, 18a)에 '도최', 〈내훈〉(1475)(2, 86a)에 '도칙'의 형태도 나타난다.
10. 디근대 : 찍으니
    기본형은 '딕다'로 분석하면 '딕-(어간) + -은대(이유의 연결 어미)'이다. 기본형은 '딕다〉직다〉찍다'로 변화하였다.
11. 後日레 : 후일에
    분석하면 '後日(명사) + ㄹ + 에(처소격 조사)'이다. 이때의 'ㄹ'은 앞에 오는 체언 '후일'의 말음 'ㄹ'로 인하여 중철표기된 것이다.
12. 버히돗더라 : 베었더라
    기본형은 '버히다(割)'로 분석하면 '버히-(어간) + -돗-(감동법 선어

말 어미) + -더-(과거 회상 선어말 어미) + -라(설명형 종결 어미)'
이다.
13. 두디거늘 : 뒤지거늘
   기본형은 '두디다'로 분석하면 '두디-(어간) + -거늘(구속의 연결 어미)'이다. 기본형은 '두디다〉두지다〉뒤지다'로 변화하였다.
14. 그스며 : 끌며
   기본형은 '긋다(引)'로 분석하면 '긋-(어간) + -으며(병행의 연결 어미)'이다. 원래는 '긎-'인데 '긋-'으로 나타나 'ㅅ'으로 강화된 형태이다.
15. 블 : 불
   어형은 '블〉불'로 원순모음화하여 변화하였다.
16. 혀 : 켜서
   기본형은 '혀다(點火)'로 분석하면 '혀-(어간) + (-어)(부사형 연결 어미)'이다.
17. 웨거늘 : 외치거늘
   기본형은 '웨다'로 분석하면 '웨-(어간) + -거늘(설명의 연결 어미)'이다.
18. 자밧더라 : 잡고 있었다
   기본형은 '잡다'로 분석하면 '잡-(어간) + -아(부사형 연결 어미) + (이)ㅅ-(有, 어간) + -더-(과거 회상 선어말 어미) + -라(설명형 종결 어미)'이다.

起心은 是天魔ㅣ오

【원문】起心은 是天魔ㅣ오 不起心은 是陰魔ㅣ오 或起或不起는 是煩惱魔ㅣ어니와 然ㅣ나 我正法中에는 本無如是事하니라(18b, 5 - 18b, 7)

【현대역】마음을 일으키는 것은 천마(天魔)이고 마음을 일으키지 않는 것은 음마(陰魔)이고 혹 일으키고 일으키지 않는 것은 번뇌마(煩惱魔)이지만 그러나 우리의 정법(正法) 가운데에는 본래 이와 같은 일이 없느니라.

【한자어 풀이】
1. 천마(天魔) : 4마의 하나. 천자마(天子魔)라고도 한다. 수행하는 사람을 보면 자기네 권속들을 없애고 궁전을 파괴할 것이라 생각하고 마군을 이끌고 수행하는 이를 시끄럽게 하며 정도를 방해하므로 천마라 한다.
2. 음마(陰魔) : 4마의 하나. 온마(蘊魔)라고도 하며 색·수·상·행·식(色·受·相·行·識)의 오온(五蘊)을 마(魔)로 본 것. 생멸 변화하는 모든 것을 구성하는 다섯 요소로 육체[色]·감각[受]·상상[相]·마음의 작용[行]·지식[識]을 말한다.
3. 번뇌마(煩惱魔) : 4마의 하나. 번뇌가 몸과 마음을 뇌란하여 보리를 얻는데 장애가 되므로 마(魔)라 한다.
4. 정법(正法) : 부처님의 교법.

【언해문】 므·슴 니르왇ᄂ·니·는 이 天魔ㅣ오 므슴 아·니 니르왇ᄂ니·는 ·이 陰魔ㅣ오 或 니르와·ᄃ며 或 아니 니르왇ᄂ·니는 煩惱魔ㅣ어·니·와 그·러·나 :우리 正法 中:에·는 本來 ·이런 :일 :업·스니라(18b, 8 - 19a, 1)

【현대역】 마음을 일으키는 것은 이 천마(天魔)이고 마음을 아니 일으키는 것은 이 음마(陰魔)이고 혹 일으키며 혹 일으키지 않는 것은 번뇌마(煩惱魔)이지만 그러나 우리의 바른 법 가운데에는 본래 이런 일이 없느니라.

【언해문 분석】
1. 니르왇ᄂ니는 : 일으키는 것은
   기본형은 '니르왇다(起)'로 분석하면 '니르왇-(어간) + -ᄂ(현재 시상 관형형 어미) + 이(의존 명사) + 는(지정의 보조사)'이다. 어간형 '니르왇-'이 '니르완-'으로 나타난 것은 뒤에 오는 'ㄴ'의 영향으로 소리 나는 대로 표기한 것으로 볼 수 있다. 그러나 뒤에서는 모두 '니르왇ᄂ니는'으로 나오기 때문에 오각일 확률이 높다.
2. 煩惱魔ㅣ어니와 : 번뇌마이지만, 번뇌마이거니와
   분석하면 '煩惱魔(명사) + ㅣ(서술격 조사) + -어니와(양보의 연결 어미)'이다. 'ㅣ'모음 아래에서 'ㄱ'이 탈락하여 '-어니와'로 나타난다.

【주】邪魔外道ㅣ 本無其種커늘 修行失念·ᄒ야 遂派其源·ᄒ도다 그러나 魔境은 夢事ㅣ라 :씐 사ᄅ·미게·는 :업ᄂ니라 (19a, 1 - 19a, 2)

【주 현대역】 사악한 마[邪魔]와 외도(外道)는 본래 그 종류가 없거늘 수행(修行)함에 생각을 잃어 마침내 그 근원을 파생시켰도다. 그러나 마경(魔境)은 꿈속의 일이라 깨친 사람에게는 없느니라.

【주 한자어 풀이】
1. 사마(邪魔) : 사특하고 나쁜 마라(魔羅). 몸과 마음을 괴롭혀 좋은 행동을 하지 못하게 하며 수도를 방해하는 사악한 마군을 말한다.
2. 외도(外道) : 불교 이외의 종교. 또는 그것을 따르는 사람이다.
3. 마경(魔境) : 마장(魔障)의 경계.

【주 언해문 분석】
1. 씬 : 깨친, 깬
   기본형은 '씨다(覺)'로 분석하면 '씨-(어간) + -ㄴ(관형형 어미)'이다. 기본형은 '씨다〉깨다'로 변화하였다.
2. 사ᄅᆞ미게ᄂᆞᆫ : 사람에게는
   분석하면 '사ᄅᆞᆷ(명사) + 이게(여격 조사) + ᄂᆞᆫ(지정의 보조사)'이다. 중세국어에서 가장 일반적인 것은 속격 '이/의, ㅅ'과 '그에/게'와의 결합형이다. 이때 '이/의'와의 결합형은 평칭으로, 현대국어에서는 '에게'로, 'ㅅ'과의 결합형은 존칭의 여격으로 현대국어에서 '께'로 변하였다.

工夫를 若打成一片則縱今生애

【원문】工夫를 若打成一片則縱今生애 透不得ㅣ라도 眼光落地之時예 不爲惡業의 所牽ㅣ리라(19a, 3 - 19a, 4)

【현대역】공부가 만약 타성일편(打成一片)을 이룬다면 지금 생애에 꿰뚫지 못할 지라도 안광(眼光)이 땅에 떨어질 때에 악업(惡業)에 이끌리는 바가 되지 않을 것이다.

【한자어 풀이】
1. 타성일편(打成一片) : 일체의 정량(情量)과 계교(計較)를 제거하여 천차만별(千差萬別)의 사물을 한 조각으로 융합시켜 나와 다른 사람, 주인과 손님 등의 차별된 생각을 가지지 않는 것이다.
2. 안광(眼光) : 눈의 빛. '안광이 땅에 떨어진다'는 죽음을 비유한 말이다.
3. 악업(惡業) : 악한 결과를 받을 입·몸·뜻으로 짓는 동작.

【언해문】工夫·를 ·ㅎ다가 一片·의 일·우:면 비록 이 生애 ᄉᆞᄆᆞᆺ·디 ·몯·홀·디라·도 眼光ㅣ ᄯᅡ:해 딜 時節에 惡業·의 잇글 일 ·배 되이·디 아니·ᄒᆞ리라(19a, 5 - 19a, 6)

【현대역】공부를 만약 조금이라도 이루면 비록 이 생애에서 꿰뚫지 못할지라도 안광(眼光)이 땅에 떨어질 때에 악업(惡業)에 이끌릴 바가 되지 아니하리라.

【언해문 분석】

1. 일우면 : 이루면
   기본형은 '일우다'로 분석하면 '일우-(어간) + -면(조건의 연결 어미)'이다. 어간형 '일우-'는 '일-(어근) + -우(사동의 파생 접사)'이다.

2. 몯홀디라도 : 못할지라도
   기본형은 '몯ᄒ다'로 분석하면 '몯ᄒ-(어간) + -오-(의도법 선어말 어미) + -ㄹ디라도(양보의 연결 어미)'이다.

3. 싸해 : 땅에
   분석하면 '쌓(명사) + 애(처소격 조사)'이다. 어형은 '쌓〉짱〉땅'으로 변화하였다. 중세국어의 '쌓'은 '땅'의 의미와 '곳, 장소'의 의미를 가진다. 이들은 성조상으로 구분되는데 '땅'은 평성을, '곳, 장소'는 거성을 가진다. 그러나 현대국어에서는 '땅'의 의미만 나타낸다.

4. 딜 : 떨어질
   기본형은 '디다'로 분석하면 '디-(어간) + -ㄹ(관형형 어미)'이다.

5. 잇글일 배 : 이끌릴 바가
   기본형은 '잇글이다'로 분석하면 '잇글이-(어간) + -ㄹ(관형형 어미) + 바(의존 명사) + ㅣ(주격 조사)'이다. 어간형 '잇글이-'는 '잇글-(어근) + -이(피동의 파생 접사)'이다.

6. 되이디 : 되지
   기본형은 '되이다'로 분석하면 '되이-(어간) + -디(부정 부사형 연결 어미)'이다. 어간형 '되이-'는 '되-(어근) + -이(피동의 파생 접사)'이다.

【주】此ᄂᆞᆫ 修行人이 工夫上:애 速效·를 求·ᄒ다가 ᄆᆞᄎᆞ·매 退屈·홀·ᄉᆡ 各別 慰勞·ᄒ·샷다 人人이 臨終:애 眼光ㅣ 落地·ᄒ되 一生 善惡業果이 :다 나·타 :뵈ᄂᆞ니라 비·록 工夫·를 透徹·티 ·몯·홀디라도 不被惡業의 所牽·ᄂᆞᆫ 般若力ㅣ 勝ᄒᆞᆯ 젼·ᄎᆡ니라(19a, 6 -19a, 9)

【주 현대역】 이는 수행(修行)하는 사람이 공부(工夫)에 빠른 효과를 구하다가 마침내 물러나 굴복하므로 각별히 위로(慰勞)하셨도다. 사람마다 임종(臨終)에 안광(眼光)이 땅에 떨어지니 일생의 선과 악의 업보가 다 나타나 보이느니라. 비록 공부(工夫)에 투철(透徹)하지 못할지라도 악업(惡業)에 끌리지 않는 것은 반야(般若)의 힘이 이긴 까닭이니라.

【주 한자어 풀이】
1. 반야(般若) : 반야(班若)·바야(波若)·발야(鉢若)·반라야(般羅若)·발랄야(鉢剌若)·발라지양(鉢羅枳孃)이라고도 쓰며 혜(慧), 명(明), 지혜(智慧)를 뜻한다.

【주 언해문 분석】
1. 慰勞ᄒᆞ샷다 : 위로(慰勞)하셨도다
   기본형은 '위로(慰勞)ᄒᆞ다'로 분석하면 '慰勞ᄒᆞ-(어간) + -샤-(주체 높임 선어말 어미) + -(오)ㅅ-(감동법 선어말 어미) + -다(설명형 종결 어미)'이다.
2. 나타 : 나타나
   기본형은 '낟다'로 분석하면 '낟-(어간) + -아(부사형 연결 어미)'이다.
3. 뵈ᄂᆞ니라 : 보이느니라
   기본형은 '뵈다'로 분석하면 '뵈-(어간) + -ᄂᆞ-(현재 시상 선어말 어미) + -니라(설명형 종결 어미)'이다. 어간형 '뵈-'는 '보-(어근) + -이(피동의 파생 접사)'이다.
4. 젼치니라 : 까닭이니라, 때문이니라
   분석하면 '젼ᄎᆞ(명사) + 이(서술격 조사) + -니라(설명형 종결 어미)'이다. 이 책의 하권 (52a, 6)에는 '젼ᄌᆞ'의 형태도 나타난다.

於法에 有親切返照之功ᄒ야

【원문】於法에 有親切返照之功ᄒ야 自肯點頭者ㅣ사 始有 語話分ᄒ리라(19b, 1 - 19b, 2)

【현대역】불법(佛法)에 친히 간절하게 살피는 노력이 있어 스스로 수긍하고 머리를 끄덕이는 사람이라야 비로소 한마디 말할 명분이 있을 것이다.

【한자어 풀이】
1. 반조(返照) : 저녁 햇살이 삼라만상을 비추어 그 모습을 다시 밝히듯이 자신 안에 있는 본연의 맑은 마음의 빛을 돌이켜 본다는 뜻이다.
2. 점두(點頭) : 승낙하거나 옳다는 뜻으로 머리를 약간 끄덕이는 것을 말한다.

【언해문】法:에 親切:히 返照·홀 工夫·를 ·두어 自家肯信·ᄒ야 點頭혼 :사ᄅ·미라·사 비·릇 :말·ᄉᆞᆷ 닐·울 分ㅣ 이시·리라(19b, 3 - 19b, 4)

【현대역】법에 친히 간절하게 돌이켜 살필[返照] 공부(工夫)를 하여 스스로 수긍하고 믿어 고개를 끄덕이는 사람이라야 비로소 말씀을 이를 명분이 있으리라.

【언해문 분석】
1. 두어 : 하여, 두어서
   기본형은 '두다(置)'로 분석하면 '두-(어간) + -어(설명의 연결 어미)'이다. 이곳에서는 '有'를 언해한 것이다.
2. 사ᄅᆞ미라ᅀᅡ : 사람이라야
   분석하면 '사ᄅᆞᆷ(명사) + 이(서술격 조사) + -라ᅀᅡ(한정의 연결 어미)'이다.
3. 닐울 : 이를
   기본형은 '닐우다(謂)'로 '닐우-(어간) + -ㄹ(관형형 어미)'이다. 어간형 '닐우-'는 '닐-(어근) + -우(사동의 파생 접사)'이다.

【주】 此ᄂᆞᆫ 學語輩를 警策·ᄒᆞ·샷다 返照ᄂᆞᆫ 本覺이 爲自ㅣ오 始覺이 爲他ㅣ니 :뎌 始覺·으로 내 本覺·을 照察홀·시라 :말ᄉᆞ·ᄆᆞᆫ ᄠᅳ·들 나·토ᄂᆞ·니 ᄠᅳᆮ 得ᄒᆞ고 말·ᄉᆞᆷ 니·즌 사ᄅᆞ·미·ᅀᅡ 닐·올 分ㅣ 이시리라 古人ㅣ 云語證則不可示人ㅣ어니와 說理則非證ㅣ:면 不了ㅣ라 ·ᄒᆞ시니라(19b, 4 – 19b, 7)

【주 현대역】 이는 말만 배우는 무리를 경계하여 채찍질하셨도다. 반조(返照)는 본각(本覺)이 자성(自性)이 되고 시각(始覺)이 타성(他性)이 되니 저 시각(始覺)으로 내 본각(本覺)을 비추어 살피는 것이다. 말씀은 뜻을 나타내니 뜻을 얻고 말씀을 잊은 사람이라야 이를 명분이 있으리라. 옛 사람이 이르되 "말로만 논증(論證)하면 가히 사람에게 보일 수 없거니와 이치를 말하여도 논증(論證)하지 못하면 깨닫지 못하는 것이다."라고 하시니라.

【주 한자어 풀이】
1. 본각(本覺) : 우주에 존재하는 모든 것의 본성을 깨달음.

2. 시각(始覺) : 수행으로 번뇌를 없애고 얻는 깨달음.

【주 언해문 분석】
1. 뎌 : 저
'뎌'는 지시대명사로 현재의 '저'이다. '뎌>저'로 구개음화하였다.
2. 나토ᄂ니 : 나타내니
기본형은 '나토다(現)'로 분석하면 '나토-(어간) + -ᄂ-(현재 시상 선어말 어미) + -니(설명의 연결 어미)'이다. 어간형 '나토-'는 '낟-(어근) + -오(사동의 파생 접사)'이다.
3. 쁟 : 뜻
'쁟'의 잘못으로 보이며 〈선가귀감(보현사판)〉(1569)에는 '뜯'으로 되어 있다.
4. 니즌 : 잊은
기본형은 '닞다'로 분석하면 '닞-(어간) + -은(관형형 어미)'이다.

心如木石者ㅣ사

【원문】心如木石者ㅣ사 始有學道分ᄒᆞ리라(19b, 8 - 19b, 8)
【현대역】마음이 목석(木石) 같은 사람이어야 비로소 도를 배울 명분이 있을 것이다.

【언해문】ᄆᆞᅀᆞ미 木石 ·ᄀᆞ튼 :사ᄅᆞ·미사 비릇 道 빈·홀 分ㅣ ·이시·리라(19b, 9 - 19b, 9)
【현대역】마음이 목석(木石) 같은 사람이라야 비로소 도(道)를 배울 명분(名分)이 있으리라.

【언해문 분석】
1. 사ᄅᆞ미사 : 사람이라야
   분석하면 '사ᄅᆞᆷ(명사) + 이(서술격 조사) + -(어)사(한정의 연결 어미)'이다.
2. 비릇 : 비로소
   '비르서, 비르소, 비르수, 비르서' 등 다양한 모습을 가지고 있었다.
3. 빈홀 : 배울
   기본형은 '빈호다(學)'로 분석하면 '빈호-(어간) + -ㄹ(관형형 어미)'이다.

【주】此ᄂᆞᆫ 放心輩·ᄅᆞᆯ 警策ᄒᆞ:샷다 無心·으로·사 無生道:애

少分相應ᄒ·리라(19b, 9 - 20a, 1)

【주 현대역】 이는 마음을 놓는 무리들을 경계하여 채찍질하셨도다. 무심(無心)으로만 무생도(無生道)에 적은 부분이나마 서로 상응할 것이다.

【주 한자어 풀이】
1. 무심(無心) : 마음의 작용이 없는 상태. 불교에서는 망념을 끊어 없앤 상태를 말한다.
2. 무생도(無生道) : 무생무멸(無生無滅)의 도. 생멸(生滅)하여 변화하지 않는 것을 말한다.

【주 언해문 분석】
1. 警策ᄒ샷다 : 경계하여 채찍질하셨도다, 경책(警策)하셨도다
   기본형은 '경책(警策)ᄒ다'로 분석하면 '警策ᄒ-(어간) + -샤-(주체 높임 선어말 어미) + -(오)ㅅ-(감동법 선어말 어미) + -다(설명형 종결 어미)'이다.
2. 無心으로사 : 무심(無心)으로만, 무심으로야만
   분석하면 '無心 + 으로사(한정의 부사격 조사)'이다. '으로사'는 '으로만'의 의미를 지니는 것으로 '으로(도구의 부사격 조사) + 사(한정의 보조사)'이다.

大抵叅禪者는 還知四恩의

【원문】大抵叅禪者는 還知四恩의 深厚麽아 還知四大醜身이 念念에 衰朽麽아 還知人命이 在呼吸麽아 生來예 値遇佛祖麽아 及聞無上法ᄒ고 生希有心麽아 不離僧堂ᄒ야 守節麽아 不與鄰單雜話麽아 切忌鼓扇是非麽아 話頭를 十二時中에 明明不昧麽아 對人接話時예 無間斷麽아 見聞覺知時예 打成一片麽아 返觀自己ᄒ야 捉敗佛祖麽아 今生애 決定續佛慧命麽아 此一報身에 定脫輪廻麽아 當八風境ᄒ야 心不動麽아 起坐便宜時예 還思地獄苦麽아 此是叅禪人의 日用中엣 點檢底道理ㅣ니라 古人ㅣ 云此身을 不向今生度ᄒ면 更待何生ᄒ야 度此身고 ᄒ시니라(20a, 2. - 20b, 5)

【현대역】무릇 참선하는 사람은 네 가지 은혜가 깊고도 두터운 것을 아는가? 사대의 더러운 몸이 순간순간 썩어가는 것을 아는가? 사람의 목숨이 호흡(呼吸)에 있는 것을 아는가? 살아오면서 부처와 조사를 만났는가? 또 무상법(無上法)을 듣고 희유(希有)한 마음을 냈는가? 승당(僧堂)을 떠나지 않고 (수도자의) 절개를 지키는가? 이웃 단위의 사람과 잡담하지 않는가? 거리낌 없이 시비를 일삼는가? 화두(話頭)를 온종일 명확히 하여 어둡지 않는가? 사람을 대하여 말할 때에도 끊기는 것이 없는가? 보고 듣고 알고 깨달을 때에도 한 덩어리[一片]를 이루는가? 자기(自己)를 되돌아보고서 부처와 조사의 허물을 잡는가? 지금의 생애에 결

정(決定)하여 부처의 지혜(知慧)와 생명(生命)을 이었는가? 이 한번 받은 몸으로 윤회(輪廻)를 완전히 벗었는가? 팔풍(八風)의 경계(境界)에서도 마음을 움직이지 않았는가? 일어나며 앉는 것이 편안할 때에도 지옥(地獄)의 고통[苦狀]을 생각하는가? 이것이 참선(叅禪)하는 사람의 일상생활 중에 점검(點檢)할 도리(道理)니라. 옛 사람이 이르되 "이 몸을 지금의 생애(生涯)에서 제도(濟度)하지 않으면 다시 어느 생애(生涯)를 기다려 이 몸 제도(濟度)하리오?"라고 하시니라.

【한자어 풀이】
1. 사은(四恩) : 네 가지 종류의 은혜. 곧 부모의 은혜·중생의 은혜·국왕의 은혜·삼보의 은혜이다.
2. 사대(四大) : 물질의 4대 기본 요소. 즉 지수화풍(地水火風)를 말한다.
3. 염념(念念) : 일염(一念). 극히 짧은 시간을 말함. 생각마다. 순간마다.
4. 쇠후(衰朽) : 낡아서 형체가 무너지거나 썩음.
5. 무상법(無上法) : 열반(涅槃). 일체의 법 가운데 열반보다 지남이 없음을 말한다.
6. 희유(希有) : 아주 드물고 진귀한 것. 그와 같은 예가 없는 것을 말한다.
7. 승당(僧堂) : 선종에서 스님들이 일상생활하며 좌선판도(坐禪辦道)하는 당을 말한다.
8. 절기(切忌) : 매우 꺼림.
9. 고선(鼓扇) : 선동함. 부추김.
10. 십이시(十二時) : 하루 24시간을 말함. 지금 쓰고 있는 24시를 예전에는 12시로 썼다.
11. 간단(間斷) : 서로 이어지지 않고 중간에 끊어짐을 말한다.
12. 견문각지(見聞覺知) : 눈으로 빛을 보고, 귀로 소리를 듣고, 코·혀·몸으로 냄새·맛·촉감을 알고, 뜻으로 법을 아는 것. 심식(心識)이 객관세계에 접촉함을 총칭한다.

13. 타성일편(打成一片) : 일체의 정량(情量)과 계교(計較)를 제거하여 천차만별(千差萬別)의 사물을 한 조각으로 융합시켜 나와 다른 사람, 주인과 손님 등의 차별된 생각을 가지지 않는 것이다.
14. 결정(決定) : 부처님의 가르침을 굳게 믿고 흔들리지 않는 것을 말한다.
15. 팔풍(八風) : 팔법(八法). 팔풍은 이익[利]·손실[衰]·뒤에서 험담함[毁]·뒤에서 칭찬함[譽]·면전에서 칭찬함[稱]·면전에서 비방함[譏]·핍박함[苦]·환락[樂]이다. 이것은 세상에서 사랑하거나 미워하는 것으로 능히 사람의 마음을 흔들어 놓으므로 팔풍이라 한다.
16. 점검(點檢) : 일일이 표를 해가며 조사하므로 몸을 삼가는 것이다.

【언해문】大抵호·디 叅禪홀 :사ᄅ·ᄆᆫ 도ᄅ·혀 四恩·의 깁·고 둗거:운 ·들 ·아ᄂᆞ다 도ᄅ·혀 四大·의 더·러운 ·모미 念念:에 늙ᄂᆞᆫ ·들 아ᄂᆞ다 도ᄅ·혀 人命ㅣ 呼吸:에 잇ᄂᆞᆫ ·들 아ᄂᆞ다 사·라오·매 佛祖·를 만·난ᄂᆞ·다 ·쏘 우 :업·슨 法 듣·줍고 希有 ᄒᆞᆫ ᄆᆞᅀᆞᆷ ·내ᄂᆞ다 僧堂 여·희·디 아·냐 節介·를 디·니ᄂᆞ다 이: 웃 單位:옛 :사ᄅᆞᆷ·과 雜:말·ᄉᆞᆷ 아니·ᄒᆞᄂᆞ다 ᄂᆞ·미 是非 ᄡ·처 내·유·믈 :마ᄂᆞ다 話頭를 十二時:예 分明·ᄒᆞ야 昧却디 아·니·ᄒᆞᄂᆞ다 사·ᄅᆞᆷ 對接·ᄒᆞ야 :말·ᄉᆞᆷ홀 ·제 ᄉᆞ·시 그·춤 ·업슨다 보·며 드ᄅ·며 :알며 홀 ·제 一片·을 일:원다 自己·를 도라 ·보아 佛祖·의 허·믈 자·반다 ·이 生·애 決定히 부텻 慧命·을 니·ᅀᅳᆫ다 ·이 흔 報ㅅ 모매 一定 輪廻·를 버·선다 八風境界예 當·ᄒᆞ야 므ᅀᅳ·믈 動티 아·니·ᄒᆞᄂᆞ다 :닐·며 안조매 便安·히 마·ᄌᆞᆫ 제 도ᄅ·혀 地獄 苦狀을 ·싱·각·ᄒᆞᄂᆞ다 ·이거시 叅禪·홀 사·ᄅᆞ ·미 日用:앳 슬펴볼 道理ㅣ라 :녯 사·ᄅᆞ·미 ·니ᄅ·샤ᄃᆡ ·이 모· ᄆᆞᆯ ·이 生 向·ᄒᆞ야 濟度 아니ᄒᆞ:면 다시 어·ᄂᆞ 生을 기ᄃᆞ·려

·이 몸 濟度ᄒᆞ·료 ·ᄒ시니라(20b, 6 - 21a, 7)

【현대역】 무릇 참선(叅禪)할 사람은 도리어 사은(四恩)이 깊고 두터운 것을 아는가. 도리어 사대(四大)의 더러운 몸이 순간순간[念念]에 낡아 가는 것을 아는가. 도리어 사람의 목숨이 호흡(呼吸)에 있는 것을 아는가. 살아오면서 부처와 조사를 만나는가. 또 위 없는 법(法)을 듣고 희유(希有)한 마음을 내는가. 승당(僧堂)을 여의지 않고 절개(節介)를 지니는가. 이웃 단위(單位)의 사람과 잡말 아니 하는가. 남의 시비(是非)를 부추기어 내는 것을 마는가. 화두(話頭)를 온종일[十二時]에 분명(分明)하게 하여 어둡지 않는가. 사람을 대면하여 말할 때 사이에도 끊기는 것이 없는가. 보며 들으며 알며 할 때 한 덩어리[一片]를 이루었는가. 자기(自己)를 되돌아보고 부처와 조사의 허물을 잡았는가. 이 생애에 흔들림 없이 부처의 지혜(知慧)와 생명(生命)을 이었는가. 이 한번 받은 몸에 일정(一定)한 윤회(輪廻)를 벗었는가. 팔풍(八風)의 경계(境界)에 당하여도 마음을 움직이지 않았는가. 일어나며 앉는 것에 편안히 맞이한 때 도리어 지옥(地獄)의 고통[苦狀]을 생각하는가. 이것이 참선(叅禪)할 사람이 일상생활에 살펴 볼 도리(道理)이다. 옛 사람이 이르시되 "이 몸을 이 생애(生涯)에서 제도(濟度)하지 않으면 다시 어느 생애(生涯)를 기다려 이 몸 제도(濟度)하겠는가."라고 하시니라.

【한자어 풀이】
1. 절개(節介) : 절조(節操)를 굳게 지켜 세속에 합치하는 것이다.
2. 단위(單位) : 선당(禪堂)에서 자기의 명단(名單)을 붙여 정한 좌위(座位, 좌석의 차례)이다.
3. 매각(昧却) : 안목이 없어서 사리에 밝게 보지 못함.

【언해문 분석】
1. 도ᄅᆞ혀 : 도리어

어형은 '도ᄅᆞ혀〉도ᄅᆞ혀〉도로혀〉도리어'로 변화하였다.

2. 깁고 : 깊고

   기본형은 '깊다'로 분석하면 '깊-(어간) + -고(나열의 연결 어미)'이다. 어간형 '깊-'의 'ㅍ'은 뒤에 오는 자음의 영향으로 8종성법에 따라 'ㅂ'으로 표기되었다.

3. 둗거운 들 : 두터운 것을

   기본형은 '둗겁다'로 분석하면 '둗겁-(어간) + -ㄴ(관형형 어미) + 드(의존 명사) + ㄹ(목적격 조사)'이다. 어형은 '둗거본〉둗거운'으로 변화하였다. '厚'를 뜻하는 중세국어로 '둗겁다'와 '두텁다'가 의미상 동의관계에 있었으나 후대에 '두텁-'과 '두껍-'으로 의미가 분화되었다.

4. 아ᄂᆞ다 : 아는가

   기본형은 '알다'로 분석하면 '알-(어간) + -ᄂᆞ-(현재 시상 선어말 어미) + -ㄴ다(의문형 종결 어미)'이다. 어간형 '알-'의 'ㄹ'은 뒤에 오는 'ㄴ'의 영향으로 탈락하였다.

5. 늙ᄂᆞᆫ 들 : 낡아 가는 것을

   기본형은 '늙다'로 분석하면 '늙-(어간) + -ᄂᆞᆫ(현재 시상 관형형 어미) + 드(의존 명사) + ㄹ(목적격 조사)'이다. '늙다'는 현대국어 '낡다'의 중세국어 어형으로 '늙다'와는 모음 교체에 의한 파생형이라 할 수 있다.

6. 만난ᄂᆞ다 : 만났는가

   기본형은 '만나다'로 분석하면 '만나-(어간) + ㄴ + -ᄂᆞ-(현재 시상 선어말 어미) + -ㄴ다(의문형 종결 어미)'이다. 이때의 'ㄴ'은 뒤에 오는 음절 '-ᄂᆞ-'의 'ㄴ'으로 인하여 중철표기된 것이다.

7. 듣줍고 : 듣고

   기본형은 '듣다'로 분석하면 '듣-(어간) + -줍-(객체 높임 선어말 어미) + -고(나열의 연결 어미)'이다.

8. 내ᄂᆞ다 : 내는가, 생기는가

대저선자는 還知四恩의   171

기본형은 '내다'로 분석하면 '내-(어간) + -ᄂᆞ-(현재 시상 선어말 어미) + -ㄴ다(의문형 종결 어미)'이다. 원문의 '生'을 언해한 것으로 '생기다'의 의미이다.

9. 아냐 : 않고, 아니하여
기본형은 '아니다'로 분석하면 '아니-(어간) + -아(부사형 연결 어미)'이다.

10. 디니ᄂᆞᆫ다 : 지니는가
기본형은 '디니다'로 분석하면 '디니-(어간) + -ᄂᆞ-(현재 시상 선어말 어미) + -ㄴ다(의문형 종결 어미)'이다.

11. 雜말ᄉᆞᆷ : 잡말

12. ᄂᆞ미 : 남의
분석하면 'ᄂᆞᆷ(명사) + 의(관형격 조사)'이다. 어형은 'ᄂᆞᆷ〉남'으로 변화하였다.

13. 쑤처 : 부추기어
기본형은 '쑤츠다'로 분석하면 '쑤츠-(어간) + -어(부사형 연결 어미)'이다.

14. 내유믈 : 내는 것을
기본형는 '내다'로 분석하면 '내-(어간) + -윰(명사형 어미) + 을(목적격 조사)'이다.

15. 마ᄂᆞᆫ다 : 마는가
기본형은 '말다'로 분석하면 '말-(어간) + -ᄂᆞ-(현재 시상 선어말 어미) + -ㄴ다(의문형 종결 어미)'이다. 어간형 '말-'의 'ㄹ'은 뒤에 오는 'ㄴ'의 영향으로 탈락하였다.

16. ᄉᆞ시 : 사이
어형은 '*숫이〉ᄉᆞᅀᅵ〉ᄉᆞ이〉사이'로 변화하였다. 이 책 하권의 (42b, 4)에는 'ᄉᆞ이'로 나타난다.

17. 그춤 : 끊기는 것

기본형은 '궂다'로 분석하면 '궂-(어간) + -움(명사형 어미)'이다. 어간형 '궂다'는 타동사적 용법과 자동사적 용법을 모두 가지고 있는 동사인데 여기서는 자동사로 '끊기다'의 의미로 사용되었다.

18. 업슨다 : 없는가

기본형은 '없다'로 분석하면 '없-(어간) + -은다(의문형 종결 어미)'이다.

19. 드르며 : 들으며

기본형은 '들다(聞)'로 분석하면 '들-(어간) + -으며(나열의 연결 어미)'이다. '들다'의 'ㄷ'은 뒤에 모음이 올 때 'ㄹ'로 변화한다.

20. 일원다 : 이루었는가

기본형은 '일우다(成)'로 분석하면 '일우-(어간) + -어-(과거 확인의 선어말 어미) + -ㄴ다(의문형 종결 어미)'이다. 어간형 '일우-'는 '일-(어근) + -우(사동의 파생 접사)'이다.

21. 자반다 : 잡았는가

기본형은 '잡다'로 분석하면 '잡-(어간) + -아-(과거 확인의 선어말 어미) + -ㄴ다(의문형 종결 어미)'이다.

22. 니선다 : 이었는가

기본형은 '닛다(續)'로 분석하면 '닛-(어간) + -어-(과거 확인의 선어말 어미) + -ㄴ다(의문형 종결 어미)'이다. 기본형은 '닛다〉잇다'로 변화하였다.

23. 버선다 : 벗었는가

기본형은 '벗다(脫)'로 분석하면 '벗-(어간) + -어-(과거 확인의 선어말 어미) + -ㄴ다(의문형 종결 어미)'이다.

24. 닐며 : 일어나며

기본형은 '닐다(起)'로 분석하면 '닐-(어간) + -며(나열의 연결 어미)'이다.

25. 안조매 : 앉는 것에, 앉음에

기본형은 '앉다'로 분석하면 '앉-(어간) + -옴(명사형 어미) + 애(처소격 조사)'이다.
26. 마즌 제 : 맞이한 때
   기본형은 '맞다'로 현대국어 '맞다, 맞이하다'의 의미를 가지는 타동사이다. 분석하면 '맞-(어간) + -은(관형형 어미) + 제(의존 명사)'이다.
27. 싱각ᄒᆞᄂᆞ다 : 생각하는가
   기본형은 '싱각ᄒᆞ다'로 분석하면 '싱각ᄒᆞ-(어간) + -ᄂᆞ-(현재 시상 선어말 어미) + -ㄴ다(의문형 종결 어미)'이다.
28. 녯 : 옛
   분석하면 '녜(昔, 古, 명사) + ㅅ(사이시옷)'이다. 어형은 '녜>예'로 변화하였다.
29. 向ᄒᆞ야 : (장소)에서, (장소)로부터
30. 기드려 : 기다려
   기본형은 '기드리다'로 분석하면 '기드리-(어간) + -어(부사형 연결 어미)'이다. 기본형은 '기드리다>기다리다'로 변화하였다.
31. 濟度ᄒᆞ료 : 제도하겠는가
   기본형은 '제도(濟度)ᄒᆞ다'로 분석하면 '濟度ᄒᆞ-(어간) + -리-(미래 추측 선어말 어미) + -오(설명 의문 종결 어미)'이다. '-오'는 의문사 '어느'와 호응한다.

【주】四恩·ᄂᆞᆫ 父·과 師과 君과 施ㅣ·니 父ㅣ 生之 師ㅣ 敎之 君ㅣ 護之 施ㅣ 育之·ᄒᆞ:샤미라 四大·ᄂᆞᆫ 水과 地과 火과 風ㅣ·니 水ㅣ 濕之 地ㅣ 堅之 火ㅣ 煖之 風ㅣ 動之·호·미라 醜身·ᄂᆞᆫ 父·의 精 一滴과 母·의 血 一滴ㅣ 和合·ᄒᆞ·야사 ·이 몸·을 일·울·식 水大ㅣ 根本ㅣ라 오·직 水ㅣ 잇고 地ㅣ :업스:면 기·름 ·ᄀᆞ퇴·야 흘·러디리·며 오·직 地ㅣ 잇·고도 水ㅣ :업스:면 ᄆᆞ

ᄅᆞᆫ ᄀᆞᄅ ·ᄀᆞ티·야 어울·우·디 ·몯ᄒᆞ리·며 오·직 地과 水괘 잇·
고도 火ㅣ :업스:면 陰處:옛 肉片 ·ᄀᆞ티·야 서·거디리·며 오·
직 地과 水과 火괘 잇·고도 風ㅣ :업스:면 기디 몯·ᄒᆞ·리라
此身成時예 鼻孔ㅣ 몬져 이·러 ·어·믜 ·숨 ᄭᅳ·테 브·틀ᄉᆡ 諺曰
子息ㅣ라 그:럴·ᄉᆡ 사라 ·오매·도 風火·를 몬져 得·ᄒᆞ고 ·주·
거·가매·도 風火·를 몬져 失·ᄒᆞᄂᆞ·니라 ·이제 觀察·ᄒᆞ건댄 髮
爪皮骨 等·으란 地예 보·내고 膿血便利 等·으란 水:에 보·내
고 煖氣ㅣ란 火에 보·내고 動轉·으란 風:에 ·보내니 四大ㅣ
各離·호매 님자·히 :업도다 ·ᄒᆞ마 四大ㅣ 無主ㅣ라 妄心·도
그·러커·늘 衆生ㅣ 迷自法身 眞智ᄒᆞ·고 認他四大緣慮ᄒᆞ야
念念 生滅ᄒᆞ며 念念 貪瞋ᄒᆞ야 迷而不返ᄒᆞ니 實爲可惜ㅣ로다
呼吸은 出息ㅣ 爲呼ㅣ·니 火ㅣ며 陽ㅣ오 入息ㅣ 爲吸ㅣ니 風
ㅣ·며 陰ㅣ라 人命의 生死ㅣ 呼과 吸·에 잇ᄂᆞ니라 八風은 順
風ㅣ 四ㅣ니 讚譽 等ㅣ오 逆風ㅣ 四ㅣ·니 譏毀 等ㅣ니라(21a,
7 - 22a, 2)

【주 현대역】 사은(四恩)은 아버지[父]와 스승[師]과 임금[君]과 시주[施]이니 아버지[父]는 낳으시고 스승[師]은 가르치시고 임금[君]은 보호하시고 시주[施]는 기르시는 것이다. 사대(四大)는 물[水]과 땅[地]과 불[火]과 바람[風]이니 물[水]은 젖고 땅[地]은 굳고 불[火]은 따뜻하고 바람[風]은 움직이는 것이다. 추한 몸[醜身]은 아버지[父]의 정수(精髓) 한 방울[一滴]과 어머니[母]의 피 한 방울이 화합(和合)하여야 이 몸을 이루므로 물이 근본이다. 오직 물[水]이 있고 땅[地]이 없으면 기름 같아서 흘러 떨어질 것이며 오직 땅[地]이 있고도 물[水]이 없으면 마른 가루 같아서 어우러지지 못할 것이며 오직 땅[地]과 물[水]이 있고도 불[火]이 없으면 응달[陰處]의 고기 조각 같아서 썩어질 것이며 오직 땅[地]과 물

[水]과 불[火]이 있고도 바람[風]이 없으면 성장하지 못할 것이다. 이 몸이 이루어질 때에 코 구멍이 먼저 생겨 어미의 숨 끝에 붙으므로 우리말로 말하면 자식(子息)이다. 그러므로 살아오면서도 바람과 불[風火]을 먼저 얻고 죽어가면서도 바람과 불을[風火]를 먼저 잃어버린다. 이제 살펴보건대 머리털·손톱·살갗·뼈[髮爪皮骨] 등은 땅[地]에 보내고 고름·피·똥·오줌[膿血便利] 등은 물[水]에 보내고 따뜻한 기운[煖氣]은 불[火]에 보내고 변화해 가는 것[動轉]은 바람[風]에 보내니 사대(四大)가 각각 떨어졌으므로 임자가 없도다. 이미 사대(四大)가 임자가 없는 것[無主]이라서 망심(妄心)도 그러하거늘 중생(衆生)이 스스로 법신(法身)과 참 지혜[眞智]에 미혹되어 저 사대(四大)의 인연을 생각하여 순간순간 나고 죽으며 순간순간 탐내고 성내어 헤매다가 돌아오지 못하나니 진실로 애석하도다. 호흡(呼吸)은 숨을 내 쉬는 것이 날숨[呼]이 되니 불[火]이며 양(陽)이고 숨을 들이 쉬는 것이 들숨[吸]이 되니 바람[風]이며 음[陰]이다. 인명(人命)의 살고 죽음[生死]은 날숨[呼]과 들숨[吸]에 있느니라. 팔풍(八風)은 순풍(順風)이 넷이니 칭찬[讚]과 기림[譽] 등이고 역풍(逆風)이 넷이니 나무람[譏]과 헐뜯음[毀] 등이다.

【주 언해문 분석】
1. 育之ᄒᆞ샤미라 : 기르시는 것이다
   기본형은 '육지(育之)ᄒᆞ다'로 분석하면 '育之ᄒᆞ-(어간) + -샤-(주체 높임 선어말 어미) + -(오)ㅁ(명사형 어미) + 이(서술격 조사) + -라(설명형 종결 어미)'이다.
2. 和合ᄒᆞ야ᅀᅡ : 화합하여야
   기본형은 '화합(和合)ᄒᆞ다'로 분석하면 '和合ᄒᆞ-(어간) + -야ᅀᅡ(의무의 부사형 연결 어미)'이다. '-야ᅀᅡ'는 현대국어 '-여야'에 해당한다.
3. 일울ᄉᆡ : 이루므로
   기본형은 '일우다'로 분석하면 '일우-(어간) + -ㄹᄉᆡ(원인의 연결 어미)'이다. 어간형 '일우-'는 '일-(어근) + -우(사동의 파생 접사)'이다.
4. 흘러 : 흘러
   기본형은 '흐르다'로 분석하면 '흐르-(어간) + -어(부사형 연결 어미)'이다.
5. 디리며 : 떨어질 것이며
   기본형은 '디다(落)'로 분석하면 '디-(어간) + -리-(미래 추측 선어말 어미) + -며(나열의 연결 어미)'이다. 기본형은 '디다〉지다'로 변화하였다.
6. ᄆᆞᄅᆞᆫ : 마른
   기본형은 'ᄆᆞᄅᆞ다'로 분석하면 'ᄆᆞᄅᆞ-(어간) + -ㄴ(관형형 어미)'이다.
7. ᄀᆞᄅᆞ : 가루
   'ᄀᆞᄅᆞ'는 비자동적 교체를 보이는 명사로 자음 앞에서는 'ᄀᆞᄅᆞ'로 모음 앞에서는 'ᄀᆞᆯㅇ'로 나타난다. 어형은 'ᄀᆞᄅᆞ〉가루'로 변화하였다.
8. 어울우디 : 어우러지지
   기본형은 '어울우다(合)'로 분석하면 '어울우-(어간) + -디(부정 부사형 연결 어미)'이다. 어간형 '어울우-'는 '어울-(어근) + -우(사동의 파생 접사)'이다.
9. 몯ᄒᆞ리며 : 못할 것이며
   기본형은 '몯ᄒᆞ다'로 분석하면 '몯ᄒᆞ-(어간) + -리-(미래 추측 선어말 어미) + -며(나열의 연결 어미)'이다.
10. 서거디리며 : 썩어질 것이며
    기본형은 '서거디다'로 분석하면 '서거디-(어간) + -리-(미래 추측 선어말 어미) + -며(나열의 연결 어미)'이다.
11. 기디 : 성장하지, 길지, 자라지
    기본형은 '길다(長)'로 분석하면 '길-(어간) + -디(부정 부사형 연결 어미)'이다. 어간형 '길-'의 'ㄹ'은 뒤에 오는 'ㄷ'의 영향으로 탈락하였다.
12. 이러 : 생겨, 이루어

기본형은 '일다(生)'로 분석하면 '일-(어간) + -어(부사형 연결 어미)'이다.

13. 어믜 : 어미의, 어머니의
분석하면 '어미(母, 명사) + 의(관형격 조사)'이다.

14. 쯔테 : 끝에
분석하면 '쯭(명사) + 에(처소격 조사)'이다.

15. 브틀시 : 붙으므로
기본형은 '븥다'로 분석하면 '븥-(어간) + -ㄹ시(원인의 연결 어미)'이다.

16. 주거가매도 : 죽어가면서도
기본형은 '주거가다'로 분석하면 '주거가-(어간) + -ㅁ(명사형 어미) + 애도(양보의 부사격 조사)'이다 어간형 '죽어가-'는 '죽-(어간) + -어(부사형 연결 어미) + 가-(어간)'가 결합한 통사적 복합어이다.

17. 等으란 : 등은, 등일랑은
분석하면 '等 + 으란(지정의 보조사)'이다.

18. 님자히 : 임자가, 주인이
분석하면 '님쟣(主, 명사) + 이(주격 조사)'이다.

19. 그러커늘 : 그러하거늘
기본형은 '그러ᄒ다'로 분석하면 '그러ᄒ-(어간) + -거늘(설명의 연결 어미)'이다.

上來法語는 如人이

【원문】 上來法語는 如人이 飮水에 冷暖을 自知ㅣ니 聰明이 不能敵業ㅣ며 乾慧이 未免苦輪ㅎㄴ니 各須察念ㅎ야 勿以媕娿自謾ㅣ어다(22a, 3 - 22a, 5)

【현대역】 위에서 말한 법어(法語)는 사람이 물을 마심에 차며 더운 것을 스스로 아는 것과 같으니 총명(聰明)이 능히 업(業)을 대적(對敵)하지 못하며 건혜(乾慧)가 고륜(苦輪)에서 벗어나게 못하나니 각각 반드시 살피고 헤아려 암아(媕娿)로 자기를 속이지 말지어다.

【한자어 풀이】
1. 이곳의 원문은 다른 곳의 원문과 달리 한 글자 아래에서 시작하여 제시되고 있다. 이 책의 '(44a, 6-44b, 5), (51a 4-5), (51b, 9-52a, 3)' 등에도 이런 표시가 나타난다.
2. 건혜(乾慧) : 마른 지혜. 이치만 알고 깨달음이 완전하지 못한 지혜를 말한다.
3. 고륜(苦輪) : 고륜해(苦輪海)라고도 하며 몸과 마음을 괴롭히는 과보가 수레바퀴처럼 돌아 쉴 사이가 없음을 말한다.
4. 암아(媕娿) : 주저하여 결정을 짓지 못함.

【언해문】 우·희 法語는 사ᄅ·미 :믈 마슈매 ·ᄎ며 더·우·믈 ·제 아·ᄃᆺ ᄒ니 聰明이 能·히 業·을 對敵디 ·몯ᄒ·며 乾慧이

苦輪·을 免티 몯ᄒᄂ니 各各 모로미 슬퍼 혜아려 婐㜯·로뻐 自己·를 소:기·디 마·롤·디어다(22a, 6 - 22a, 8)

【현대역】 위에 법어(法語)는 사람이 물을 마심에 차며 더운 것을 스스로 알듯이 하니 총명(聰明)이 능히 업(業)을 대적(對敵)하지 못하며 건혜(乾慧)가 고륜(苦輪)을 면하지 못하나니 각각 모름지기 살피고 혜아려 암아(婐㜯)로 자기를 속이지 말지어다.

【언해문 분석】
1. 우희 : 위에
   분석하면 '웋(명사) + 의(특이 처소격 조사)'이다.
2. 믈 : 물
   어형은 '믈〉물'로 원순모음화하여 변화하였다.
3. 마슈매 : 마심에
   기본형은 '마시다'로 분석하면 '마시-(어간) + -움(명사형 어미) + 애(처소격 조사)'이다.
4. 아듯 : 알듯이
   기본형은 '알다'로 분석하면 '알-(어간) + -듯(부사형 어미)'이다. 어간형 '알-'의 'ㄹ'은 뒤에 오는 'ㄷ'의 영향으로 탈락하였다.
5. 혜아려 : 혜아려
   기본형은 '혜아리다'로 분석하면 '혜아리-(어간) + -어(부사형 연결 어미)'이다.
6. 婐㜯로뻐 : 암아(婐㜯)로
   분석하면 '암아(婐㜯) + 로뻐(도구의 부사격 조사)'이다.
7. 마롤디어다 : 말지어다
   기본형은 '말다'로 분석하면 '말-(어간) + -오-(의도법 선어말 어미) + -ㄹ디어다(설명형 종결 어미)'이다.

【주】 媕娿는 音ㅣ 菴阿ㅣ니 疑心 가져 明決·티 ·몯호는 ·즈·
시라 ·이는 慢法人ㅣ 自眼이 分明티 몯·호디 혼갓 聰明과 乾
慧·를 미더 上來 法語옛 程節·을 行·티 ·몯호며 行호는 ·드시
越分過度혼 말·솜 닐어 얼픠·시 自己·롤 소·길시 各各 返照게
警策·호샷·다(22a, 8 – 22b, 2)

【주 현대역】 암아(媕娿)는 음(音)이 '암아'이니 의심을 가져 분명히 결정하지 못하는 모양이다. 이는 법을 업신여기는 사람이 스스로의 눈이 분명하지 못하되 단지 총명(聰明)과 건혜(乾慧)를 믿어 위에서 말한 법어(法語)의 정절(程節)을 행하지 못하면서 행하는 듯이 월분과도(越分過度)한 말을 하여 어렴풋이 자기를 속이므로 각각 반조(返照)하게 경계하여 채찍질하셨도다.

【주 한자어 풀이】
1. 정절(程節) : 규정. 기준.
2. 월분과도(越分過度) : 분수를 넘고 도에 지나치는 것이다.
3. 반조(返照) : 저녁 햇살이 삼라만상을 비추어 그 모습이 다시 밝히듯이 자신 안에 있는 본연의 맑은 마음의 빛을 돌이켜 본다는 뜻이다.

【주 언해문 분석】
1. 즈시라 : 모양이다, 짓이다
    분석하면 '즛(명사) + 이(서술격 조사) + -라(설명형 종결 어미)'이다.
2. 드시 : 듯이
    분석하면 '둣(명사) + -이(부사 파생 접사)'이다.
3. 얼픠시 : 어렴풋이
    〈소학언해〉(1586)(2, 29)에 '얼프시'도 나타난다.
4. 소길시 : 속이므로, 속이기 때문에
    기본형은 '소기다'로 분석하면 '소기-(어간) + -ㄹ시(원인의 연결 어미)'이다.

學語之輩는 說時似悟호딕

【원문】學語之輩는 說時似悟호딕 對境還迷ᄒᆞᄂᆞ니 所謂言行이 相違者也ㅣ로다(22b, 3 - 22b, 4)

【현대역】말만 배우는 무리는 말할 때는 깨달은 듯하지만 경계에 당면하면 도리어 미혹하나니 이른바 말과 행실이 서로 어긋난 사람이로다.

【언해문】:말·ᄉᆞᆷ만 비·혼 무·른 니를 ·제·는 ·아ᄂᆞᆫ ·듯·호딕 境:에 對·ᄒᆞ:야ᄂᆞᆫ 도ᄅᆞ·혀 迷·ᄒᆞᄂᆞ·니 닐·온 :말·ᄉᆞᆷ·과 行實·괘 서ᄅᆞ 어귄 사·ᄅᆞ·미로다(22b, 5 - 22b, 6)

【현대역】말만 배운 무리는 이를 때는 아는 듯하지만 경계에 대(對)하여서는 도리어 미혹하나니 이른바 말과 행실(行實)이 서로 어긋난 사람이로다.

【언해문 분석】
1. 말ᄉᆞᆷ만 : 말만
   분석하면 '말ᄉᆞᆷ(명사) + 만(정도 표시의 보조사)'이다.
2. 비혼 : 배운
   기본형은 '비호다'호 분석하면 '비호-(어간) + -ㄴ(관형형 어미)'이다.
3. 무른 : 무리는
   분석하면 '물(輩, 명사) + 은(지정의 보조사)'이다. 이 책의 상권 (24b, 6)에는 '무리'의 형태도 나타난다.

4. 니를 : 이를, 말할
   기본형은 '니르다'로 분석하면 '니르-(어간) + -ㄹ(관형형 어미)'이다.
5. 제는 : 때는
   분석하면 '제(명사) + 는(지정의 보조사)'이다.
6. 아는 : 아는, 깨달은
   기본형은 '알다'로 분석하면 '아-(어간) + -는(현재 시상 관형형 어미)'이다. 어간형 '알-'의 'ㄹ'은 뒤에 오는 'ㄴ'의 영향으로 탈락하였다.
7. 닐온 : 이른바, 말하자면
   원문의 '所謂'를 축자한 것이다. 기본형은 '니르다'로 분석하면 '닐-(어간) + -오-(의도법 선어말 어미) + -ㄴ(명사형 어미)'이다.
8. 서르 : 서로
   어형은 '서르〉서르〉서로'로 변화하였다. '서르'는 모음조화가 파괴된 표기이며 〈두시언해중간본〉(1632)(2, 46b)에서는 '서루'로 나타난다.
9. 어긘 : 어긋난
   기본형이 '어긔다'로 분석하면 '어긔-(어간) + -ㄴ(관형형 어미)'이다. 중세국어에서는 타동사적 용법과 자동사적 용법이 다 보이는데 여기에서는 자동사적 용법으로 쓰였다. 타동사로는 '위반'의 뜻이고 자동사로 '괴리'의 뜻을 가진다.

【주】此는 結上自謾之意·ᄒᆞ샷다(22b, 6 - 22b, 6)
【주 현대역】이는 위의 스스로 속인다는 뜻을 맺으셨도다.

【주 언해문 분석】
1. ᄒᆞ샷다 : 하셨도다
   기본형은 'ᄒᆞ다(爲)'로 분석하면 'ᄒᆞ-(어간) + -샤-(주체 높임 선어말 어미) + -(오)ㅅ-(감동법 선어말 어미) + -다(설명형 종결 어미)'이다.

悟入이 不甚深者는

【원문】悟入이 不甚深者는 雖終日內照ᄒᆞ나 常爲淨潔에 所拘ᄒᆞ며 雖觀物虛ᄒᆞ나 恒爲境界예 所縛ᄒᆞᄂᆞ니 此人之病은 只在認見聞覺知ᄒᆞ야 爲空寂知ᄒᆞ야 坐在光影門頭也ㅣ니라 故로 若不深知心體離念則 終未免見聞覺知의 所轉ᄒᆞ리라(22b, 7 - 23a, 2)

【현대역】알아 듣는 것이 심히 깊지 못한 사람은 비록 종일토록 안을 살피나 항상 깨끗한 것에 걸리는 바가 되며 비록 사물의 빈곳[虛]을 보나 항상 경계(境界)에 매이는 바가 되나니 이 사람의 병(病)은 오직 보고 듣고 느끼고 아는 것[見聞覺知]을 잘못 알아 공적영지(空寂靈知)를 삼아 광영문(光影門)의 머리에 앉아 있느니라. 그러므로 만일 마음의 본체가 생각[念]을 떠나는 것을 깊이 알지 못하면 마침내는 견문각지(見聞覺知)의 옮기는 것을 면하지 못하리라.

【한자어 풀이】
1. 견문각지(見聞覺知) : 눈으로 빛을 보고, 귀로 소리를 듣고, 코・혀・몸으로 냄새・맛・촉감을 알고, 뜻으로 법을 아는 것. 감각을 통한 객관 세계의 접촉을 통칭한다.
2. 공적영지(空寂靈知) : 공적은 공공적적(空空寂寂)의 준말. 우주에 형상 있는 것이나 형상이 없는 것이나 모두 그 실체가 공무(空無)하여 생각하고 분별할 것이 아무 것도 없다는 뜻. 영지는 인식이나 판단을 뜻한다.

3. 광영문(光影門) : 광영은 빛·광명·현현(顯現)의 뜻인데 불교에서는 실체가 없는 것을 비유한다.

【언해문】아·라 ·드로·미 甚·히 깁·디 ·몯·ᄒᆞᆫ 사·ᄅᆞ·ᄆᆞᆫ 비·록 ·나리 :ᄆᆞᆺ·ᄃᆞ록 :안·흘 照察ᄒᆞ·니 常例 ·조·ᄒᆞᆫ 듸 걸유·미 ᄃᆞ외·며 비·록 物虛ᄒᆞᆫ ·듸·를 보·나 常例 境界·예 미·유·미 ᄃᆞ외ᄂᆞ·니 ·이 사·ᄅᆞᄆᆡ 病·은 오·직 見聞覺知·를 그르 아라 空寂靈知 ·사마 光影門 ᄭᅳ·테 안·자슈매 잇ᄂᆞ·니라 그:럴ᄊᆡ ·ᄒᆞ다·가 心體·에 念 여·횐 :둘 기·피 ·아디 ·몯ᄒᆞ:면 ᄆᆞ:ᄎᆞᆷ·내 見聞覺知:의 옴기유·믈 免:티 ·몯ᄒᆞ·리라(23a, 3 – 23a, 7)

【현대역】알아 듣는 것이 심히 깊지 못한 사람은 비록 날이 마치도록 안을 살피는데 항상 깨끗한데 걸리는 것이 되며 비록 사물의 허(虛)한 데를 보나 항상 경계(境界)에 매이는 것이 되나니 이 사람의 병(病)은 오직 보고 듣고 느끼고 아는 것[見聞覺知]을 그르게 알아 공적영지(空寂靈知)를 삼아 광영문(光影門) 끝에 앉아 있음에 있느니라. 그러므로 만일 마음의 본체에 생각[念] 여읜 것을 깊이 알지 못하면 마침내 견문각지(見聞覺知)의 옮김을 면하지 못하리라.

【한자어 풀이】
1. 상례(常例) : 항상. 보통의 사례.
2. 심체(心體) : 마음의 본체. 심성(心性).

【언해문 분석】
1. 드로미 : 듣는 것이, 들음이
   기본형은 '듣다'로 분석하면 '들-(어간) + -옴(명사형 어미) + 이(주격 조사)'이다.

2. 나리 : 날이

'나리'는 '날이'의 연철표기로 분석하면 '날(日, 명사) + 이(주격 조사)'이다.

3. 뭋드록 : 마치도록

기본형은 '뭋다'로 분석하면 '뭋-(어간) + -드록(한도의 연결 어미)'이다. '뭋'은 '뭋'의 8종성 표기이다. 15세기에는 일반적으로 '-드록'으로 표기되며 간혹 '-도록'도 나타난다. 이 '-드록'이 일반화하여 현대국어에 이른 것은 18세기에 와서의 일이다.

4. 안흘 : 안을

분석하면 '않(명사) + 을(목적격 조사)'이다.

5. 조혼딕 : 깨끗한데

기본형은 '좋다(淨)'로 분석하면 '좋-(어간) + -오-(의도법 선어말 어미) + -ㄴ(관형형 어미) + 딕(의존 명사)'이다.

6 걸유미 : 걸리는 것이, 걸림이

기본형은 '걸이다'로 분석하면 '걸이-(어간) + -움(명사형 어미) + 이(주격 조사)'이다. 어간형 '걸이-'는 '걸-(어근) + -이(피동의 파생 접사)'이다. 분철표기가 나타나 있다.

6. 도익며 : 되며

기본형은 '도익다'로 분석하면 '도익-(어간) + -며(나열의 연결 어미)'이다. 기본형은 '드빅다〉도익다〉되다'로 변화하였다.

7. 보나 : 보나, 보더라도

기본형은 '보다'로 분석하면 '보-(어간) + -나(양보의 연결 어미)'이다.

8. 믹유미 : 매이는 것이, 매임이

기본형은 '믹이다'로 분석하면 '믹이-(어간) + -움(명사형 어미) + 이(주격 조사)'이다. 어간형 '믹이-'는 '믹-(어근) + -이(피동의 파생 접사)'이다. 이 책의 하권 (61a, 6)에는 분철 표기된 '믹욤이'가 나타난다. 중세국어에서 '믹-(鋤)'와 '믹-(結)'는 성조상 구별되는데 전자는 거성의 성조를 가지고 후자는 평성의 성조를 가진다. 여기서는 후자의 경우이다. 기본형은 '미다〉매다'로 변화하였다.
9. 그ᄅ : 그르게, 그릇
   '認'을 축자한 것이 '그ᄅ 아라'인데 '認'에는 '그릇되다, 잘못되다'의 뜻이 없다. '誤'의 오각으로 보인다.
10. 쯔테 : 끝에
   분석하면 '긑(명사) + 에(처소격 조사)'이다.
11. 안자슈매 : 앉아 있음에
   기본형은 '앉다'로 분석하면 '앉-(어간) + -아(부사형 연결 어미) + (이)시-(有, 어간) + -움(명사형 어미) + 애(처소격 조사)'이다.
12. 그럴ᄉᆡ : 그러므로, 그래서, 때문에
   기본형은 '그러다'로 분석하면 '그러-(어간) + -ㄹᄉᆡ(원인의 연결 어미)'이다.
13. 옴기유믈 : 옮김을, 옮기는 것을
   기본형은 '옴기다'로 분석하면 '옴기-(어간) + -윰(명사형 어미) + 을(목적격 조사)'이다.

【주】·이ᄂᆞᆫ 아로ᄃᆡ 그ᄅ :안 사ᄅᆞᄆᆡ 病을 나·토시니 亦是上文·에 黙照邪師의 類ㅣ로다 古云 心不見心ㅣ라 ᄒᆞ시며 非心境界ㅣ라 ·ᄒᆞ시며 擬心卽差ㅣ라 ᄒᆞ:야시ᄂᆞᆯ 起心觀照ᄒᆞ니 可謂失旨ㅣ로다(23a, 7 - 23a, 9)

【주 현대역】이는 알되 그르게 안 사람의 병을 나타내시니 또한 이는 위의 문장[文]에 묵조사사(黙照邪師)의 무리로다. 옛날에 이르되 "마음은 마음을 볼 수 없다.[心不見心]"라고 하시며 "마음은 경계가 없다.[非心境界]"라고 하시며 "마음을 헤아리면 곧 어긋난다.[擬心卽差]"라고 하셨거늘 "마음을 일으켜 지혜로 비춰본다.[起心觀照]"라고 하니 가히 이른바 요지를 잃음이로다.

【주 한자어 풀이】
1. 묵조사사(黙照邪師) : 묵조선(黙照禪)을 받드는 삿된 선사(禪師)를 이르는 말. 묵조선(黙照禪)은 망상과 잡념을 없애고 고요히 앉아서 진리를 깨닫고자 하는 선을 말한다.

【주 언해문 분석】
1. 아로되 : 알되, 깨닫되
   기본형은 '알다'로 분석하면 '알-(어간) + -오되(설명의 연결 어미)'이다.
2. 나토시니 : 나타내시니
   기본형은 '나토다'로 분석하면 '나토-(어간) + -시-(주체 높임 선어말 어미) + -니(설명의 연결 어미)'이다. 어간형 '나토-'는 '낱-(어근) + -오(사동의 파생 접사)'이다.
3. ᄒᆞ야시늘 : 하시거늘
   기본형은 'ᄒᆞ다'로 분석하면 'ᄒᆞ-(어간) + -야⋯ + -시-(주체 높임 선어말 어미) + ⋯-늘(설명의 연결 어미)'이다. '야늘'은 불연속 형태이다. 현대국어에서는 '-시-'가 선행하여 '-시거늘'이 되었다.

法離三世ㅣ라

【원문】 法離三世ㅣ라 不可因果中契ㅣ니라(23b, 1 - 23b, 1)
【현대역】 법(法)은 삼세(三世)를 떠난 것이라. 원인[因]과 결과[果]로 정확하게 맞추는 것은 옳지 못하니라.

【한자어 풀이】
1. 삼세(三世) : 삼제(三際). 과거·현재·미래. 삶을 기준으로 하여 전세(前世, 태어나기 전에 있었던 생애)·현세(現世, 현재의 생애)·후세(後世, 사후의 생애)라고도 한다.
2. 인과(因果) : 원인과 결과.

【언해문】 法은 三世·를 여·희윤 ·디라 因과 果로 契合호려 호·미 ·올·티 ·몯ᄒ니라(23b, 2 - 23b, 2)
【현대역】 법(法)은 삼세(三世)를 여읜 것이다. 원인[因]과 결과[果]로 계합(契合)하려 하는 것이 옳지 못하니라.

【한자어 풀이】
1. 계합(契合) : 딱 들어맞음. 부합(符合).

【언해문 분석】
1. 여희윤 : 여읜, 이별한, 떠나보낸

기본형은 '여희유다'로 분석하면 '여희유-(어간) + -ㄴ(관형형 어미)'
이다.
2. 契合호려 : 계합(契合)하려
기본형은 '계합(契合)ᄒᆞ다'로 분석하면 '契合ᄒᆞ-(어간) + -오려(의도
의 연결 어미)'이다.

【주】此明本法에 離曰果ᄒᆞ샷다 法은 本眞心ㅣ오 三世ᄂᆞᆫ 衆
生ㅣ 無作智中에 自心自誑ᄒᆞ야 虛妄變起혼 거·실ᄉᆡ 虛妄·으
로 眞心에 契合디 ·몯홀 :둘 알리로다(23b, 2 -23b, 4)
【주 현대역】이는 본래 법(法)에 인과(曰果)와 여읜 것을 밝히셨도다.
법(法)은 본래 진심(眞心)이고 삼세(三世)는 중생이 무작(無作)의 지혜
속에서 자신의 마음이 저절로 유혹되어 허망(虛妄)하게 변화를 일으킨
것이므로 허망으로 진심(眞心)에 계합(契合)하지 못하는 것을 알겠구나.

【주 한자어 풀이】
1. 진심(眞心) : 인간의 마음으로 여기에서는 깨달음을 말한다.
2. 무작(無作) : 무위(無爲). 마음에 하고자 하는 의식이 없이 함을 말한다.

【주 언해문 분석】
1. 거실ᄉᆡ : 것이므로
   분석하면 '것(명사) + 이(서술격 조사) + -ㄹᄉᆡ(원인의 연결 어미)'이다.
2. 몯홀 둘 : 못하는 것을
   기본형은 '몯ᄒᆞ다'로 분석하면 '몯ᄒᆞ-(어간) + -ㄹ(관형형 어미) +
   ᄃᆞ(의존 명사) + ㄹ(목적격 조사)'이다.

須虛懷自照ᄒ야

【원문】 須虛懷自照ᄒ야 信一念緣起의 無生ㅣ어다 然ㅣ나 無明力大故로 後後長養ᄒ야 保任不忘이 爲難ᄒ니라(23b, 5 - 23b, 7)

【현대역】 모름지기 마음을 비우고 스스로 비추어 한 생각이 인연하여 일어나 생겨나는 것이 없음을 믿을지어다. 그러나 무명(無明)의 힘이 크므로 먼 뒷날까지 오래 길러서 보임(保任)하여 잊지 않는 것이 어려우니라.

【한자어 풀이】
1. 무명(無明) : 12인연의 하나. 과거 세상의 무시(無始)한 번뇌를 말한다.
2. 보임(保任) : 보호임지(保護任持)의 준말. 우리나라에서는 흔히 '보림'이라고 한다. 자기의 힘을 다해서 책임(責任)을 지고 귀중(貴重)하게 보호(保護)한다는 뜻이다.

【언해문】 모·로미 ᄆᆞᅀᆞ믈 뷔워 ·ᄌᆞ갸 비취:워 一念緣ᄒ야 니로·매 :남 :업슨 ·들 信·홀·디이다 그러·나 無明 ·히미 ·클ᄉᆡ 後後:에 길·워 :가:저 닛·디 ·아·니·호·미 어·려우·니라(23b, 8 - 23b, 9)

【현대역】 모름지기 마음을 비우고 스스로 비추어 한 생각이 인연하여 일어나므로 (저절로) 나는 것이 없는 것을 믿을지어다. 그러나 무명(無明)의 힘이 크므로 훗날까지 길러서 가져 잊지 않는 것이 어려우니라.

【언해문 분석】

1. 뷔워 : 비우고

   기본형은 '뷔우다'로 분석하면 '뷔우-(어간) + -어(원인의 연결 어미)'이다. 어간형 '뷔우-'는 '뷔-(어근) + -우(사동의 파생 접사)'이다. 기본형은 '뷔다〉비다'로 변화하였다.

2. ᄌᆞ갸 : 스스로, 자기(自己)

   'ᄌᆞ갸'는 높임의 3인칭 재귀대명사로 '저'와 대립된다. 〈계축일기〉(195)에 'ᄌᆞ가', 〈원각경언해〉(1465)(2, 37)에 'ᄌᆞ개', 〈仁宣王后諺簡〉에 'ᄌᆞ겨' 등의 형태도 나타난다.

3. 비취워 : 비추어

   기본형은 '비취우다'로 분석하면 '비취우-(어간) + -어(설명의 연결 어미)'이다. 어간형 '비취우-'는 '비취-(어근) + -우(사동의 파생 접사)'이다.

4. 니로매 : 일어나므로, 일어나기 때문에

   기본형은 '닐다(起)'로 분석하면 '닐-(어간) + -옴(명사형 어미) + 애(원인의 부사격 조사)'이다.

5. 남 : 나는 것이, 남이

   기본형은 '나다(生)'로 분석하면 '나-(어간) + -ㅁ(명사형 어미) + (이)(주격 조사)'이다.

6. 信홀디이다 : 믿을지어다

   '信홀디어다'의 잘못으로 보인다. 기본형은 '신(信)ᄒᆞ다'로 분석하면 '信ᄒᆞ(어간) + -오-(의도법 선어말 어미) + -ㄹ디어다(설명형 종결 어미)'이다.

7. 클ᄉᆡ : 크므로

   기본형은 '크다'로 분석하면 '크-(어간) + -ㄹᄉᆡ(원인의 연결 어미)'이다. '大'는 일반적으로 '하다'가 많이 쓰였으나 여기에서는 '크다'의 의미로 쓰였다.

8. 길워 : 길러서

　　기본형은 '길우다(養)'로 분석하면 '길우-(어간) + -어(설명의 연결 어미)'이다. '길우다'는 '길게 하다, 기르다'의 뜻인데 여기에서는 '오래도록 수양한다'는 뜻이다.

9. 닛디 : 잊지

　　기본형은 '닛다'로 분석하면 '닛-(어간) + -디(부정 부사형 연결 어미)'이다. '닛다'의 어간 '닛-'은 뒤에 오는 자음으로 인하여 8종성법으로 표기되었다. 기본형은 '닛다〉잊다'로 변화하였다.

【주】 此明義用:에 曰果歷然ᄒ샷다 緣起無生·은 頓ㅣ·니 因ㅣ오 長養保任·은 漸ㅣ·니　果ㅣ라(23b, 9 - 24a, 1)

【주 현대역】 이는 의용(義用)에 인과(曰果)가 뚜렷함을 밝히셨도다. 인연에 따라 일어나 저절로 생기는 것이 없는 것[緣起無生]은 돈오(頓悟)이니 원인[因]이고 오랫동안 수양하여 자기 것으로 만드는 것[長養保任]은 점수(漸修)이니 결과[果]이다.

【주 한자어 풀이】
1. 의용(義用) : 부처와 보살이 부처와 중생을 이롭게 하는 것을 말한다.
2. 역연(歷然) : 역력(歷歷). 뚜렷함 분명함을 말한다.
3. 연기(緣起) : 인연생기(曰緣生起)의 뜻으로 인연이 되어서 결과를 일으킨다는 뜻이다.

惑本無從ㅣ어눌

【원문】惑本無從ㅣ어눌 迷眞忽起ᄒᆞ니라(24a, 2 – 24a, 2)
【현대역】미혹(迷惑)은 본래 종속이 없지만 깨달음을 몰라 홀연 일어나느니라.

【한자어 풀이】
1. 혹(惑) : 미혹. 깨달음을 장애하는 체(體). 증오(證悟)와 반대되는 것. 곧 번뇌를 말하며 우리의 마음에 의심하여 수상히 여기는 것이다.
2. 진(眞) : 깨달음. 있는 그대로.

【언해문】惑이 本來 브·튼 듸 :업거·늘 眞·을 :몰라 믄·득 니·러나·니라(24a, 3 – 24a, 3)
【현대역】미혹(迷惑)은 본래 붙은 데가 없거늘 진(眞)을 몰라 문득 일어나느니라.

【언해문 분석】
1. 브튼 듸 : 붙은 데가, 의지하는 것이
   기본형은 '븥다'로 분석하면 '븥-(어간) + -은(관형형 어미) + 듸(의존 명사) + (ㅣ)(주격 조사)'이다. 기본형은 '븥다>붙다'로 원순모음화하였다.
2. 업거늘 : 없거늘

기본형은 '업다'로 분석하면 '업-(어간) + -거늘(구속의 연결 어미)'이다.
3. 믄득 : 문득, 갑자기
   어형은 '믄득〉문득'으로 원순모음화하였다. 〈두시언해중간본〉(1632)에 '믄드기(5, 27b)', '믄드시(2, 19a)', '믄듯(24, 30b)'의 형태도 나타난다.
4. 니러나니라 : 일어나느니라
   기본형은 '니러나다'로 분석하면 '니러나-(어간) + -니라(설명형 종결 어미)'이다.

【주】 此明起惑之曰·ᄒ시니 繩蛇杌鬼ㅣ 性自空故ㅣ라(24a, 3 - 24a, 4)

【주 현대역】 이는 미혹이 일어나는 원인을 밝히신 것이니 줄을 뱀이라고 그루터기를 귀신이라 하는 것은 성(性)이 본래[自] 공(空)하기 때문이다.

若照惑無本則 空花三界룰

【원문】若照惑無本則 空花三界룰 如風捲烟ㅣ오 ᅌ化六塵늘 如湯銷氷ᄒ리라(24a, 5 - 24a, 6)

【현대역】만일 미혹(迷惑)에 근본이 없는 것을 명확하게 살피면 공중의 꽃 같은 삼계(三界)를 바람이 연기를 걷듯이 하고 환화(ᅌ化)같은 육진(六塵)을 더운 물로 얼음을 녹이듯이 하리라.

【한자어 풀이】
1. 조찰(照察) : 명확히 살핌.
2. 공화(空花) : 허공화(虛空華). 공중의 꽃이란 뜻이다. 허공 중에는 본래 꽃이 없는 것이지만 눈병 있는 사람들이 혹시 이를 보는 일이 있다. 본래 실재하지 않는 것을 실재한 것이라고 잘못 아는 것을 비유한 말이다.
3. 삼계(三界) : 중생이 생사 윤회하는 세 가지의 세계. ①욕계(欲界, 욕망에 사로잡힌 생물이 사는 곳)와 ②색계(色界, 욕망은 초월했지만 물질적 조건에 사로잡힌 생물이 사는 곳)와 ③무색계(無色界, 욕망도 물질적 조건도 초월하고 정신적 조건만을 가진 생물이 사는 곳)를 말한다.
4. 환화(ᅌ化) : 실체가 없는 것을 현재에 있는 것 같이 눈을 헷갈리게 하는 것이다.
5. 육진(六塵) : 6근(眼, 耳, 鼻, 舌, 身, 意)을 통하여 몸속에 들어가서 우리들의 정심(淨心)을 더럽히는 여섯 가지 인식의 대상, 즉 색(色)·

성(聲)·향(香)·미(味)·촉(觸)·법(法)의 육경(六境)을 이른다.

【언해문】 ·ᄒ다·가 惑·의 根本 :업슨 ·ᄃᆞᆯ 照察ᄒ:면 空花·ᄀ
튼 三界를 ᄇᆞᄅᆞ·미 ·ᄂᆡ 거·두·티·ᄃᆞᆺ· ᄒ고 ᅟᅠᇹ化·ᄀᆞ튼 六塵·늘
더:운 ·므리 어·름 노·키·ᄃᆞᆺ ᄒ·리라(24a, 7 – 24a, 8)

【현대역】 만일 미혹(迷惑)이 근본이 없는 것을 분명히 살피면 공중의 꽃같은 삼계(三界)를 바람이 연기를 거두듯이 하고 환화(ᅟᅠᇹ化)같은 육진(六塵)을 더운 물이 얼음을 녹이듯이 하리라.

【언해문 분석】
1. 惑의 : 미혹(迷惑)이
   분석하면 '惑(명사) + 의(주어적 속격 조사)'이다.
2. 업슨 둘 : 없는 것을
   기본형은 '없다'로 분석하면 '없-(어간) + -은(관형형 어미) + ᄃᆞ(의존 명사) + ᄅ(목적격 조사)'이다.
3. ᄀᆞ튼 : 같은
   기본형은 'ᄀᆞᆮ다(同)'로 분석하면 'ᄀᆞᆮ-(어간) + -은(관형형 어미)'이다. 'ᄀᆞᆮ다'로 쓰이는 것이 일반적이나 〈소학언해〉(1586)(6, 42b) 등에서는 'ᄀᆞᄐᆞ다'의 형태도 나타난다.
4. 거두티ᄃᆞᆺ : 거두듯이
   기본형은 '거두티다'로 분석하면 '거두티-(어간) + -ᄃᆞᆺ(부사형 어미)'이다.
5. 六塵늘 : 육진을
   분석하면 '육진(六塵) + ㄴ + 을(목적격 조사)'이다. 이때의 'ㄴ'은 앞에 오는 체언 '육진'의 말음 'ㄴ'으로 인하여 중철표기된 것이다.
6. 노키ᄃᆞᆺ : 녹이듯이
   기본형은 '녹히다'로 분석하면 '녹히-(어간) + -ᄃᆞᆺ(부사형 어미)'이다.

【주】此明照惑之緣ᄒ시니 皮尙不存ㅣ라 毛無所附ㅣ로다
(24a, 8 - 24a, 9)

【주 현대역】이는 미혹(迷惑)의 연유를 분명히 밝히신 것이니 가죽이 오히려 있지 않아서 털이 붙을 곳이 없도다.

然ㅣ나 此心을

【원문】然ㅣ나 此心을 雖凡聖ㅣ 等有ㅣ나 果顯易信ㅣ어니와 曰隱難明ㅣ니 故로 淺識之流는 輕曰重果ㅎㄴ니 願諸道者는 深信自心ㅎ야 不自屈ㅎ며 不自高ㅣ어다(24b, 1 - 24b, 4)

【현대역】그러나 이 마음을 비록 범부(凡夫)와 성인(聖人)이 똑같이 가지고 있어 결과는 드러나 쉽게 믿을 수 있지만 원인은 숨어 밝히기 어렵나니 그러므로 앎이 옅은 무리는 원인(原曰)을 가볍게 여기고 결과를 중하게 여기나니 원컨대 도(道)를 닦는 모든 이는 자신의 마음을 깊이 믿어 자신을 굽히지 말며 자신을 높이지 말지어다.

【언해문】그·러나 ·이 ᄆᆞᅀᆞ·믈 비·록 凡과 聖괘 ·ᄀᆞ티 ·두시·나 果·ᄂᆞᆫ 나·타 쉬·이 信ㅎ·리어니·와 曰ᄂᆞᆫ :수머 블:규미 어·려우·니 그:럴시 아·로미 녀·튼 ·무리ᄂᆞᆫ 曰·을란 輕·히 너·기고 果를 重·히 너·기ᄂᆞ니 願ᄒᆞ논 ·든 모·든 道者:ᄂᆞᆫ 自心·을 깁피 信·ᄒᆞ야 自屈·티 :말며 自高티 마:롤·디어·다(24b, 5 - 24b, 8)

【현대역】그러나 이 마음을 비록 범부(凡夫)와 성인(聖人)이 같이 가지고 있으나 결과는 나타나 쉽게 믿겠지만 원인은 숨어 밝히는 것이 어려우니 그러므로 앎이 옅은 무리는 원인(原曰)은 가볍게 여기고 결과를 중하게 여기나니 원하는 것은 모든 도(道)를 닦는 사람은 스스로의 마음을

깊이 믿어 스스로 굽히지 말며 스스로 높이지 말지어다.

【언해문 분석】
1. ㄱ티 : 같이
   분석하면 '굩-(어근) + -이(부사 파생 접사)'이다.
2. 두시나 : 가지고 있으나, 두어 있으나
   분석하면 '두-(어간) + (-어)(부사형 연결 어미) + (이)시-(有, 어간) + -나(상반의 연결 어미)'이다.
3. 나타 : 나타나
   기본형은 '낱다'로 분석하면 '낱-(어간) + -아(부사형 연결 어미)'이다.
4. 쉬이 : 쉽게
   분석하면 '쉽-(어근) + -이(부사 파생 접사)'이다. 형용사 '쉽-(易)'에서 파생된 부사인 '*쉬븨'는 두 가지 변화를 겪었다. 하나는 '*쉬븨〉쉬이〉쉬'의 과정이고 다른 하나는 '*쉬븨〉수비〉수이〉쉬'의 과정이다. 여기서의 '쉬이'는 전자의 과정에서 나타난 것이다.
5. 信ᄒᆞ리어니와 : 믿겠지만, 믿겠거니와
   기본형은 '신(信)ᄒᆞ다'로 분석하면 '信ᄒᆞ-(어간) + -리-(미래 추측 선어말 어미) + -어니와(양보의 연결 어미)'이다. '리' 아래에서 'ㄱ'이 탈락하여 '-어니와'로 나타난다.
6. 불규미 : 밝히는 것이, 밝힘이
   기본형은 '붉이다'로 분석하면 '붉이-(어간) + -움(명사형 어미)+ 이(주격 조사)'이다. 어간형 '붉이-'는 '붉-(어근) + -이(사동의 파생 접사)'이다. 기본형은 '붉이다〉밝히다'로 변화하였다.
7. 아로미 : 앎이, 아는 것이
   기본형은 '알다(知)'로 분석하면 '알-(어간) + -옴(명사형 어미) + 이(주격 조사)'이다.
8. 녀튼 : 옅은

기본형은 '녙다'로 분석하면 '녙-(어간) + -은(관형형 어미)'이다. 기본형은 '녙다〉옅다'로 변화하였다. 모음조화가 파괴된 형태인데 이 책의 상권 (9a, 1)에는 모음조화가 지켜진 '녀튼'도 보인다.

9. 무리는 : 무리는

이 책의 상권 (24a, 8)에는 모음조화가 파괴된 '무른'의 형태도 나타난다.

10. 因을란 : 원인은, 인(因)일랑은

분석하면 '인(因) + 을란(지정의 보조사)'이다.

11. 願ᄒ논 든 : 원하는 것은

기본형은 '원(願)ᄒ다'로 분석하면 '願ᄒ-(어간) + -ᄂ-(현재 시상 선어말 어미) + -오-(의도법 선어말 어미) + -ㄴ(관형형 어미) + 드(의존 명사) + ㄴ(대조의 보조사)'이다. '드'은 'ᄃ'의 이형태이다.

12. 모든 : 모든

어형은 '모ᄃᆞᆫ〉모든'으로 변화하였다.

13. 깁피 : 깊이

분석하면 '깁-(어근) + ㅍ + -이(부사 파생 접사)'이다. 이때의 'ㅍ'은 앞에 오는 어근 '깊-'의 말음 'ㅍ'으로 인하여 중철표기된 것이다. 'ㅂ'은 8종성법으로 표기된 것이다.

【주】果ᄂᆞᆫ 聖ㅣ오 因·ᄂᆞᆫ 凡ㅣ라 高推聖境ᄒᆞ·ᄂᆞᆫ 淺識:엣 ·무·른 自心·으·란 輕·히 너·기고 聖智ㅣ·란 重·히 너·기ᄂᆞ니 眞實修道人ᄂᆞᆫ 不變門·으로 :보건:댄 凡聖ㅣ 平等ᄒᆞᆯ·ᄉᆡ 自屈·티 :말며 隨緣門·으·로 ·보건댄 凡聖ㅣ 歷然ᄒᆞᆯ·ᄉᆡ 自高티 마:롤디어다(24b, 8 - 25a, 1)

【주 현대역】 결과는 성인(聖人)이고 원인(原因)은 범부(凡夫)이다. 성인의 경지만 높이 추켜세우는 천박한 지식인의 무리는 스스로의 마음[心]은 가볍게 여기고 성인의 지혜(智慧)는 중하게 여기나니 진실로 도(道)를 닦는 사람은 불변문(不變門)으로 보건대 범부와 성인이 평등(平

等)하므로 스스로 굽히지 말며 수연문(隨緣門)으로 보건대 범부와 성인이 뚜렷하므로 스스로 높이지 말지어다.

【주 한자어 풀이】
1. 불변문(不變門) : 진여(眞如)는 일체제법의 실체(實體)로 시공을 초월하여 나지도 멸하지도 않으며 상주하여 존재하지 않아서 불변(不變)이라고 한다. 대승기신론(大乘起信論)에서는 심진여문(心眞如門)이다.
2. 수연문(隨緣門) : 진여는 그 불변의 자성을 온전히 하되 능히 염정(染淨)의 인연을 따라 전체를 움직여 삼라만상에 현전하기에 수연(隨緣)이라 한다. 대승기신론에서는 심생멸문(心生滅門)이자 중생심(衆生心)이다.
3. 역연(歷然) : 역력(歷歷). 뚜렷한 모양. 분명한 모양.

【주 언해문 분석】
1. 무룬 : 무리는
   분석하면 '물(衆, 명사) + 은(지정의 보조사)'이다. 이 책의 상권 (24b, 6)에는 '무리'의 형태도 나타난다.
2. 自心으란 : 스스로의 마음은, 자심(自心)일랑은
   분석하면 '自心(명사) + 으란(지정의 보조사)'이다.
3. 너기고 : 여기고
   기본형은 '너기다'로 분석하면 '너기-(어간) + -고(나열의 연결 어미)'이다.
4. 보건댄 : 보건대, 본다면
   기본형은 '보다'로 분석하면 '보-(어간) + -거-(확인의 과거 시상 선어말 어미) + -ㄴ댄(조건의 연결 어미)'이다.

> 悟人ᄂᆫ 卽頓見ㅣ이늘

【원문】悟人ᄂᆫ 卽頓見ㅣ이늘 迷人ᄂᆫ 期遠劫ᄒᆞᄂᆞ니라(25a, 2 - 25a, 2)

【현대역】깨달은 사람은 즉시 다 보지만 깨닫지 못한 사람은 먼 겁(劫)을 기약(期約)하느니라.

【한자어 풀이】
1. 겁(劫) : 고대 인도에서 가장 긴 시간 단위로 잡아함경(雜阿含經)에 "사방과 상하로 1유순(약 15km)이나 되는 성 안에 겨자씨를 가득 채우고 100년마다 겨자씨 한 알씩을 꺼낸다. 이렇게 겨자씨 전부를 다 꺼내어도 겁은 끝나지 않는다."라고 하였다.
2. 卽頓見ㅣ이늘 : '卽頓見ㅣ어늘'의 잘못이다.

【언해문】:아ᄂᆞᆫ ·사ᄅᆞ몬 즉·재 다 ·보거·늘 모·ᄅᆞ·ᄂᆞᆫ ·사ᄅᆞ·몬 :먼 劫·을 期約·ᄒᆞᄂᆞ니라(25a, 3 - 25a, 3)

【현대역】아는 사람은 즉시 다 보거늘 모르는 사람은 먼 겁(劫)을 기약(期約)하느니라.

【언해문 분석】
1. 보거늘 : 보거늘, 보지만
   기본형은 '보다'로 분석하면 '보-(어간) + -거늘(양보의 연결 어미)'

이다.
2. 모르는 : 모르는
  기본형은 '모르다'로 분석하면 '모르-(어간) + -는(현재 시상 관형형 어미)'이다.

【주】彼岸此岸ㅣ 日劫相倍로다 佛歎奇哉ㅣ 良以此也ㅣ시니라(25a, 3 - 25a, 4)

【주 현대역】 저 언덕과 이 언덕이 하루와 겁(劫)으로 서로 벌어지도다. 부처의 기이함을 찬탄(讚歎)함이 이 때문이시니라.

【주 한자어 풀이】
1. 피안(彼岸) : 저쪽의 언덕. 번뇌에 얽매인 생사고해를 넘어선 이상경(理想境)인 열반의 저 언덕을 말한다.
2. 차안(此岸) : 이쪽의 언덕. 열반을 저 언덕(彼岸)이라 하는데 대하여 생사고해가 있는 이 언덕을 말한다.

經에 云理雖頓悟ㅣ나

【원문】經에 云理雖頓悟ㅣ나 事非頓除ㅣ라 ᄒᆞ시며 又云文殊ᄂᆞᆫ 達天眞ㅣ오 普賢ᄂᆞᆫ 明緣起ㅣ라 ᄒᆞ시니라(25a, 5 - 25a, 6)

【현대역】경(經)에 이르되 "이(理)는 비록 한꺼번에 깨치는 것이나 사(事)는 한꺼번에 없애지 못할 것이다."라고 하시며 또 이르되 "문수(文殊)보살은 천진불(天眞佛)을 이루고 보현(普賢)보살은 연기행(緣起行)을 밝혔다."라고 하시니라.

【한자어 풀이】
1. 경(經) : 수능엄경(首楞嚴經)을 말한다.
2. 이(理) : 절대 평등한 본체.
3. 돈오(頓悟) : 한꺼번에 깨침. 곧바로 깨침.
4. 사(事) : 상대 차별한 현상.
5. 돈제(頓除) : 한꺼번에 없앰. 곧바로 없앰.
6. 문수(文殊) : 문수보살(文殊菩薩). 여래의 왼편에서 부처들의 지덕(智德)·체덕(體德)을 상징한다.
7. 천진(天眞) : 인위나 조작이 더해지지 않은 본래 그대로의 것을 말한다.
8. 보현(普賢) : 보현보살(普賢菩薩). 문수보살과 함께 석가여래의 일생보처(一生補處)의 보살로서 협시보살(脇侍菩薩)이다. 오른편에서 이덕(理德)·정덕(定德)·행덕(行德)을 상징한다.
9. 연기(緣起) : 모든 현상은 무수한 원인과 조건이 상호 관계하여 성립

되므로 독립적이고 자족적인 것은 하나도 없으며 조건 원인이 없으면 결과도 없다는 설이다.

【언해문】 經·에 니르:샤·디 理는 비록 ·다 ·아·나 事·는 ·다 :더·디 ·몯·ᄒ·리라 ᄒ시·며 ·ᄯ 니르·샤·디 文殊·는 天眞佛·올 達·코 普賢·는 緣起行·을 明타 ᄒ시니라(25a, 7 – 25a, 8)

【현대역】 경(經)에 이르시되 "이(理)는 비록 다 알지만 사(事)는 다 덜지 못할 것이다."라고 하시며 또 이르시되 "문수(文殊)보살은 천진불(天眞佛)을 통달하고 보현(普賢)보살은 연기행(緣起行)을 밝혔다."라고 하시니라.

【언해문 분석】
1. 아나 : 알지만, 아나, 깨치나, 깨치지만
   기본형은 '알다'로 분석하면 '알-(어간) + -나(양보의 연결 어미)'이다. 어간형 '알-'의 'ㄹ'은 뒤에 오는 'ㄴ'의 영향으로 탈락하였다.
2. 더디 : 덜지, 없애지
   기본형은 '덜다'로 분석하면 '덜-(어간) + -디(부정 부사형 연결 어미)'이다. 어간형 '덜-'의 'ㄹ'은 뒤에 오는 'ㄷ'의 영향으로 탈락하였다.
3. 天眞佛올 : 천진불(天眞佛)을
   '올'은 '을'의 잘못으로 보인다.
4. 達코 : 통달하고
   기본형은 '달(達)ᄒ다'로 분석하면 '達ᄒ-(어간) + -고(나열의 연결 어미)'이다.

【주】 理로·는 解似電光ㅣ나 曰該果海ㅣ오 事로는 行同窮子ㅣ나 果徹因源ㅣ로·다 ·ᄯ 智達覺性·ᄒ시고 行明離念·ᄒ·시니

라(25a, 8 - 25b, 1)

【주 현대역】 이치(理致)로는 알기[解]가 번갯불과 같으나 인위(因位)는 과해(果海)에 해당하고 사상(事相)으로는 행동(行動)이 궁자(窮子)와 같으나 결과는 인원(因源)에 투철하도다. 또 지혜(智慧)는 각성(覺性)을 통달하시고 행동(行動)은 허깨비 없애는 것을 밝히시니라.

【주 한자어 풀이】
1. 과해(果海) : 불과(佛果)의 덕이 넓고 큰 것을 바다에 비유한 것으로 깨달음의 경지를 말한다.
2. 인위(因位) : 부처가 되려고 수행을 하는 인(因)의 지위(地位)이다.
3. 궁자(窮子) : 법화경 7유(喩)의 하나. 빈궁한 아들이란 뜻. 법화경 심해품에 빈궁한 아들이 집을 나가 떠돌아다님을 비유하여 이른 말이다.
4. 인원(因源) : 깨달음을 여는 원인으로서의 수행.
5. 각성(覺性) : 깨달음의 성품.

【주 언해문 분석】
1. 理로눈 : 이치로는
   분석하면 '理 + 로(자격의 부사격 조사) + 눈(지정의 보조사)'이다.
2. 果海ㅣ오 : 과해(果海)이고
   분석하면 '果海(명사) + ㅣ(서술격 조사) + -오(나열의 연결 어미)'이다. 나열의 어미 '-고'는 'ㅣ'모음아래에서 'ㄱ'이 탈락하였다.

善達覺性이 不曰修生ᄒᆞ면

【원문】善達覺性이 不曰修生ᄒᆞ면 名이 正知見ㅣ니라(25b, 2 - 25b, 2)
【현대역】 각성(覺性)이 수행만으로 생기지 않는다는 것을 잘 이해한다면 이르기를 정지견(正知見)이라 하니라.

【한자어 풀이】
1. 정지견(正智見) : 의식(意識)에 따르는 것을 지(知)라 하고 안식(眼識)에 따르는 것을 견(見)이라 하는데 모두 지혜[慧]의 작용이다. 즉 인과(曰果)의 이법(理法)에 대한 바른 인식(認識)을 말한다.

【언해문】 覺性이 ·닷고·ᄆᆞᆯ 曰ᄒᆞ야 나·디 야닌 들 이대 :알:면 일·후미 正ᄒᆞᆫ 知見ㅣ니라(25b, 3 - 25b, 3)
【현대역】 각성(覺性)이 닦는 것을 인하여 생기지 아니하는 것을 잘 알면 이름이 바른 지견(知見)이니라.

【언해문 분석】
1. 닷고ᄆᆞᆯ : 닦는 것을
    기본형은 '닦다'로 분석하면 '닦-(어간) + -옴(명사형 어미) + 을(목적격 조사)'이다.
2. 나디 : 생기지, 나지

기본형은 '나다(生)'로 분석하면 '나-(어간) + -디(부정 부사형 연결 어미)'이다. '디>지'의 변화는 구개음화에 의한 것이다.
3. 야닌 둘 : 아니하는 것을
'아닌 둘'의 오각이다. 기본형은 '아니다'로 분석하면 '아니-(어간) + -ㄴ(관형형 어미) + ᄃ(의존 명사) + 올(목적격 조사)'이다.
4. 이대 : 잘, 좋게, 평안히
'이대'의 오각으로 보인다.

【주】性本清濁ᄒ야 汚染不得ㅣ로다(25b, 3 - 25b, 4)
【주 현대역】본성(本性)은 본래 청탁(清濁)하여 오염(汚染)되지 않도다.

【주 한자어 풀이】
1. 청탁(清濁) : 옳고 그름 또는 착함과 악함을 비유적으로 이르는 말이다.

大道는 本乎其心하고

【원문】大道는 本乎其心하고 心法은 本乎無住하니 無住心體ㅣ 靈知不昧하야 性相이 寂然하야 包含德用하니라(25b, 5 – 25b, 7)

【현대역】큰 도[大道]는 그 마음에 근본(根本)하고 심법(心法)은 머무름 없음[無住]에 근본하나니 머무름이 없는[無住] 마음의 본체(本體)가 영명한 지혜가 되고 어둡지 않아 성(性)과 상(相)이 고요하여 덕용(德用)을 포함하느니라.

【한자어 풀이】
1. 대도(大道) : 큰 도. 위대한 도(道).
2. 심법(心法) : 마음. 색법(色法)의 상대개념. 우주 만유를 색(色)·심(心)의 둘로 나눌 때 심왕(心王), 심소(心所)라고 말한다.
3. 무주(無住) : 머무름 없음. 자성(自性)을 가지지 않고 아무 것에도 주착하지 아니하며 연(緣)을 따라 일어난다.
4. 영지(靈知) : 영명한 지혜.
5. 성상(性相) : 본성과 형상.
6. 덕용(德用) : 뛰어난 활동. 묘용(妙用)이라고도 한다.

【언해문】:큰 道·는 그 ᄆᆞᅀᆞ믈 根本하고 心法·은 住 ·업슨 ·디·를 根本하니 住 ·업:슨 ᄆᆞᄉᆞᆷ·의 體ㅣ 靈知하야 ·이:둡·디

아·니ᄒ·야 性·과 相ㅣ 괴외·ᄒ·야 德用·올 ᄡ·려 머·구·므니
라(25b, 8 - 25b, 9)

【현대역】 큰 도(道)는 그 마음을 근본(根本)하고 심법(心法)은 머무름
[住]이 없는 데를 근본하니 머무름[住]이 없는 마음의 본체(本體)가 영묘
한 지혜가 되어 어둡지 아니하여 성(性)과 상(相)이 고요하여 덕용(德用)
을 싸안고 머금느니라.

【언해문 분석】
1. ᄆᆞᅀᆞᄆᆡ : 마음의
   분석하면 'ᄆᆞᅀᆞᆷ(명사) + ᄋᆡ(관형격 조사)'이다. 어형은 'ᄆᆞᅀᆞᆷ〉ᄆᆞᄋᆞᆷ〉마음'으로 변화하였다. 'ᄆᆞᅀᆞᄆᆡ'의 분철표기이다.
2. 이둡디 : 어둡지
   '어둡디'의 잘못이다. 기본형은 '어둡다'로 분석하면 '어둡-(어간) + -디(부정 부사형 연결 어미)'이다. 〈두시언해중간본〉(1632)(9, 14b) 등에는 '어듭다' 형태가 나타난다.
3. 괴외ᄒ야 : 고요하여
   기본형은 '괴외ᄒ다'로 분석하면 '괴외ᄒ-(어간) + -야(부사형 연결 어미)'이다. 기본형은 '괴외ᄒ다〉괴오ᄒ다〉고요ᄒ다〉고요하다'로 변화하였다.
4. 德用올 : 덕용(德用)을
   '德用을'의 잘못이다.
5. ᄡ려 : 싸안아
   기본형은 'ᄡ리다'로 분석하면 'ᄡ리-(어간) + -어(부사형 연결 어미)'이다. 이 책의 상권(9a, 3)에는 'ᄢ려'로 나타난다. 어간형 'ᄡ리-'는 '抱, 擁, 衛'의 의미를 가지는 동사로서 현대국어 '꾸리-'로 이어졌으나 의미상 약간의 차이가 있다.
6. 머구므니라 : 머금느니라

기본형은 '머굼다'로 분석하면 '머굼-(어간) + -으니라(설명형 종결어미)'이다.

【주】 心·은 諸佛衆生·의 迷悟根本ㅣ오 性은 空空絶迹ㅣ오 相·은 像像宛然ㅣ라 法字ㅣ 始起於離三世ᄒ·야 終結於本無住ᄒ·샤 重明空寂靈知·ᄒ시니라(25b, 9 - 26a, 2)

【주 현대역】 마음은 모든 부처[諸佛]와 중생(衆生)의 미혹과 깨달음의 근본이고 성(性)은 공(空)하여 자취가 없고 상(相)은 형상이 뚜렷한 것이다. 법이라는 글자는 삼세(三世)를 떠나는 데에서 처음 시작하여 본무주(本無住)에서 마침내 끝맺으시어 공적(空寂)과 영지(靈知)를 거듭 밝히시니라.

【주 한자어 풀이】
1. 공공(空空) : 우주의 만물은 모두 인연에 따라 생겨났기 때문에 실체가 없다는 이치이다.
2. 상상(像像) : 형상.
3. 삼세(三世) : 삼제(三際). 과거·현재·미래를 말한다.
4. 공적(空寂) : 공공적적(空空寂寂). 우주에 형상이 있는 것이나 형상이 없는 것이나 모두 실체가 공무(空無)하여 아무것도 생각하고 분별할 것이 없다는 것이다.

古德ㅣ 云只貴子眼正ㅣ언뎡

【원문】古德ㅣ 云只貴子眼正ㅣ언뎡 不貴汝行履處ᄒᆞ노라 ᄒᆞ시다(26a, 3 - 26a, 3)

【현대역】고덕(古德)이 이르시되 "단지 그대의 눈 바른 것을 귀하게 여길 뿐 그대의 행위를 귀하게 여기지 않노라."라고 하셨다.

【한자어 풀이】
1. 고덕(古德) : 옛날의 덕이 높은 승려의 존칭. 여기서는 위산영우(潙山靈祐, 771-853)를 가리킨다. 중국 선종(禪宗) 5가(家) 중의 하나인 위앙종의 개조이며 법명은 영우(靈祐)로 복주부(福州府) 장계(長鷄) 출생이다.
2. 행리(行履) : 불교에서 행은 궁행(躬行)을, 리(履)는 이천(履踐)을 뜻한다. 기거, 동작 등 일체의 행위를 말한다.

【언해문】古德ㅣ 니ᄅᆞ·샤·되 오·직 그듸 :눈 正·호·믈 貴·히 너:길·디언:뎡 그듸 行履·홀 고·ᄃᆞᆫ 貴·히 ·너·기디 아·니·ᄒᆞ노라 ·ᄒᆞ시다(26a, 5 - 26a, 6)

【현대역】고덕(古德)이 이르시되 "오직 그대 눈 바른 것을 귀하게 여길지언정 그대 행리(行履)할 곳은 귀하게 여기지 않노라."라고 하셨다.

【언해문 분석】

1. 오직 : 오직
   이 책의 상권 (8b, 7)에는 '오직'으로도 나타난다.
2. 그듸 : 그대
   어형은 '그듸〉그듸〉그대'로 변화하였는데 중세국어에서 '그듸'가 '그듸'보다 시기적으로 먼저 나타나지만 모음조화의 측면에서는 '그듸'가 원형이라 할 수 있다.
3. 正호물 : 바른 것을
   기본형은 '정(正)ᄒ다'로 분석하면 '正ᄒ-(어간) + -옴(명사형 어미) + 올(목적격 조사)'이다.
4. 너길디언뎡 : 여길지언정
   기본형은 '너기다'로 분석하면 '너기-(어간) + -ㄹ디언뎡(양보의 연결 어미)'이다.
5. 아니ᄒ노라 : 않노라
   기본형은 '아니ᄒ다'로 분석하면 '아니ᄒ-(어간) + -ᄂ-(현재 시상 선어말 어미) + -오-(의도법 선어말 어미) + -라(설명형 종결 어미)'이다.

【주】昔에 仰山慧寂禪師ㅣ 涅槃經 四十卷ㅣ 總是魔說ㅣ라 ·니ᄅ·시·니 ·이ᄂ 仰山의 正眼ㅣ라 ᄯᅩ 仰山ㅣ 潙山靈祐和尙·ᄭᅴ 行履處·를 問·ᄒᆞᄉᆞ와·ᄂᆞᆯ 潙山和尙ㅣ 니ᄅᆞ샤·듸 只貴子眼正不貴汝行履處ㅣ라 ᄒᆞ시니 此ᄂ 正眼開明 後에ᅀᅡ 行履·홀·들 :뵈샤·니라(26a, 6 – 26a, 9)

【주 현대역】 옛날에 앙산혜적선사(仰山慧寂禪師)가 열반경(涅槃經) 40권이 모두 마군의 말[魔說]이라 이르시니 이는 앙산(仰山)의 바른 눈[正眼]이다. 또 앙산(仰山)이 위산영우화상(潙山靈祐和尙)께 행리(行履)할 곳을 여쭙거늘 위산화상(潙山和尙)이 이르시되 "다만 그대 눈 바른

것만을 귀하게 여기고 그대의 행리(行履)하는 곳을 귀하게 여기지 않는다."라고 하시니 이는 바른 눈을 뜬 후에야 행리(行履)하는 것을 보이시니라.

【주 한자어 풀이】
1. 앙산혜적(仰山慧寂) : (803- 887) 혜적은 법명. 속성은 엽씨(葉氏)로 스승인 위산영우(潙山靈祐)와 함께 위앙종을 세웠다. 광동성 광주부 회화현(懷化縣)에서 출생하였다.
2. 열반경(涅槃經) : 원래의 명칭은 대반열반경(大般涅槃經)으로 부처가 열반에 들며 행한 최후의 설법 등이 기록된 경전이다.

【주 언해문 분석】
1. 潙山靈祐和尙끠 : 위산영우화상(潙山靈祐和尙)께
   분석하면 '潙山靈祐和尙 + 끠(존칭의 여격 조사)'이다.
2. 問ᄒᆞᅀᆞ와ᄂᆞᆯ : 여쭙거늘, 묻거늘
   기본형은 '문(問)ᄒᆞ다'로 분석하면 '問ᄒᆞ-(어간) + -ᅀᆞ오-(객체 높임 선어말 어미) + -아ᄂᆞᆯ(설명의 연결 어미)'이다. 존칭의 대상은 앞에 나오는 '위산영우화상'이다.
3. 後에ᅀᅡ : 후에야
   분석하면 '後(명) + 에ᅀᅡ(의무의 부사격 조사)'이다.
4. 行履홀 ᄃᆞᆯ : 행리(行履)하는 것을
   기본형은 '행리(行履)ᄒᆞ다'로 분석하면 '行履ᄒᆞ-(어간) + -ㄹ(관형형 어미) + ᄃᆞ(의존 명사) + ㄹ(목적격 조사)'이다.
5. 뵈샤니라 : 보이시니라
   기본형은 '뵈다'로 분석하면 '뵈-(어간) + -샤-(주체 높임 선어말 어미) + (-오-)(의도법 선어말 어미) + -니라(설명형 종결 어미)'이다. 어간형 '뵈-'는 '보-(어근) + -이(사동의 파생 접사)'이다.

古德ㅣ 云若未悟煩惱性空ᄒᆞ고

【원문】古德ㅣ 云若未悟煩惱性空ᄒᆞ고 心性本淨則悟旣未徹ㅣ어니 修豈稱眞哉ㅣ리오 故로 云迷心修道ᄒᆞ면 但助無明ㅣ라 ᄒᆞ시며 又云不能了自心ᄒᆞ면 云何知正道ㅣ리오 ᄒᆞ시니라 (26b, 1 – 26b, 4)

【현대역】고덕(古德)이 이르시되 "만일 번뇌성(煩惱性)이 공(空)하고 심성(心性)이 본래 깨끗한 것을 깨닫지 못하였다면 아직 깨달음을 이미 꿰뚫지 못한 것이니 수행인이 어찌 진실하다고 말하겠는가." 그러므로 이르시되 "미혹한 마음[妄念]으로 도(道)를 닦으면 다만 무명(無明)을 돕는 것이다."라고 하시며 또 이르시되 "자신의 마음을 능히 깨닫지 못하면 어찌 정도(正道)를 안다고 말하겠는가."라고 하시니라.

【한자어 풀이】
1. 번뇌성공(煩惱性空) : 번뇌본공(煩惱本空) 또는 번뇌본무(煩惱本無)로 번뇌의 본성이 본래 공(空)한 것이므로 실재 있지 않다는 말이다.
2. 미심(迷心) : 미혹한 마음. 사리(事理)를 전도(顚倒)하는 망심(妄心)이다.

【언해문】古德ㅣ 니ᄅ·샤·ᄃᆡ ·ᄒᆞ다가 煩惱性ㅣ 空ᄒᆞ고 心性ㅣ 本來 ·조ᄒᆞᆫ ·들 ·아·디 몯ᄒᆞ·며 아ᄂᆞ·미 ᄒᆞ마 ᄉᆞᄆᆞᆾ·디 ·몯·ᄒᆞ:얏거·니 닷ᄀᆞᆫ들 :엇·뎌 眞·에 마·ᄌᆞ리·오 그·럴·ᄉᆡ 니ᄅ·

샤·딕 므슴 모·ᄅ고 道 닷·ᄀ:면 오·직 無明·을 도·오미·라 ᄒ·
시고 ·ᄯ 니ᄅ·샤·딕 自心·올 能히 아·디 ·몯ᄒ면 :엇뎌 正道
를 :알·리오 ᄒ시니라(26b, 5 - 26b, 8)

【현대역】 고덕(古德)이 이르시되 "만일 번뇌(煩惱)의 본성이 공(空)하
고 마음의 본성[心性]이 본래 깨끗한 것을 알지 못하며 앎이 이미 통하
지 못하여 있으니 닦은들 어찌 진실에 맞겠는가."라고 하시니 그러므로
이르시되 "마음을 모르고 도(道)를 닦으면 오직 무명(無明)을 돕는 것이
다."라고 하시고 또 이르시되 "스스로의 마음을 능히 알지 못하면 어찌
정도(正道)를 알겠는가."라고 하시니라.

【언해문 분석】
1. ᄒ다가 : 만일(萬一), 만약(萬若), 하다가
2. 조혼 들 : 깨끗한 것을
   기본형은 '좋다'로 분석하면 '좋-(어간) + -오-(의도법 선어말 어미)
   + -ㄴ(관형형 어미) + ᄃ(의존 명사) + ㄹ(목적격 조사)'이다. '좋-'
   은 '깨끗하다'는 뜻이고 현대국어의 '좋다(好)'에 해당하는 중세국어
   는 '둏다'이다.
3. ᄒ마 : 이미
   '이미'와 '장차'의 뜻이 있는데 여기서는 '이미'의 뜻으로 쓰였다.
4. ᄉᆞᄆᆞᆺ디 : 통하지, 뚫고나가지
   기본형은 'ᄉᆞᄆᆞᆺ다'로 분석하면 'ᄉᆞᄆᆞᆺ-(어간) + -디(부정 부사형 연결
   어미)'이다.
5. 몯ᄒ얏거니 : 못하여 있으니
   분석하면 '몯ᄒ-(어간) + -야(부사형 연결 어미) + (이)ㅅ-(有, 어
   간) + -거-(확인의 과거 시상 선어말 어미) + -니(설명형 종결 어
   미)'이다.
6. 닷ᄀᆞ들 : 닦은들

기본형은 '닦다'로 분석하면 '닦-(어간) + -은들(양보의 연결 어미)'이다. '-은들'은 뒤의 수사의문문과 호응한다.

7. 마즈리오 : 맞겠는가

   기본형은 '맞다'로 분석하면 '맞-(어간) + -으리-(미래 추측 선어말 어미) + -오(설명 의문형 종결 어미)'이다. '-오'는 의문사 '엇뎌'와 호응한다.

8. 도오미라 : 돕는 것이다

   기본형은 '돕다'로 분석하면 '돕-(어간) + -ㅁ(명사형 어미) + 이(서술격 조사) + -라(설명형 종결 어미)'이다.

9. 自心올 : 스스로의 마음을

   '自心을'의 잘못이다.

10. 알리오 : 알겠는가

    기본형은 '알다'로 분석하면 '알-(어간) + -리-(미래 추측 선어말 어미) + -오(설명 의문 종결 어미)'이다. '-오'는 의문사 '엇뎌'와 호응한다.

【주】 以金作器예 器器皆金ㅣ오 以土作器예 器器皆土ㅣ리라(26b, 8 -26b, 9)

【주 현대역】 금으로 그릇을 만듦에 그릇마다 모두 금이고 흙으로 그릇을 만듦에 그릇마다 모두 흙일 것이다.

先修後悟는 有功之功ㅣ라

【원문】 先修後悟는 有功之功ㅣ라 功歸生滅ㅣ어니와 先悟後修는 無功之功ㅣ라 功不虛棄ㅣ니라(27a, 1 - 27a, 2)

【현대역】 먼저 수행하고 나중에 깨닫는 것은 공(功)이 있는 공(功)이라서 공(功)이 생멸(生滅)에 돌아가지만, 먼저 깨닫고 후에 수행하는 것은 공(功)이 없는 공(功)이라서 공(功)이 헛되게 버려지지 않느니라.

【한자어 풀이】
1. 귀생멸(歸生滅) : 생멸에 돌아감. 끊임없이 나고 죽는 변화의 과정에 있음을 가리킨다.

【언해문】 몬져 닷·고 :후에 아·로·ᄆᆞᆫ 功 잇ᄂᆞᆫ 功ㅣ라 功이 生滅에 ·가거니와 몬져 ·알고 :후에 닷·고·ᄆᆞᆫ 功 :업·슨 功ㅣ라 功ㅣ 虛·히 ᄇᆞ·룜 아니니라(27a, 3 - 27a, 4)

【현대역】 먼저 닦고 후에 아는 것은 공(功) 있는 공(功)이라서 공(功)이 생멸(生滅)에 가거니와 먼저 알고 후에 닦는 것은 공(功) 없는 공(功)이라서 공(功)이 헛되이 버려지는 것이 아니니라.

【언해문 분석】
1. 몬져 : 먼저
   어형은 '몬져〉먼저'로 변화하였다. 또한 〈용비어천가〉(1447)(7장)에

'몬졔' 〈능엄경언해〉(1462)(1, 98)에 '몬졔'의 형태로도 나타난다. '몬져'는 부사적 용법과 명사적 용법으로 쓰였는데 여기서는 부사적 용법으로 쓰였다.
2. 아로ᄆᆞᆫ : 아는 것은, 깨닫는 것은
   기본형은 '알다'로 분석하면 '알-(어간) + -옴(명사형 어미) + ᄋᆞᆫ(지정의 보조사)'이다.
3. 가거니와 : 가거니와, 돌아가거니와, 가지만
   기본형은 '가다'로 분석하면 '가-(어간) + -거니와(양보의 연결 어미)'이다. 여기에서는 '歸'를 언해한 것으로 '돌아가다'의 뜻이다.
4. ᄇᆞ룜 : 버려지는 것
   기본형은 'ᄇᆞ리우다(棄)'로 분석하면 'ᄇᆞ리우-(어간) + -ㅁ(명사형 어미)'이다. 어간형 'ᄇᆞ리우-'는 'ᄇᆞ리-(어근) + -우(피동의 파생 접사)'이다.

【주】先悟也玉本無瑕ㅣ오 先修也雕文喪德ㅣ로다(27a, 4 -27a, 5)
【주 현대역】먼저 깨닫는 것은 옥에 본래 흠이 없는 것이고 먼저 닦는 것은 무늬를 새기어 덕을 잃는 것이로다.

自悟修行은 無能所觀ᄒᆞ니

【원문】自悟修行은 無能所觀ᄒᆞ니 譬如弄傀儡ᄒᆞ야 線斷一時休ㅣ로다(27a, 6 - 27a, 7)

【현대역】 스스로 깨닫고 수행(修行)하는 것은 주관과 객관이 없는 것이니 비유하건대 꼭두각시를 놀리다 실이 끊어져 일시에 그치는 것과 같도다.

【한자어 풀이】
1. 능소관(能所觀) : 주관과 직관. 능소의 관점. 능동의 주체를 능(能)이라 하며 피동의 객체를 소(所)라 한다.
2. 괴뢰(傀儡) : 꼭두각시. 실로 조종하는 인형이다.

【언해문】 :제 ·알고 行 닷고·ᄆᆞ 能과 所·왓 觀ㅣ 업·스니 가·줄비건:댄 ·곡도 놀:유매 ·실 그·츠·면 一時에 그·침 ᄀᆞᆮ도다
(27a, 8 - 27a, 9)

【현대역】 스스로 알고 행실을 닦는 것은 능(能, 주관)과 소(所, 객관)의 관(觀)이 없으니 비유하건대 꼭두각시 놀리는 것에 실이 끊어지면 일시에 그치는 것 같도다.

【언해문 분석】
1. 제 : 스스로, 저절로

표기에는 상성인 '：제'로 나타나나 여기서는 거성의 '·저'로 '스스로, 저절로'의 뜻인 부사이다.
2. 가즐비건댄 : 비유하건대, 비유한다면
　기본형은 '가즐비다'로 분석하면 '가즐비-(어간) + -거-(확인의 과거 시상 선어말 어미) + -ㄴ댄(조건의 연결 어미)'이다.
3. 곡도 : 꼭두각시
　중세국어에서 '곡도'는 '허깨비'를 뜻하는 말이다. 어형은 '곡도〉곡독각시〉꼭두각시'로 변화하였다.
4. 놀유매 : 놀리는 것에
　기본형은 '놀이다'로 분석하면 '놀이-(어간) + -움(명사형 어미) + 애(처소격 조사)'이다.
5. 그침 : 그치는 것
　기본형은 '그치다'로 분석하면 '그치-(어간) + -ㅁ(명사형 어미)'이다.
6. 곧도다 : 같도다
　기본형은 '곧다'로 분석하면 '곧-(어간) + -도-(감동법 선어말 어미) + -다(설명형 종결 어미)'이다.

【주】此明無心合道門ᄒᆞ시니라 定學者는 稱理攝散故로 有忘緣之力ᄒᆞ고 慧學者는 擇法觀空故로 有遣蕩之功ㅣ어·니와 此人·은 絶一塵而作對ㅣ이니 何勞遣蕩之功ㅣ며 無一念而生情ㅣ어니 豈假忘緣之力ㅣ리오 ᄒᆞ·다(27a, 9 - 27b, 2)

【주 현대역】이는 무심(無心)이 도(道)의 문에 합해지는 것을 밝히신 것이니라. "정학(定學)이라는 것은 이치(理致)에 맞게 당기고 흩으므로 연(緣)을 잊는 힘이 있고, 혜학(慧學)이라는 것은 법(法)을 가려 공(空)을 살피므로 쓸어버리는 공(功)이 있거니와 이런 사람은 한 조각의 티끌도 끊고 상대하니 어찌 견탕(遣蕩)의 공(功)에 힘쓸 것이며 하나의 생각도 없이 마음을 내니 어찌 연(緣)을 잊는 힘에 거짓 의탁하겠는가." 라고 하였다.

【주 한자어 풀이】

1. 무심(無心) : 마음의 작용이 없는 상태. 불교에서는 망념을 끊어 없앤 상태를 말한다.
2. 정학(定學) : 3학(學)의 하나. 마음의 산란함을 방지하여 안정하게 하는 법을 말한다.
3. 견탕(遣蕩) : 쓸어버리다.
4. 작대(作對) : 상대를 만나다.

【주 언해문 분석】

1. 作對ㅣ이니 : 상대하니
   '作對ㅣ이니'는 '作對ㅣ어니'의 오각으로 보인다.

法本無縛ㅣ어니

【원문】法本無縛ㅣ어니 何用解ㅣ며 法本不染ㅣ어니 何用洗ㅣ리오(27b, 3 - 27b, 4)

【현대역】법(法)은 본래 묶인 것이 없으니 어찌 풀어 쓰며 법(法)은 본래 더럽지 아니하니 어찌 씻어 쓰리오.

【언해문】法이 本來 미·욤 ·업·거니 :엇뎌 글·오·물 쓰며 法이 本來 더·럽·디 아·니커니 :엇·뎌 시·수·물 쓰리오(27b, 5- 27b, 6)

【현대역】법(法)이 본래 매임 없으니 어찌 끄름을 쓰며 법(法)이 본래 더럽지 아니하니 어찌 씻음을 쓰겠는가.

【언해문 분석】
1. 미욤 : 매임
   기본형은 '미이다'로 분석하면 '미이-(어간) + -옴(명사형 어미)'이다. 어간형 '미이-'는 '미-(어근) + -이(피동의 파생 접사)'이다. 기본형은 '미다〉매다'로 변화하였다. 중세국어에서 '미-(鋤)'와 '미-(結)'는 성조상 구별되는데 전자는 거성, 후자는 평성의 성조를 가진다. 여기서는 후자의 경우이다.
2. 업거니 : 없으니
   기본형은 '업다'로 '업-(어간) + -거-(확인의 과거 시상 선어말 어미) + -니(설명의 연결 어미)'이다.

3. 글오믈 : 끄름을, 푸는 것을
   기본형은 '그르다'로 분석하면 '글ㅇ-(어간) + -옴(명사형 어미) + 올(목적격 조사)'이다. '그르'는 자음어미 앞에서는 '그르-'의 형태로 모음어미 앞에서는 '글ㅇ-'의 형태로 교체된다. 근대국어 단계에서 '끄르-'와 '긇-'로 교체의 양상이 바뀌어 현대국어에 이르고 있다. 기본형은 '그르다/글희다/글히다〉끄르다'로 변화하였다.
4. 시수믈 : 씻음을
   기본형은 '싯다(洗)'·로 분석하면 '싯-(어간) + -움(명사형 어미) + 을(목적격 조사)'이다. 기본형은 '싯다〉씻다'로 변화하였다.
5. 쁘리오 : 쓰겠는가
   기본형은 '쁘다'로 분석하면 '쁘-(어간) + -리-(미래 추측 선어말 어미) + -오(설명 의문 종결 어미)'이다. '-오'는 의문사 '엇뎌'와 호응한다. 중세국어에서 '쁘다'는 '用 · 冠'의 의미로 사용되고, '쓰다'는 '書'의 의미로 쓰였다.

【주】此는 重明本解脫本淸淨ᄒ샷다(27b, 6 - 27b, 6)
【주 현대역】이는 본래의 해탈(解脫)과 본래의 청정(淸淨)을 거듭 밝히셨도다.

【주 언해문 분석】
1. ᄒ샷다 : 하셨도다
   기본형은 'ᄒ다(爲)'로 분석하면 'ᄒ-(어간) + -샤-(주체 높임 선어말 어미) + -(오)ㅅ-(감동법 선어말 어미) + -다(설명형 종결 어미)'이다.

不用捨衆生心ᄒᆞ고

【원문】不用捨衆生心ᄒᆞ고 但莫染汚自性ㅣ어다 求正法이 是邪ㅣ니라(27b, 7 - 27b, 8)
　【현대역】중생심(衆生心)을 버리려 하지 말고 오직 자성(自性)을 더럽히지 말지어다. 정법(正法)을 구하는 것이 사법(邪法)이니라.

【한자어 풀이】
1. 중생심(衆生心) : 중생이 본래 갖추고 있는 심성. 즉 진여심(眞如心)을 말한다.
2. 자성(自性) : 스스로의 본성. 본래부터 갖추고 있는 변하지 않는 성품을 말한다.
3. 정법(正法) : 부처님의 교법.

【언해문】衆生心 ᄇᆞ·료·믈 쓰·디 ·말고 오·직 自性·을 ·더·러이·디 마·롤·디이·다 正法·을 求·호미 ·이 邪法ㅣ니라(27b, 9 - 28a, 1)
　【현대역】중생심(衆生心) 버리는 것을 쓰지 말고 오직 자성(自性)을 더럽히지 말지어다. 정법(正法)을 구하는 것이 이 사법(邪法)이니라.

【한자어 풀이】
1. 사법(邪法) : 사교(邪敎). 정법(正法)의 반대 개념. 정당하지 못한 교

법. 곧 외도(外道)의 교(敎)를 말한다. 정법(定法)을 구하는 것은 정법이라는 분별심을 일으키는 것이므로 사법(邪法)이라고 한 것이다.

【언해문 분석】
1. ᄇ료믈 : 버리는 것을
   기본형은 'ᄇ리다'로 분석하면 'ᄇ리-(어간) + -옴(명사형 어미) + 을(목적격 조사)'이다.
2. 더러이디 : 더럽히지
   기본형은 '더러이다'로 분석하면 '더러이-(어간) + -디(부정 부사형 연결 어미)'이다. 기본형은 '더러빙다〉더러이다'로 변화하였다.
3. 마롤디이다 : 말지어다
   '마롤디이다'는 '마롤디어다'의 잘못이다. 기본형은 '말다'로 분석하면 '말-(어간) + -오-(의도법 선어말 어미) + -ㄹ디어다(설명형 종결 어미)'이다.

【주】此는 重明不汚染ᄒ샷다(28a, 1 - 28a, 1)
【주 현대역】이는 오염(汚染)되지 않음을 거듭 밝히셨도다.

一念情生ᄒ면

【원문】 一念情生ᄒ면 卽墮異趣ᄒ리니 亦名이 守屍鬼子ㅣ니라(28a, 2 - 28a, 3)

【현대역】 한 순간이라도 마음이 일어나면 곧 다른 취(趣)에 떨어지리니 또 이름이 주검을 지키는 귀신이니라.

【한자어 풀이】
1. 정(情) : 마음. 유정(有情).
2. 취(趣) : 중생이 번뇌로 말미암아 말, 행동, 생각 등으로 악업을 짓게 되고 그 업인(業因)으로 가게 되는 곳. 5취와 6취의 구별이 있는데 5취는 지옥·아귀·축생·인간·천상이며 6취는 여기에 아수라가 포함된다.
3. 수시귀자(守屍鬼子) : 주검을 지키는 귀신. 사람이 죽으면 매 시간마다 맡은바 귀신이 있어 매골(埋骨)을 지킨다고 한다.

【언해문】 一念情:을 :내:면 ·곧 다ᄅᆞᆫ 趣에 ᄯᅥ러디·리니 ·ᄯᅩ 일·후·미 주:검 딕:킌 귓거·시니라(28a, 4 - 28a, 4)

【현대역】 일념정(一念情)을 내면 곧 다른 취(趣)에 떨어지리니 또 이름이 '주검 지키는 귀신'이니라.

【언해문 분석】
1. 趣에 : 취(趣)에
    '취(趣)예'의 잘못이다. 처격 조사 '예'는 선행체언의 말음절 모음이 '이' 혹은 'ㅣ'인 경우에 실현된다.
2. 뻐러디리니 : 떨어지리니
    기본형은 '뻐러디다'로 분석하면 '뻐러디-(어간) + -리-(미래 추측 선어말 어미) + -니(설명의 연결 어미)'이다. 어간형 '뻐러디-'는 '뻘-(어근) + -어(부사형 연결 어미) + 디-(어근)'가 통사적으로 결합한 것이다. 현대국어의 '떨어지-'는 공간적으로 거리를 두게 되는 동작을 표현할 때 수직적으로 추락하는 동작과 수평적으로 거리를 두고 뒤처지는 동작을 다 표현 할 수 있는데 중세국어의 '뻐러디-'는 수직적으로 추락하는 동작을 표현하는 데만 쓰였다. '뻐디-'는 수직적 추락과 수평적 뒤처짐을 다 표현할 수 있었다.
3. 주검 : 주검, 시체, 송장
    분석하면 '죽-(어근) + -엄(명사 파생 접사)'이다.
4. 딕킌 : 지키는
    기본형은 '딕킈다'로 분석하면 '딕킈-(어간) + -ㄴ(관형형 어미)'이다. 어간 '딕킈-'는 '딕 + ㄱ + 희'의 결합으로 이때의 'ㄱ'은 앞에 오는 음절 '딕'의 말음 'ㄱ'의 중철표기이다. 이 책의 하권 (40b, 1)에는 중철표기가 되지 않은 '디킈유미'가 나타난다.
5. 귓거시니라 : 귀신이니라
    분석하면 '귓것(명사) + 이(서술격 조사) + -니라(설명형 종결 어미)'이다. '귓것'은 '귀(鬼) + ㅅ(사이시옷) + 것(의존 명사)'이다.

【주】此明念念輪廻ᄒᆞ샷다 情有多種ᄒᆞ고 趣亦多種ᄒᆞ나 根本ㅣ 有三ᄒᆞ니 貪ᄋᆞᆫ 餓鬼ㅣ오 瞋ᄂᆞᆫ 地獄ㅣ오 癡ᄂᆞᆫ 畜生 等ㅣ니 皆是無慧故로 亦未免守屍鬼子ㅣ로다(28a, 4 - 28a, 6)

【주 현대역】 이는 순간순간[念念]의 윤회(輪廻)함을 밝히셨도다. 마음[情]도 많은 종류가 있고 취(趣)도 또한 종류가 많으나 근본은 세 가지가 있으니 탐욕[貪]은 아귀(餓鬼)이고 성냄[瞋]은 지옥(地獄)이고 어리석음[癡]은 축생(畜生) 등이니 모두 지혜가 없으므로 또한 주검을 지키는 귀신을 면치 못할 것이로다.

【주 한자어 풀이】
1. 염념(念念) : 극히 짧은 시간을 말한다.
2. 윤회(輪廻) : 사람이 죽었다가 나고 났다가 죽어 몇 번이고 이렇게 반복함을 말한다.
3. 탐(貪) : 탐욕. 6번뇌의 하나. 자기의 뜻에 잘 맞는 사물에 대하여 마음으로 애착하게 하는 정신 작용을 말한다.
4. 아귀(餓鬼) : 6도(道)의 하나인 아귀도에 사는 귀신. 굶주린 채 음식물을 기다리는 사자(死者)를 '아귀'라 부르는데 복덕이 없는 자가 이 아귀도에 떨어져 늘 굶주림, 목마름, 그리고 고통에 괴로워하며 가끔 음식을 얻어도 이를 먹으려 하면 불꽃이 일어나 먹을 수가 없게 된다고 한다.
5. 진(瞋) : 성냄. 6번뇌의 하나로 자기 마음에 맞지 않은 경계에 대하여 미워하고 분하게 여겨 몸과 마음을 편안치 못하게 하는 심리 작용을 말한다.
6. 지옥(地獄) : 6취(趣)의 하나로 중생들이 자기가 지은 죄업으로 말미암아 가서 나게 되는 지하의 감옥을 말한다.
7. 치(癡) : 어리석음. 6번뇌의 하나로 현상과 도리에 대하여 마음이 어두운 것을 말한다.
8. 축생(畜生) : 6취(趣)의 하나로 고통이 많고 낙이 적으며 성질이 무지하여 식욕, 음욕만이 강하고 부자(父子), 형제(兄弟)의 차별이 없이 서로 잡아먹고 싸우는 새, 짐승, 벌레, 물고기 따위를 말한다.

> 斷煩惱者는 名二乘ㅣ오

【원문】斷煩惱者는 名二乘ㅣ오 煩惱不生은 名大涅槃ㅣ니라(28a, 7 - 28a, 8)

【현대역】번뇌(煩惱)를 끊는 것은 이름이 이승(二乘)이고 번뇌(煩惱)를 일으키지 않는 것은 이름이 대열반(大涅槃)이니라.

【한자어 풀이】
1. 번뇌(煩惱) : 마음이나 몸을 괴롭히는 노여움이나 욕망 따위의 망념(妄念)을 말한다.
2. 이승(二乘) : 승(乘)은 중생을 싣고 생사의 바다를 건너 열반에 이르게 하는 교법을 의미한다. 대승법을 '일승'이라 하고 소승법을 '이승'이라 한다.
3. 대열반(大涅槃) : 불교에서 수행을 통해 도달하는 궁극적인 경지를 말한다.

【언해문】煩惱 긋느·니·는 일·후미 二乘ㅣ오 煩惱·롤 ·내·디 아·니·ᄒ·ᄂ니·는 일·후·미 大涅槃ㅣ니라(28a, 9 - 28b, 1)

【현대역】번뇌(煩惱)를 끊는 것은 이름이 이승(二乘)이고 번뇌(煩惱)를 내지 않는 것은 이름이 대열반(大涅槃)이니라.

【언해문 분석】
1. 긋ᄂᆞ니ᄂᆞᆫ : 끊는 것은
   기본형은 '긋다'로 '긋-(어간) + -ᄂᆞ(현재 시상 관형형 어미) + 이(의존 명사) + ᄂᆞᆫ(지정의 보조사)'이다. 의존 명사 '이'는 보통 사람이나 사물을 지칭하는데 여기서는 '것'의 의미로 쓰였다.
2. 내디 : 내지, 일으키지
   기본형은 '내다(生)'로 분석하면 '내-(어간) + -디(부정 부사형 연결 어미)'이다.
3. 아니ᄒᆞᄂᆞ니ᄂᆞᆫ : 않는 것은
   기본형은 '아니ᄒᆞ다'로 분석하면 '아니ᄒᆞ-(어간) + -ᄂᆞ(현재 시상 관형형 어미) + 이(의존 명사) + ᄂᆞᆫ(지정의 보조사)'이다.

【주】煩惱 ·긋ᄂᆞ·닌 逆性ㅣ오 煩惱 :내디 아니ᄂᆞ:닌 順性ㅣ라 ᄯᅩ 煩惱ㅣ 大有二種ᄒᆞ니 妄執異見·ᄂᆞᆫ 利使ㅣ오 認妄爲眞ᄂᆞᆫ 鈍使ㅣ라(28b, 1 - 28b, 2)
【주 현대역】 번뇌(煩惱)를 끊는 것은 성(性)을 거스르는 것이고 번뇌(煩惱)를 내지 않는 것은 성(性)을 따르는 것이다. 또 번뇌(煩惱)는 크게 두 가지 종류가 있으니 잘못된 집착[妄執]과 다른 견해[異見]는 이사(利使)이고 미망(迷妄)한 것을 인식하여 참[眞]이라 하는 것은 둔사(鈍使)이다.

【주 한자어 풀이】
1. 망집(妄執) : 잘못된 집착.
2. 이견(異見) : 다른 견해.
3. 이사(利使)·둔사(鈍使) : 이(利)는 날카로운 것이며 둔(鈍)은 무딘 것이다. 사(使)는 부림, 곧 번뇌다. 10사(使)를 가리키는데 5이사(身見使·邊見使·邪見使·見取見使·戒禁取見使 : 진리를 알지 못하여 일어나는 번뇌)와 5둔사(貪欲使·瞋恚使·無明使·慢使·疑使 :

사물의 진상을 알지 못하여 일어나는 번뇌)가 있다. 이는 성품의 예리함과 우둔함에 따라 항상 마음을 어지럽게 하는 번뇌다.

【주 언해문 분석】
1. 긋ᄂᆞ닌 : 끊는 것은
   기본형은 '긋다'로 분석하면 '긋-(어간) + -ᄂᆞ(현재 시상 관형형 어미) + 이(의존 명사) + ㄴ(지정의 보조사)'이다.
2. 아니ᄂᆞ닌 : 않는 것은
   '아니ᄂᆞ닌'은 '아니ᄒᆞᄂᆞ닌'의 준말로 분석하면 '아니(ᄒᆞ)-(어간) + -ᄂᆞ(현재 시상 관형형 어미) + 이(의존 명사) + ㄴ(지정의 보조사)'이다.

諦觀殺盜婬妄이

【원문】諦觀殺盜婬妄이 從一心上起ㅣ라 當處便寂ᄒ면 何須更斷ㅣ리오(28b, 3 - 28b, 4)

【현대역】살생[殺]과 도적질[盜]과 음란함[婬]과 망언[妄]이 한 마음에서 일어난다는 것을 자세히 살펴보라. 그 곳이 곧 비었다면 어찌 다시 끊겠는가.

【한자어 풀이】
1. 적(寂) : 비어 있어 적막한 모양을 말한다.

【언해문】殺·과 盜·과 婬·과 妄이 一心:을브:터 니:론 디라 그 ·고디 곧 寂然ᄒ ·ᄃᆞᆯ 仔細·히 觀ᄒ·면 ·엇·뎌 다시 그·츠리오(28b, 5 - 28b, 6)

【현대역】살생[殺]과 도적질[盜]과 음란함[婬]과 망언[妄]이 한 마음으로부터 일어나는 것이라. 그 곳이 곧 적연(寂然)한 것을 자세히 보면 어찌 다시 끊겠는가.

【한자어 풀이】
1. 적연(寂然) : 적적(寂寂). 적적하고 조용한 모양.

【언해문 분석】
1. 一心을브터 : 한 마음으로부터
   분석하면 '一心(명사) + 을브터(출발점의 보조사)'이다. '출발점'을 뜻하는 '브터'는 목적격조사를 선행시킨 '을브터' 형식이 중세국어에서 일반적인 것으로 보아 용언 '븥-(附)'이 문법화된 것으로 보인다.
2. 니론 디라 : 일어나는 것이라
   기본형은 '닐다(起)'로 분석하면 '닐-(어간) + -오-(의도법 선어말어미) + -ㄴ(관형형 어미) + ᄃ(의존 명사) + 이(서술격 조사) + -라(설명형 종결 어미)'이다.
3. 엇뎌 : 어찌, 어째서
   〈석보상절〉(1449)(6, 9a)에 '엇뎨', 〈두시언해중간본〉(1632) (1, 6a)에 '엇디' 등의 이형이 나타난다.
4. 그츠리오 : 끊겠는가
   기본형은 '긏다'로 분석하면 '긏-(어간) + -으리-(미래 추측 선어말어미) + -오(설명 의문형 종결 어미)'이다. 어간형 '긏다'는 자동사와 타동사로 모두 쓰이는데 여기서는 타동사로 쓰였다. '-오'는 의문사 '엇뎌'와 호응한다.

【주】 此ᄂᆞᆫ 雙明性相ᄒᆞ샷다(28b, 6 - 28b, 6)
【주 현대역】 이는 성품과 형상을 함께 밝히셨도다.

不識其相ᄒ면 賊卽能爲ᄒ고

【원문】不識其相ᄒ면 賊卽能爲ᄒ고 不達其空ᄒ면 永不可斷ㅣ리라(28b, 7 - 28b, 7)
【현대역】그 상(相)을 알지 못하면 도적(盜賊)이 곧 능히 저지르고 그것이 공(空)임을 깨닫지 못하면 영원히 끊지 못하리라.

【한자어 풀이】
1. 상(相) : 특징·속성·징후. 일반적으로 양상을 상(相)이라 한다. 상(相)에 집착하면 안 된다는 의미로 부정적 경우로 쓰이는 경우가 많다.
2. 공(空) : 비어 있음. 고정적인 실체가 없는 것을 말한다.

【언해문】그 相:인 ·들 :아·디 ·몯ᄒ면 盜賊ㅣ ·곧 能히 저·즐고 그 空·인 들 ᄉᆞᆺ ·아·디 몯ᄒ면 永永히 긋·디 :몯ᄒ리라 (28b, 8 - 28b, 9)
【현대역】그 상(相)인 것을 알지 못하면 도적(盜賊)이 곧 능히 저지르고 그것이 공(空)임을 꿰뚫어 알지 못하면 영원히 끊지 못하리라.

【언해문 분석】
1. 相인 들 : 상(相)인 것을
   분석하면 '相 + 이(서술격 조사) + -ㄴ(관형형 어미) + ᄃᆞ(의존 명사) + ㄹ(목적격 조사)'이다.

2. 저즐고 : 저지르고
   기본형은 '저즐다'로 분석하면 '저즐-(어간) + -고(나열의 연결 어미)'이다.
3. ᄉᆞᄆᆞᆺ : 꿰뚫어
4. 긋디 : 끊지, 그치지, 쉬지
   기본형은 '긏다'로 분석하면 '긋-(어간) + -디(부정 부사형 연결 어미)'이다. 어간 '긋-'은 8종성 표기이다.
5. 永永히 : 영원히, 영원토록
   현대국어는 어근 '永永'만으로 사용된다.

【주】 此·는 結上先修後悟ᄒᆞ샷다(28b, 9 -28b, 9)
【주 현대역】 이는 위의 "먼저 닦고 뒤에 깨쳐라."를 맺으셨도다.

經에 云覺性이 本淨ᄒ고

【원문】 經에 云覺性이 本淨ᄒ고 無明이 本空ᄒ니 悟此理ᄒ야 不生一念이 名爲永斷無明ㅣ라 ᄒ시고 又云斷斷而無斷ㅣ며 修修而無修ㅣ라 ᄒ시고 又云念起即覺ᄒ라 ᄒ시니라(29a, 1 - 29a, 4)

【현대역】 경(經)에 이르시되 "각성(覺性)이 본래 깨끗하고 무명(無明)이 본래 공(空)하니 이 이치(理致)를 깨달아 한 생각을 내지 않는 것이 칭하되 무명(無明)을 영원토록 끊는 것이라."라고 하시고 또 이르시되 "끊고 끊되 끊을 것이 없으며 닦고 닦되 닦을 것이 없느니라."라고 하시고 또 이르시되 "생각이 일어나거든 곧 깨쳐라."라고 하시니라.

【한자어 풀이】
1. 각성(覺性) : 깨달아 아는 성품.
2. 무명(無明) : 근본적인 무지(無知). 잘못된 의견이나 집착 때문에 진리를 깨닫지 못하는 마음의 상태로 모든 번뇌의 근원이 된다.

【언해문】 經에 니ᄅ·샤·ᄃᆡ 覺性·이 本來 ·조·코 無明이 本來 空ᄒ니 ·이 理·를 아라 一念 ·내·디 :아:니 호·미 일·후미 無明·을 永永·히 그·추미·라 ᄒ시고 ·ᄯᅩ 니ᄅ·샤·ᄃᆡ 그:츠며 그·추ᄃᆡ 그:춤 ·업·스며 닷ᄀ며 닷ᄀᄃᆡ 닷:곰 ·업·스니라 ·ᄒ

시고 ·ᄯᅩ 니ᄅᆞ·샤·ᄃᆡ 念이 :닐어·든 ·곧 ·알라 ·ᄒᆞ시니라(29a, 5 – 29a, 8)

【현대역】 경(經)에 이르시되 "각성(覺性)이 본래 깨끗하고 무명(無明)이 본래 공(空)하니 이 이치(理致)를 알아 한 생각을 내지 않는 것이 이름이 무명(無明)을 영원히 끊는 것이다."라고 하시고 또 이르시되 "끊으며 끊되 끊는 것 없으며 닦으며 닦되 닦는 것 없느니라."라고 하시고 또 이르시되 "생각이 일어나거든 곧 알아라."라고 하시니라.

【언해문 분석】

1. 조코 : 깨끗하고
   기본형은 '좋다(淨)'로 분석하면 '좋-(어간) + -고(나열의 연결 어미)'이다. 어간형 '좋-'는 '깨끗하다'는 뜻이고 현대국어의 '좋다(好)'에 해당하는 중세국어는 '둏다'이다.
2. 아니호미 : 않는 것이
   기본형은 '아니ᄒᆞ다'로 분석하면 '아니ᄒᆞ-(어간) + -옴(명사형 어미) + 이(주격 조사)'이다.
3. 그추미라 : 끊는 것이다
   기본형은 '긏다'로 분석하면 '긏-(어간) + -움(명사형 어미) + 이(서술격 조사) + -라(설명형 종결 어미)'이다.
4. 그추되 : 끊되
   기본형은 '긏다'로 분석하면 '긏-(어간) + -우되(양보의 연결 어미)'이다.
5. 닷고되 : 닦되
   기본형은 '닭다'로 분석하면 '닭-(어간) + -오되(양보의 연결 어미)'이다. 양성모음끼리 결합하고 있다.
6. 닐어든 : 일어나거든, 생기거든
   기본형은 '닐다(起)'로 분석하면 '닐-(어간) + -어든(조건의 연결 어미)'이다.

7. 알라 : 알아라, 깨달아라
   기본형은 '알다(覺)'로 분석하면 '알-(어간) + -라(명령형 종결 어미)'
   이다.

【주】 此는 結上先悟後修ㅎ샷다(29a, 8 - 29a, 8)
【주 현대역】 이는 위의 "먼저 깨닫고 뒤에 닦아라."를 맺으셨도다.

先德ㅣ 云修道이

【원문】先德ㅣ 云修道이 如磨鏡光生ᄒᆞ니 雖云磨鏡ㅣ나 却是磨塵ㅣ오 所言修道ᄂᆞᆫ 只是遣妄ㅣ라 ᄒᆞ시다(29a, 9 - 29b, 1)

【현대역】선덕(先德)이 이르시되 "수도(修道)는 거울을 갈아 빛을 내는 것과 같으니 비록 거울을 간다고 이르나 도리어 티끌을 가는 것이고 소위 수도(修道)는 단지 망(妄)을 빼앗는 것이다."라고 하셨다.

【언해문】先德ㅣ 니ᄅᆞ샤ᄃᆡ 道 닷고ᄆᆡ 거ᆞ우루 ᄀᆞ라 光 내ᅟᅮᆷ ᄀᆞᆮᄐᆞ니 비록 거ᆞ우루를 ·ᄀᆞ다 니ᄅᆞ나 도ᄅᆞ·혀 ·이·들그:를 ·ᄀᆞ로미오 닐:온 道 닷·고·ᄆᆞᆫ 오직 ·이 妄·ᄋᆞᆯ 아소미라 ᄒᆞ시다(29b, 2 - 29b, 3)

【현대역】선덕(先德)이 이르시되 "도(道) 닦는 것이 거울을 갈아 광(光)을 내는 것 같으니 비록 '거울을 간다.'고 이르나 도리어 티끌을 가는 것이고 이른바 도(道) 닦는 것은 오직 이 망(妄)을 빼앗는 것이다."라고 하셨다.

【언해문 분석】
1. 거우루 : 거울
   어형은 '거우루〉거올〉거울'로 변화하였다.
2. 내윰 : 내는 것

기본형은 '내다'로 분석하면 '내-(어간) + -욤(명사형 어미)'이다.

3. ᄀᆞᄐᆞ니 : 같으니

기본형은 'ᄀᆞᄐᆞ다(如)'로 분석하면 'ᄀᆞᆮ-(어간) + -ᄋᆞ니(원인의 연결 어미)'이다.

4. ᄀᆞ다 : 간다

기본형은 'ᄀᆞᆯ다(磨)'로 분석하면 'ᄀᆞᆯ-(어간) + -다(설명형 종결 어미)'이다. 어간형 'ᄀᆞᆯ-'의 'ㄹ'은 뒤에 오는 'ㄷ'의 영향으로 탈락하였다.

5. 듣그를 : 티끌을

분석하면 '듣글(塵, 명사) + 을(목적격 조사)'이다. 중세국어에서 '드틀'과 '듣글'은 쌍형어간이다. 현대국어에서는 전자의 형태가 소멸되어 쓰이지 않고 후자의 형태에서 변화한 '티끌'의 형태가 쓰인다. 17세기 문헌 〈박통사중간본〉(1677)(中, 43a)에 '틧글'의 형태가 보인다.

6. 닐온 : 이른바, 말하자면

원문의 '所言'를 축자한 것이다. 기본형은 '니르다'로 분석하면 '닐-(어간) + -오-(의도법 선어말 어미) + -ㄴ(명사형 어미)'이다.

7. 아소미라 : 빼앗는 것이라

기본형은 '앗다(奪)'로 분석하면 '앗-(어간) + -옴(명사형 어미) + 이(서술격 조사) + -라(설명형 종결 어미)'이다.

【주】此ᄂᆞᆫ 總結上意ᄒᆞ샷다(29b, 3 - 29b, 4)

【주 현대역】이는 위의 뜻을 모두 맺으셨도다.

八風五欲애 心如日月ㅣ면

【원문】 八風五欲애 心如日月ㅣ면 天堂地獄에 所不能攝ㅣ리라(29b, 5 - 29b, 5)

【현대역】 팔풍(八風)과 오욕(五欲)에 마음이 해와 달 같으면 천당(天堂)과 지옥(地獄)에 능히 잡히지 않으리라.

【한자어 풀이】
1. 팔풍(八風) : 팔법(八法). 팔풍은 이익[利]·손실[衰]·뒤에서 험담함[毀]·뒤에서 칭찬함[譽]·면전에서 칭찬함[稱]·면전에서 비방함[譏]·핍박함[苦]·환락[樂]이다. 이것은 세상에서 사랑하거나 미워하는 것으로 능히 사람의 마음을 흔들어 놓으므로 팔풍이라 한다.
2. 오욕(五欲) : 모든 욕망의 근원이 되는 것으로 곧 '색(色)·성(聲)·향(香)·미(味)·촉(觸)'의 5경(境)을 말한다.
3. 천당(天堂) : 선한 사람이 죽은 뒤 선업에 의해서 가는 곳. 천상계를 말한다.
4. 지옥(地獄) : 지은 죄에 따라 악한 사람들이 죽은 뒤 가는 곳을 말한다.

【언해문】 八風과 五欲애 ᄆᆞᅀᆞ미 日月 ·ᄀᆞᄐᆞ:면 天堂과 地獄에 能히 자피·이·디 아·니리라(29b, 6 - 29b, 6)

【현대역】 팔풍(八風)과 오욕(五欲)에 마음이 일월(日月) 같으면 천당(天堂)과 지옥(地獄)에 능히 잡히지 않으리라.

【언해문 분석】
1. ᄆᆞᅀᆞ미 : 마음이
   분석하면 'ᄆᆞᅀᆞᆷ(명사) + 이(주격 조사)'이다. 어형은 'ᄆᆞᅀᆞᆷ〉ᄆᆞᅀᆞᆷ〉마음'으로 변화하였다.
2. 자피이디 : 잡히지
   기본형은 '자피이다'로 분석하면 '자피이-(어간) + -디(부정 부사형 연결 어미)'이다. 어간형 '자피이-'는 '잡-(어근) + -히-(피동의 파생 접사) + -이(피동의 파생 접사)'이다. 피동 접사가 이중으로 결합한 모습을 보이고 있다.
3. 아니리라 : 않으리라, 아니하리라
   기본형은 '아니ᄒᆞ다'로 분석하면 '아니ᄒᆞ-(어간) + -리-(미래 추측 선어말 어미) + -라(설명형 종결 어미)'이다. 어간의 'ᄒᆞ-'가 줄어든 것이다.

【주】 此ᄂᆞᆫ 高提本心之光ᄒᆞ샤 喝出天獄之外ㅣ샷다(29b, 6 - 29b, 7)

【주 현대역】 이는 본심의 빛을 끌어올리시어 천당과 지옥의 밖으로 나올 것을 설파(說破)하셨도다.

【주 한자어 풀이】
1. 고제(高提) : 끌어올리다. 높이다.

先德ㅣ 云心者는

【원문】先德ㅣ 云心者는 萬形之模範이오 業者는 一心之影響이라 ᄒᆞ시며 又云一切萬法이 從心슥生ᄒᆞ니 心既無形이어니 法何有相이리오 ᄒᆞ시니라(29b, 8 - 30a, 1)

【현대역】선덕(先德)이 이르시되 "마음은 온갖 형상(形相)의 모범(模範)이고 업(業)은 한 마음의 영향(影響)이다."라고 하시며 또 이르시되 "일체의 온갖 법이 마음을 따라 환상(슥)이 생기나니 마음이 이미 형상 없는데 법(法)이 어찌 상(相)이 있겠는가."라고 하시니라.

【한자어 풀이】
1. 모범(模範) : 배워서 본받을 만함. 또는 그 사물. 본보기.
2. 영향(影響) : 그림자와 울림. 그림자가 형상을 따르고 울림이 소리에 응하듯이 행실에 따라 이루어진 결과를 말한다.

【언해문】先德ㅣ 니ᄅᆞ·샤·ᄃᆡ ᄆᆞᅀᆞ·ᄆᆞᆫ 萬 얼구릐 模과 範이오 業·은 ᄒᆞᆫ ᄆᆞᅀᆞ·ᄆᆡ 影과 響이라 ᄒᆞ시며 ·ᄯᅩ 니ᄅᆞ·샤·ᄃᆡ 一切 엣 萬法이 ᄆᆞᅀᆞ·ᄆᆞᆯ브·터 슥生ᄒᆞ니 ᄆᆞᅀᆞ·ᄆᆡ ᄒᆞ·마 얼굴 ·업거니 法이 ·엇뎌 얼구리 이시·리오 ·ᄒᆞ시니라(30a, 2 - 30a, 4)

【현대역】선덕(先德)이 이르시되 "마음은 온갖 형체의 틀[模]과 본보기[範]이고 업(業)은 한 마음의 그림자[影]와 울림[響]이다."라고 하시며

또 이르시되 "일체의 온갖 법이 마음으로부터 환상[幻]이 생기니 마음이 이미 형체 없는데 법(法)이 어찌 형체가 있겠는가."라고 하시니라.

【언해문 분석】
1. 얼구릐 : 형체의
   분석하면 '얼굴(명사) + 의(관형격 조사)'이다. 중세국어의 '얼굴(體)'은 '형체, 모습'의 뜻을 가진다. 현대국어에서는 그 의미가 축소되어 '안면(顔面)'만을 가리키게 되었다.
2. ᄆᆞᅀᆞᄆᆞᆯ브터 : 마음으로부터
   분석하면 'ᄆᆞᅀᆞᆷ(명사) + ᄋᆞᆯ브터(출발점의 보조사)'이다. '출발점'을 뜻하는 '브터'는 목적격조사를 선행시킨 'ᄋᆞᆯ브터' 형식이 중세국어에서 일반적인 것으로 보아 용언 '븥-(附)'이 문법화된 것으로 보인다.
3. 이시리오 : 있겠는가
   기본형은 '이시다'로 분석하면 '이시-(어간) + -리-(미래 추측 선어말 어미) + -오(설명 의문형 종결 어미)'이다. '-오'는 의문사 '엇뎌'과 호응한다.

【주】 模ᄂᆞᆫ 鑄物ᄒᆞ·ᄂᆞᆫ 거플이오 範ᄂᆞᆫ 法ㅣ라 此下ᄂᆞᆫ 廣引幻法ᄒᆞ야 以明心法之本空ᄒᆞ샤 以爲修行之本·ᄒᆞ시니라(30a, 4 - 30a, 5)
【주 현대역】 모(模)는 주물(鑄物)하는 거푸집이고 범(範)은 법(法)이다. 이 아래는 널리 환법(幻法)을 끌어 심법(心法)이 본래 공(空)한 것을 밝히시어 수행(修行)의 근본을 삼으시니라.

【주 언해문 분석】
1. 거플이오 : 거푸집이고
   분석하면 '거플(명사) + 이(서술격 조사) + -오(나열의 연결 어미)'이다. 나열의 어미 '-오'는 '이' 모음 아래에서 'ㄱ'이 탈락된 것이다.

先德ㅣ 亦云心爲大幻師ㅣ오

【원문】先德ㅣ 亦云心爲大幻師ㅣ오 身爲大幻城ㅣ오 沙界大幻衣ㅣ오 名相大幻食ㅣ어늘 凡夫는 不識ᄒᆞ야 處處에 迷ᄒᆞ業ᄒᆞ고 聲聞는 怕幻境ᄒᆞ야 昧心而入寂ᄒᆞ고 菩薩은 識幻境ᄒᆞ야 不拘諸名相ㅣ라 ᄒᆞ시다(30a, 6 - 30b, 1)

【현대역】 선덕(先德)이 또 이르시되 "마음은 큰 환상을 만드는 사람이고 몸은 큰 환상을 만드는 성(城)이고 사계(沙界)는 큰 환상의 옷이고 명상(名相)은 큰 환상의 밥이거늘 범부(凡夫)는 환상인 것을 알지 못하여 곳곳에 환상의 업(業)에 미혹(迷惑)되고 성문(聲聞)은 환상의 경계를 두려워하여 마음을 끊어 고요함에 들고 보살(菩薩)은 환상의 경계를 알아 모든 이름[名]과 형상[相]에 구속되지 않는다."라고 하셨다.

【한자어 풀이】
1. 환사(幻師) : 환상을 만드는 사람. 환술(幻術)을 행하는 사람.
2. 사계(沙界) : 항하(恒河)의 모래와 같이 헤아릴 수 없는 많은 세계를 말한다.
3. 성문(聲聞) : 가르침을 듣는 수행승. 부처님에게 직접 가르침을 받은 수행승이다.
4. 보살(菩薩) : 보리살타(菩提薩埵)의 준말로 깨달음의 성취를 바라는 사람 또는 깨달음을 구해 수행하는 구도자를 말한다.
5. 명상(名相) : 이름과 형상.

【언해문】先德 또 니ᄅ샤·딕 ᄆᆞᅀᆞ·ᄆᆞᆫ ·큰 ᅀᅭ·의 師ㅣ오 ·몸·ᄋᆞᆫ 큰 ᅀᅭ·의 城ㅣ오 沙界·ᄂᆞᆫ ·큰 ᅀᅭ·의 ·오시오 名相·ᄋᆞᆫ ·큰 ᅀᅭ·의 바비어·ᄂᆞᆯ 凡夫·ᄂᆞᆫ ᅀᅭ·ᆫ ·ᄃᆞᆯ ·아디 ·몯·ᄒᆞ야 處處에 ᅀᅭ業의 迷ᄒᆞ고 聲聞·ᄂᆞᆫ ᅀᅭ境·을 저허 ᄆᆞᅀᆞ·ᄆᆞᆯ 昧却ᄒᆞ야 寂에 ·들고 菩薩·ᄋᆞᆫ ᅀᅭ境·을 아라 한 名相애 걸이·디 아니ᄒᆞᄂᆞ니라 ᄒᆞ시다(30b, 2 – 30b, 5)

【현대역】 선덕(先德)이 또 이르시되 "마음은 큰 환상[ᅀᅭ]의 사람이고 몸은 큰 환상의 성(城)이고 사계(沙界)는 큰 환상의 옷이고 명상(名相)은 큰 환상의 밥이거늘 범부(凡夫)는 환상인 것을 알지 못하여 곳곳에 환상의 업(業)에 미혹(迷惑)하고 성문(聲聞)은 환상의 경계[境]를 두려워하여 마음을 어둡게 하여 고요함[寂]에 들어가고 보살(菩薩)은 환상의 경계를 알아 많은 이름[名]과 형상[相]에 걸리지 않는다."라고 하셨다.

【언해문 분석】
1. 바비어ᄂᆞᆯ : 밥이거늘, 밥인데
   분석하면 '밥(명사) + 이(서술격 조사) + -어ᄂᆞᆯ(설명의 연결 어미)'이다.
2. ᅀᅭ·ᆫ ᄃᆞᆯ : 환상[幻]인 것을
   분석하면 '환(ᅀᅭ) + ㅣ(서술격 조사) + -ㄴ(관형형 어미) + ᄃᆞ(의존명사) + ㄹ(목적격 조사)'이다.
3. 聲聞ᄂᆞᆫ : 성문(聲聞)은
   분석하면 '聲聞(명사) + ㄴ + ᄋᆞᆫ(지정의 보조사)'이다. 이때의 'ㄴ'은 앞에 오는 체언 '성문'의 말음 'ㄴ'으로 인하여 중철표기된 것이다.
4. 저허 : 두려워하여
   기본형은 '젛다'로 분석하면 '젛-(어간) + -어(부사형 연결 어미)'이다. 어간형 '젛-'은 중세국어에서 자동사와 타동사로 다 쓰일 수 있었다. 여기에서는 타동사로 쓰였다.

5. 菩薩른 : 보살은

　분석하면 '菩薩(명사) + ㄹ + 은(지정의 보조사)'이다. 이때의 'ㄹ'은 앞에 오는 체언 '보살'의 말음 'ㄹ'로 인하여 중철표기된 것이다.

6. 걸이디 : 걸리지, 구속되지

　기본형은 '걸이다'로 분석하면 '걸이-(어간) + -디(부정 부사형 연결 어미)'이다. 어간형 '걸이-'는 '걸-(어근) + -이(피동의 파생 접사)'이다. 분철표기가 나타나 있다.

7. 아니ᄒᆞᄂᆞ니라 : 않는다

　기본형은 '아니ᄒᆞ다'로 분석하면 '아니ᄒᆞ-(어간) + -ᄂᆞ-(현재 시상 선어말 어미) + -니라(설명형 종결 어미)'이다.

【주】 衆兮ㅣ 出於一心·ᄒᆞ니 妙不可思議ㅣ로다(30b, 5 - 30b, 5)

【주 현대역】 모든 환상[兮]이 한 마음에서 나오니 묘한 불가사의(不可思議)이로다.

經에 云知幻卽離ㅣ라

【원문】 經에 云知幻卽離ㅣ라 不作方便이오 離幻卽覺이라 亦無漸次ㅣ라 ᄒᆞ시니라(30b, 6 - 30b, 7)

【현대역】 경(經)에 이르되 "환상을 알면 곧 여의는 것이라 방편(方便)을 만들지 않고, 환상[幻]을 여의면 곧 깨친 것이라 또한 점차(漸次)가 없다."라고 하시니라.

【한자어 풀이】
1. 경(經) : 원각경(圓覺經)을 말한다.
2. 방편(方便) : 편의에 따라 사람을 인도하는 방법을 말한다.
3. 점차(漸次) : 차차. 차츰차츰. 점점 깨달아 가는 것을 말한다.

【언해문】 經에 니르·샤딕 幻을 :알:면 ·곧 여·희요미·라 方便·을 :짓·디 아니ᄒᆞ고 幻을 여희:면 ·곧 覺이라 ·ᄯᅩ 漸次ㅣ 업다 ·ᄒᆞ시니라(30b, 8 - 30b, 9)

【현대역】 경(經)에 이르시되 "환상(幻)을 알면 곧 여의는 것이라 방편(方便)을 짓지 아니하고 환상[幻]을 여의면 곧 깨달은 것[覺]이라 또 점차(漸次)가 없다."라고 하시니라.

【언해문 분석】
1. 여희요미라 : 여의는 것이라

기본형은 '여희다'로 분석하면 '여희-(어간) + -욤(명사형 어미) + 이(서술격 조사) + -라(원인의 연결 어미)'이다. 기본형은 '여희다〉여의다'로 변화하였다.

2. 짓디 : 짓지, 만들지

기본형은 '짓다(作)'로 분석하면 '짓-(어간) + -디(부정 부사형 연결 어미)'이다.

【주】夢見身瘡ㅎ다가 覺則頓愈ㅎ니 方便漸次ㅣ 理窮於是ㅣ로다(30b. 9 - 31a. 1)

【주 현대역】꿈에서 몸의 부스럼을 보다가 깨어나면 곧 나아지니 방편(方便)이나 점차(漸次)적인 (수행)이 더 이상 필요 없도다.

【주 한자어 풀이】

1. 이궁어시(理窮於是) : 이치가 막힘. 이치가 여기에서 막힘. 여기에서는 곧 더 이상 필요 없다는 것을 말한다.

離ᄒᆞᆫ者는 如雲散月出ᄒᆞ니

【원문】離ᄒᆞᆫ者는 如雲散月出ᄒᆞ니 非謂無雲이 便名爲月ㅣ라 但於無雲處에 見月矣ㅣ오 非謂無ᄒᆞᆫ이 便是眞如ㅣ라 但於無ᄒᆞᆫ處에 見眞理矣ㅣ니라(31a, 2 - 31a, 4)

【현대역】 환상(ᄒᆞᆫ)을 여의는 것은 구름이 흩어져 달이 나오는 것과 같으니 구름 없는 것을 곧 이름이 달이라고 이르는 것이 아니라 단지 구름이 없는 곳에서 달을 보는 것이고, 환상 없는 것을 곧 이 진여(眞如)라고 이르는 것이 아니라 단지 환상 없는 곳에서 진리(眞理)를 보는 것이니라.

【한자어 풀이】
1. 진여(眞如) : 대승 불교의 이상개념(理想槪念)의 하나. 우주 만유에 보편(普遍)한 상주 불변의 본체. 곧 깨달음을 말한다.

【언해문】 ᄒᆞᆫ 여·희요·ᄆᆞᆫ ·구:룸 허·여디:여 ·ᄃᆞᆯ 나ᄃᆞᆺ ·ᄒᆞ니 ·구:룸 ·업·수미 ·곧 일·후미 ·ᄃᆞ리·라 닐:운 :디 아·니라 오·직 ·구:룸 업·슨 고·대 ·ᄃᆞᆯ·를 볼 디오 ᄒᆞᆫ ·업·수미 ·곧 :이 眞如ㅣ라 닐:운 ·디 아니라 오·직 ᄒᆞᆫ ·업·슨 고·대 眞理·를 볼·디니라(31a, 5 - 31a, 7)

【현대역】 환상[幻] 여의는 것은 구름이 흩어져 달이 나오듯 하니 구름 없는 것이 곧 이름이 달이라 이르는 것이 아니라 오직 구름 없는 곳에서

달을 보는 것이고 환상 없는 것이 곧 이 진여(眞如)라 이르는 것이 아니라 오직 환상 없는 곳에서 진리(眞理)를 보는 것이니라.

【언해문 분석】
1. 구룸 : 구름
   어형은 '구룸〉구름'으로 이화작용하여 변화하였다.
2. 허여디여 : 흩어져, 헤어져
   기본형은 '허여디다(散)'로 분석하면 '허여디-(어간) + -여(부사형 연결 어미)'이다.
3. 드리라 : 달이라고
   분석하면 '둘(명사) + 이(서술격 조사) + -라(설명형 종결 어미)'이다.
4. 볼 디오 : 보는 것이고
   기본형은 '보다'로 분석하면 '보-(어간) + -ㄹ(관형형 어미) + ᄃ(의존 명사) + 이(서술격 조사) + -오(나열의 연결 어미)'이다. 나열의 어미 '-오'는 '이' 모음 아래에서 'ㄱ'이 탈락된다.

【주】半夜無燈燭ㅣ로딕 家書歷歷宣ㅣ로다(31a. 7 - 31a. 7)
【주 현대역】한밤중에 등불이 없어도 집안 편지는 뚜렷이 드러나도다.

【주 한자어 풀이】
1. 반야(半夜) : 한 밤중. 오밤중.
2. 등촉(燈燭) : 등화(燈火). 등불.
3. 가서(家書) : 자기 집에서 온 편지.

大抵起心動念ᄒ며

【원문】大抵起心動念ᄒ며 言妄言眞ㅣ 無非幻也ㅣ니라(31a, 8 – 31a, 8)

【현대역】 무릇 마음을 일으켜 생각을 움직이며 거짓[妄]이나 참[眞]이라 말하는 것이 환상 아닌 것이 없느니라.

【한자어 풀이】
1. 환(幻) : 환상. 꼭두각시. 허깨비.

【언해문】 大抵혼·디 ᄆᆞᆷ 니르와·ᄃᆞ며 念 뮈·우며 妄ㅣ라 니ᄅᆞ·며 眞ㅣ라 닐오·미 幻 아·니니 ·업스니라(31a, 9 – 31b, 1)

【현대역】 무릇 마음을 일으키며 생각을 움직이며 거짓[妄]이라 이르며 참[眞]이라 이르는 것이 환상[幻] 아닌 것 없느니라.

【언해문 분석】
1. ᄆᆞᆷ : 마음
    이 책에서 모두 'ᄆᆞᅀᆞᆷ'으로 나타나는데 여기에서만 유일하게 'ᄆᆞᆷ'의 형태로 나타난다. 'ᄆᆞᅀᆞᆷ'의 잘못으로 보인다.
2. 니ᄅᆞ와ᄃᆞ며 : 일으키며
    기본형은 '니ᄅᆞ왇다(起)'로 분석하면 '니ᄅᆞ왇-(어간) + -ᄋᆞ며(나열의 연결 어미)'이다. 〈월인석보〉(1459)(7, 35a)에는 '니르왇다'로 〈두시언해중간본〉(1632)(2, 52b)에는 '니르왓다'로 나타난다.
3. 아니니 : 아닌 것
   기본형은 '아니다'로 분석하면 '아니-(어간) + -ㄴ(관형형 어미) + 이(의존 명사)'이다.

【주】萬里浮雲消散盡ᄒᆞ니 一輪明月在寒空ㅣ로다(31b, 1 - 31b, 1)
【주 현대역】만 리의 뜬 구름이 다 흩어져 없어지니 둥그런 밝은 달이 차가운 허공에 있구나.

禪家龜鑑 卷上
선가귀감 상권

供養大施主金良　朴云希　仇希卜　万從　金希　命花　德只　全德
공양대시주김량　박운희　구희복　만종　김희　명화　덕지　전덕

施主億今　金安守　林彦令　眞伊　長今　林花　貴介　者斤德
시주억금　김안수　임언령　진이　장금　임화　귀개　자근덕

施主昆之　鄭二世　崔善斤　別里　世德　延希　■　命斤
시주곤지　정이세　최선근　별리　세덕　연희　■　명근

布施大施主朴一年　李君孫加灵　宋仁己　文今　三月　億礼　禿伊德　江阿治
보시대시주박일년　이군손가령　송인기　문금　삼월　억례　독이덕　강아치

邢鼐　李八年　韓豆里同　古之　乭德　德介　金君世　尹末石
형내　이팔년　한두리동　고지　돌덕　덕개　김군세　윤말석

趙於里同　金破回　金大守　莫世　九月　命伊　金千金
조어리동　김파회　김태수　막세　구월　명이　김천금

崔守文　金文必　朴(仅)文　羅風　億代　薛云　趙元只之
최수문　김문필　박(부)문　나풍　억대　설운　조원지지

李希仁　朴富貴　朴應(每)　介伊　照欣　李金　崔巺仝
이희인　박부귀　박응(매)　개이　조흔　이금　최끝동

夢生　奉非
몽생　봉비

趙允千　孫世汗　崔千卜加(貝)　朴乾　㳖介　春杯　文伊
조윤천　손세한　최천복가(패)　박건　줏개　춘배　문이

선가귀감언해 상 색인
【 한자어 색인 】

【ㄱ】

가사(假使) 19
가서(家書) 252
가섭(迦葉) 7, 37
각성(覺性) 93, 206, 237
간단(間斷) 167
개개(箇箇) 19
거각(擧覺) 141
거래(去來) 121
건혜(乾慧) 178
겁(劫) 202
견문각지(見聞覺知) 167, 183
견분(見分) 61
견성(見性) 67
견성법(見性法) 76
견탕(遣蕩) 222
결정(決定) 168
경(經) 204, 249
계교(計較) 137
계합(契合) 188
고덕(古德) 212
고륜(苦輪) 178
고봉(高峯) 122
고선(鼓扇) 167
고제(高提) 243
곡자(曲子) 104

골수(骨髓) 18, 732
공(空) 235
공공(空空) 211
공능(功能) 26
공부(工夫) 113
공안(公案) 114
공적(空寂) 211
공적영지(空寂靈知) 183
공화(空花) 195
과해(果海) 206
관(觀)・행(行) 79
관(關) 121
광영문(光影門) 184
괴뢰(傀儡) 220
교문(敎門) 35, 76, 86
교해(敎海) 37
구안(具眼) 134
구피변(口皮邊) 134
궁구(窮究) 7
궁자(窮子) 206
권려(勸勵) 144
궤철(軌轍) 110
귀생멸(歸生滅) 218
근기(根機) 24, 26, 87
금슬(琴瑟) 148
긍신(肯信) 133
기(機) 64

기래끽반(飢來喫飯)곤래즉면(困來卽
　　眠)　48
기멸(起滅)　62

【ㄴ】

납승(衲僧)　134
뇌란(惱亂)　152
능소관(能所觀)　220

【ㄷ】

다자탑(多子塔)　37
단위(單位)　169
단전밀지(單傳密旨)　103
달마(達摩)　93
담연상적(湛然常寂)　79
당인(當人)　127
당하(當下)　50
대도(大道)　209
대범(大凡)　115
대변(對辨)　110
대승(大乘)　86
대열반(大涅槃)　230
대오(大悟)　125
대저(大抵)　112
덕용(德用)　209
도가(道家)　7
도부(道副)　93
도육(道育)　93
도탈(度脫)　99
돈교(頓敎)　87

돈길(頓吉)　91
돈오(頓悟)　26, 106, 110, 204
돈제(頓除)　204
돌(咄)　52
등촉(燈燭)　252

【ㅁ】

마(魔)　64
마경(魔境)　157
마군(魔軍)　149
마업(魔業)　19
만장(萬藏)　103
망(妄)　74
망병(妄病)　62
망성(妄性)　75
망집(妄執)　231
매각(昧却)　169
면면(綿綿)　145
면목(面目)　19, 132
면벽(面壁)　39
면장(面墻)　93
명근(命根)　117, 132
명상(名相)　246
명안한(明眼漢)　134
명자상(名字相)　42
모범(模範)　244
몽산(蒙山)　124
묘각(妙覺)　59
묘오(妙悟)　119
묘희(妙喜)　126
무명(無明)　27, 77, 145, 190, 237

무상법(無上法)　167
무생경계(無生境界)　48
무생도(無生道)　165
무생중(無生中)　58
무심(無心)　165, 222
무작(無作)　189
무주(無住)　209
묵조사사(黙照邪師)　187
문수(文殊)　204
미묘(微妙)　120
미세학자(未世學者)　110
미심(迷心)　215
미인(迷人)　33
밀밀(密密)　145
밀의(密意)　134

복단(伏斷)　92
본각(本覺)　162
본각명(本覺明)　148
본원(本源)　7
분지(憤志)　122
불가(佛家)　7
불가사의(不可思議)　13
불변(不變)　26, 106
불변문(不變門)　201
불성(佛性)　7
불심종(佛心宗)　18
불위(佛位)　92
불조(佛祖)　19, 26
불지(佛地)　71
빈(賓)　33

【ㅂ】

반야(半夜)　252
반야(般若)　160
반조(返照)　161, 180
방편(方便)　27, 249
방하교의(放下敎義)　107
번뇌(煩惱)　86, 230
번뇌마(煩惱魔)　155
번뇌성공(煩惱性空)　215
번란(煩亂)　152
법안(法眼)　110
보리(菩提)　86
보살(菩薩)　246
보임(保任)　190
보현(普賢)　204

【ㅅ】

사(事)　204
사계(沙界)　246
사교(四敎)　92
사구(死句)　112
사대(四大)　167
사라쌍수(娑羅雙樹)　37
사량(思量)　137
사마(邪魔)　66, 157
사미(沙彌)　152
사법(邪法)　225
사위(四位)　92
사은(四恩)　167
사익경(思益經)　62
사지(四智)　92

사후(伺候)　149
삼계(三界)　195
삼무수겁(三無數劫)　92
삼세(三世)　188, 211
삼세(三細)　69
삼세제불(三世諸佛)　132
삼현위(三賢位)　91
상(相)　66, 91, 110, 235
상근인(上根人)　110
상량(商量)　130
상례(常例)　7, 184
상분(相分)　61
상상(像像)　211
생력성편(省力成片)　148
생사(生死)　59
생활(生活)　141
석가(釋迦)　6
선각(先覺)　33
선덕(先德)　119
선등(禪燈)　37
선문(禪門)　76
선사(先師)　130
선지(禪旨)　35
성문(聲聞)　246
성불(成佛)　124
성상(性相)　209
성성(惺惺)　145
소소영령(昭昭靈靈)　3
소승(小乘)　86
소요(逍遙)　48
송풍나월(松風蘿月)　48

쇠후(衰朽)　167
수단(修斷)　92
수시귀자(守屍鬼子)　227
수연(隨緣)　26, 106
수연문(隨緣門)　201
수증(修證)　13
숭산(嵩山)　7
승당(僧堂)　167
승당(承當)　137
시(時)　67
시각(始覺)　163
시각명(始覺明)　148
시종(始終)　117
식정(識情)　138
신근(信根)　122
신명(身命)　127
신회선사(神會禪師)　7
신훈(新熏)　26
실(實)　33
실달(悉達)　86
심광(心光)　51
심두(心頭)　127
심법(心法)　209
심상(尋常)　138
심연상(心緣相)　42
심원(心源)　97
심의식(心意識)　121
심체(心體)　184
십성위(十聖位)　91
십신위(十信位)　91
십이시(十二時)　167

십지(十地)　92

【ㅇ】

아귀(餓鬼)　229
아난(阿難)　37
악업(惡業)　158
안광(眼光)　158
암아(婀嬰)　178
앙산혜적(仰山慧寂)　214
어로(語路)　130
언교(言敎)　106
언구(言句)　125
언설상(言說相)　42
언하(言下)　50, 79
얼자(孼子)　7
여실(如實)　106
역력(歷歷)　145
역연(歷然)　192, 201
연경(緣境)　46
연기(緣起)　192, 204
연기(緣起無碍)　79
연려(緣慮)　48
연야달다(演若達多)　52
열반(涅槃)　59
열반경(涅槃經)　214
염념(念念)　167, 229
염려(念慮)　46
염염(焰焰)　130
염화(拈花)　39
염화미소(拈花微笑)　37
영가(永嘉)　124

영산회상(靈山會上)　37
영지(靈知)　33, 209
영향(影響)　244
예차(翳差)　58
오교일승(五敎一乘)　103
오십오위(五十五位)　92
오욕(五欲)　152, 242
오위(五位)　92
올연(兀然)　46
완미(琓味)　110
외도(外道)　13, 64, 157
용궁(龍宮)　103
용장(龍藏)　100
우전(憂煎)　92
원교(圓敎)　87
원상(圓相)　6
원성(圓成)　19
월분과도(越分過度)　180
위곡(委曲)　107
유가(儒家)　7
육근(六根)　149
육조(六祖)　7
육진(六塵)　195
육추(六麁)　69
윤회(輪廻)　229
음마(陰魔)　155
의(意)　99
의교관행(依敎觀行)　110
의근(意根)　141
의단(疑團)　130
의로(義路)　126, 130

의빙(依憑)　99
의세(義勢)　79
의용(義用)　241, 92
의의(擬議)　130
의의상량(擬議商量)　103
의정(疑情)　122
의지(意地)　97
이(異)　91
이(理)　204
이견(二見)　62
이견(異見)　231
이궁어시(理窮於是)　250
이로(理路)　126
이사(理事)　79
이사(利使)・둔사(鈍使)　231
이승(二乘)　230
인과(因果)　188
인원(因源)　206
인위(因位)　206
일기(一期)　134
일념(一念)　67
일단(一旦)　152
일대(一代)　35
일물(一物)　3
일미(一味)　100
일심법(一心法)　76
일용(日用)　126

【ㅈ】

자긍처(自肯處)　134
자맥(紫陌)　48

자미(滋味)　126
자성(自性)　18, 225
작대(作對)　222
잠심(潛心)　110
적(寂)　233
적연(寂然)　233
적자(嫡子)　8
전득(傳得)　7
전후제단(前後際斷)　69
절개(節介)　169
절기(切忌)　167
점검(點檢)　168
점두(點頭)　161, 8
점수(漸修)　26, 107, 110
점차(漸次)　249
정(情)　227
정명(淨名)　71
정법(正法)　13, 155, 225
정사(呈似)　8
정전백수자화(庭前栢樹子話)　100
정절(程節)　180
정지견(正智見)　207
정학(定學)　222
제시(提撕)　141
조고(照顧)　134
조사(祖師)　16
조사관(祖師關)　119
조주화상(趙州和尙)　103, 130
조찰(照察)　195
중생심(衆生心)　67, 225
중외(衆外)　83

즉(即)　79
卽頓見｜이늘　203
증득(證得)　79
지묵(紙墨)　19
지어자줄(至於子哞)~석ᄂ니　117
지옥(地獄)　229, 242
진(眞)　193
진(瞋)　229
진각성(眞覺性)　62
진로(塵勞)　152
진무(眞無)　130
진성(眞性)　79
진심(眞心)　189
진여(眞如)　110, 251

【ᄎ】

차안(此岸)　203
참구(叅究)　112
참례(叅禮)　7
참선(叅禪)　119
천당(天堂)　242
천마(天魔)　69, 155
천지현격(天地懸隔)　33
천진(天眞)　204
철봉(鐵棒)　134
청소(淸宵)　104
청탁(淸濁)　208
총지(摠持)　93
축생(畜生)　229
출세(出世)　16
출신(出身)　107

충천(衝天)　110
취(趣)　227
치(癡)　229
치구(馳求)　50, 69

【ᄐ】

타성일편(打成一片)　158, 168
탐(貪)　229
태극(太極)　7
퇴굴(退屈)　144

【ᄑ】

파포장황저(怕怖慞惶底)　138
팔풍(八風)　168, 242
폐기(廢器)　122
피안(彼岸)　203
필경공(畢竟空)　97

【ᄒ】

한도인(閑道人)　48
행리(行履)　212
행해(行解)　18
허공장경(虛空藏經)　19
허두한(虛頭漢)　42
현전(現前)　107
현중명(玄中銘)　103
현통(玄通)　99
혜가(慧可)　93
혜일(慧日)　27
혹(惑)　193

홍진(紅塵)　48
환(幻)　253
환사(幻師)　246
환화(幻化)　195
활구(活句)　112
활연(豁然)　71
회양선사(懷讓禪師)　7
희유(希有)　167

【언해 색인】

【ㄱ】

가거니와　219
가온뒤　44
가져　51
가줄비건댄　221
가줄비시고　62
가줄비시니라　118
가치오　89
感激ᄒᆞᅀᆞ오리로다　28
갑숩디　30
갓갑고　146
갓ᄀᆞ라듀믈　139
거두티ᄃᆞᆺ　196
거릿겨　140
거시　4
거시로다　45
거실ᄉᆡ　189
거슨　68
거슬　8
거우루　240
거우루의　83
거즛　59
거플이오　245
걸유미　185
걸이디　248
것근　124

겨실ᄉᆡ　99
견조ᄡᅳ며　42
警策ᄒᆞ샷다　165
契合ᄒᆞ려　189
고대　36
고디라　66
고지　60
곡도　221
公案ᄂᆞᆫ　117
果海ㅣ오　206
關ᄂᆞᆫ　121
괴　116
괴오고　10
괴외ᄒᆞ야　210
求ᄒᆞ몰　51
求ᄒᆞᄂᆞ니ᄂᆞᆫ　65
구러　11, 143
구루메　28
구룸　252
구틔여　8
ᄆᆞ皮邊ᄂᆞ로　136
귓거시니라　228
그듸　213
그러나　135
그러커놀　177
그럴ᄉᆡ　60, 186
그려　8

그려틋　116
그륵　186
그스머　154
그지　13
그쳐　70, 104
그쳐시든　98
그추되　238
그추미라　238
그춤　171
그츠리오　234
그츠시ᄂᆞ니　94
그츤　120
그츨　29
그침　221
그테　51
글오믈　224
긋고　47, 89
긋ᄂᆞ니ᄂᆞᆫ　231
긋ᄂᆞ닌　232
긋디　236
肯信ᄒᆞᄂᆞ다　133
긔　150
기드려　173
기드리디　139
기디　176
길워　192
깁고　170
깁피　200
ᄀᆞ다　241
ᄀᆞ료믈　60
ᄀᆞ륨　101

ᄀᆞᆯ　176
ᄀᆞᆯ쳐　81
ᄀᆞ물　29
ᄀᆞ자ᄉᆞ　123
ᄀᆞ즈신　19
ᄀᆞ즐식　81
ᄀᆞ초　80
ᄀᆞ티　199
ᄀᆞ투니　241
ᄀᆞ투니라　83
ᄀᆞ투리라　124
ᄀᆞ툰　196
ᄀᆞ틔야　139, 28
굳도다　14, 53, 221
굴희디　29
굴희시니　95
굴희시니라　80, 113
굴희뿌믄　65
굴흰　108

【ㄴ】

나거든　49
나디　4, 207
나락 들락　140
나리　185
나리라　75
나샤미　17, 63
나샨ᄃᆞᆯ　105
나ᅀᆞ가　139
나타　160, 199
나타ᄉᆞ　88

언해 색인   267

나토ᄂᆞ니   163
나토샤다   23
나토시니   187
나토시니라   84, 102
낟ᄂᆞ니라   99
남   59, 191
남으로   14
내ᄂᆞ다   170
내디   231
내야   63
내유미   32
내유믈   171
내윰   240
너기고   201
너기ᄲᅳ면   34
너길디언뎡   213
녀튼   80
녀튼   199
녜   9, 43
녯   173
노코   108
노키ᄃᆞᆺ   196
노ᄒᆞᆯ   128
놀유매   221
놉디옷   152
누넷   29
눈ᄂᆞ로   60
느주매   146
니ᄂᆞᆫ   66
니러나니라   194
니로매   191

니론 디라   234
니롬   62
니르런   110
니르리라   72
니르면   150
니ᄅᆞ샤ᄃᆡ   9, 104, 125
니ᄅᆞ샤ᅀᅡ   101
니ᄅᆞ샨   36, 98, 109
니ᄅᆞ셔시니와   98
니ᄅᆞ시니라   73
니ᄅᆞ시ᄃᆡ   131
니ᄅᆞ와다   75
니ᄅᆞ와ᄃᆞ며   253
니ᄅᆞ와ᄃᆞ샤미라   20
니ᄅᆞ완ᄂᆞ니ᄂᆞᆫ   156
니ᄅᆞ완디   150
니를   182
니선다   172
니슬디어다   147
니주미로다   47
니주믄   65
니즌   163
닐며   172
닐어든   238
닐얼 디로다   20, 49
닐오매   94
닐온   68, 182, 241
닐우믄   21
닐울   162
님자히   177
닛디   192

느민 171
늙느들 170

【ㄷ】

다　28
다디　21
다시곰　111
다이라　62
다ᄅ거늘　80
다ᄅ　51
다ᄉ라　120
다ᄋ고　88
달옴　52
達코　205
답싸오몰　128
닷고되　238
닷고몰　207
닷ᄀ들　216
大思을　27
大抵ᄒ디　65, 112, 142
對敵고져　128
더디　205
더러이디　226
더론 디　49
더옥　152
德用올　210
뎌　43, 163
도도샨　135
도라가시거든　101
도오미라　217
도ᄅ혀　51, 75, 169

도이며　185
도치로　153
頓悟과 漸修과　27
되며　146
되오몰　45
되욤　124
되이디　159
되이리니　148
되일ᄉ　80
됴ᄒ면　60
두드리ᄉ와도　30
두디거늘　154
두리여　140
두시나　148, 199
두어　162
둗거운　170
둘 시오　123
듯노니　47
드로미　184
드롤디어다　144
드롬　139
드류몰　63
드ᄅ며　172
得홀 디니라　146
듣그를　241
듣즙고　170
들며　127
等으란　177
디그며　20
디근대　153
디니ᄂ다　171

언해 색인   269

디ᄂᆞ니   147
디디   111
디리며   176
딕킈여   32
딕킌   228
딜   159
ᄃᆞ리라   252
ᄃᆞ시   180
ᄃᆞᆮ디옷   54
ᄃᆞᆯ기   115
ᄃᆡ   52, 59
ᄃᆡ를   43

【ㄹ】

릴우미로다   17

【ㅁ】

魔ㅣ둘   153
마ᄂᆞ다   171
마롤디어다   113, 179
마롤디이다   226
마슈매   179
마조믈   136
마ᄌᆞ리오   217
마ᄌᆞ샨   19
마즌   45, 173
마초ᄂᆞᆫ   77
만난ᄂᆞᆫ다   170
만다   133
말ᄉᆞ미   14

말ᄉᆞᆷ   21
말ᄉᆞᆷ만   181
맛다   118
맛디   11
망셩(妄性)   75
머구ᄆᆞ니라   210
머니   54
머룸   28
머리   105
멀터운   40
面目그로   20
모든   34, 200
모로미   113
모로믈   57
모ᄅᆞᄂᆞᆫ   203
목ᄆᆞᄅᆞ니   116
몬져   98, 218
몯하리로다   5
몯호되   49
몯홀   8
몯홀디라도   159
몯ᄒᆞ리니   104
몯ᄒᆞ리니다   32
몯ᄒᆞ리로다   131
몯ᄒᆞ리며   176
몯ᄒᆞ시곤   9
몯ᄒᆞᅀᆞ오리로다   30
몯ᄒᆞ얏거니   216
몯혼돌   56
몯홀   121
몯홀 둘   189

몯홀시   15, 29
妙를브터   82
無엇가   130
무리는   200
무릎샤디   11
무른   181, 201
無心으로사   165
問호수오디   104
問호수와놀   214
묻디   143
뮈우디   75
뮈우면   32
므스거시   12
므스것고   10
믄득   34, 194
믈   179
믌결   17
미츄믈   55
미츠면   118
미치다   54
밋디   15, 83
ᄆᆞᆫ   176
ᄆᆞᅀᆞᆷ   253
ᄆᆞᅀᆞ미   243
ᄆᆞᅀᆞ문   33
ᄆᆞᅀᆞᄆᆞᆯ브터   245
ᄆᆞᅀᆞᄆᆞ로   115
ᄆᆞᅀᆞ미   210
ᄆᆞ츠리라   129
ᄆᆞ츠매   95
ᄆᆞ춤내   45

물리   123
몰리리라   40
몰리오   36
몰호매   150
뭇드록   185
미옴   223
미유미   185

【ㅂ】

바다   153
바라혜   17
바ᄅᆞ   70
바비어늘   247
바씌   55
바텨   10
반ᄃᆞ기   108, 133
밧긔   40
밧씌   104
버리쁘는   140
버선다   172
버혀   43
버히돗더라   153
煩惱魔ㅣ어니와   156
번득ᄒᆞ며   147
飜譯ᄒᆞ놋다   43
病ㄴ들   140
보거늘   202
보건댄   201
보나   185
보논 디   60
菩薩른   153, 248

보시더니 44
보몬 62
보습건댄 20, 45
本來 게 72
볼 디오 252
뵈ᄂ니라 160
뵈디 8
뵈샤니라 214
뵈샨 98, 102
뵈셔니와 8
뵈시도다 9
부텨끠 38
부텨와 祖師과의 16
부톄라 88
佛性ㅣ로쇵다 10
不通홀 시니 121
뷔워 191
브렛 131
브스시다 38
브튼 193
브틀식 177
블 154
비릇 13, 88, 102, 129, 164
비븨여 143
비취리라 65
비취워 191
寶으로ᄡ 34
ᄇ료믈 226
ᄇ륨 219
ᄇ리고 143
ᄇ르디 20

ᄇᄅᄆ로 29
ᄇ름 17
ᄇᄉ며 30
블고미 65
블고미니 82
블규미 199
블ᄀ며 4
빅혼 181
빅홀 164
뻐러디리니 228
뻐러ᄉ 102
뻘 131
ᄠ디 15
ᄠ디닛고 104
ᄠ디로다 22
ᄠᆫ 163
ᄡᅥ 108
ᄡ려 210
ᄡ리오 224
ᄡᄅ시며 29
ᄲ려 80
ᄲᄂᄒ 115
ᄯᅥᆨ 128

【ㅅ】

사ᄅ미라ᄉ 162
사ᄅ미ᄉ 164
사ᄅ미 95
사ᄅ미게ᄂ 157
사ᄅᆷ 23
산길히니라 109

삼거니와　14	是佛ㅣ랏다　95
相괘며　108	시수믈　224
相續ᄒᆞ야사　118	시우를　101
相應ᄒᆞ야사　95	시울　146
相인 둘　235	信홀디이다　191
生과 住과 異과 滅괘니　94	信ᄒᆞ리어니와　199
서거디리며　176	實다온　107
서ᄅᆞ　19, 182	悉達太子ㅅ　95
석ᄂᆞ니　118	心字과 性字괘　80
禪ㅣ오　113	十信位예셔　94
禪ᄂᆞᆫ　36	ᄉᆞ시　171
禪旨ᄂᆞᆯ들　45	ᄉᆞ랑툿　116
說ᄒᆞ샨　104	ᄉᆞᄆᆞ차　143
性ㅣ오　77	ᄉᆞᄆᆞ출　116
性과 相괏　77	ᄉᆞᄆᆞᆺ　236
聲聞ᄂᆞᆫ　247	ᄉᆞᄆᆞᆺ고　120
世尊ᄂᆞᆫ　38	ᄉᆞᄆᆞᆺ디　216
셰시니라　34	술오ᄃᆡ　10
소길ᄉᆡ　180	술피며　128
소나　43	술히오　89
小乘根機(ㅣ)오　88	싱각ᄒᆞᄂᆞ다　173
消息글　23	스테　177, 186
소리니　131	ᄭᅵ면　42
소리라　53	ᄭᅵᆫ　157
속디　135	ᄶᅡ　10
修道엔　125	ᄶᅡ해　159
수무미　28	ᄯᅩ　42
嵩山ᄂᆞ로셔　12	ᄯᆞᄅᆞ미니라　148
쉬이　199	ᄯᆞᄅᆞ미라　94
싁싁기　147	샘믈　44
시름ᄒᆞ샤　111	쌍처　171

싸홀 시라   94
쐬쓰레   139

【ㅇ】

아나   205
阿難늬   38
아냐   171
아녀   13
아니니   254
아니ᄂᆞᆫ   232
아니려니와   22
아니료   44
아니리라   243
아니오ᄃᆡ   81
아니커니와   152
아니커든   11
아니코   68
아니호미   238
아니ᄒᆞ노라   213
아니ᄒᆞᄂᆞ니ᄂᆞᆫ   231
아니ᄒᆞᄂᆞ니라   248
아니ᄒᆞ도다   25
아니ᄒᆞ려니와   135
아니ᄒᆞ리라   55
아니ᄒᆞᄉᆞ욍다   12
아닌 ᄃᆞᆯ   54
아닐ᄉᆡ   14
아ᄂᆞ니ᄂᆞᆫ   95
아ᄂᆞᆫ   182
아ᄂᆞᆫ다   170
아디   9, 49

아ᄃᆞᆺ   179
아래론   10
아래ᄉᆞ   133
아로매   72
아로미   199
아로ᄃᆡ   187
아로ᄆᆞᆫ   120, 219
아롬   32, 138
아ᄅᆞ샤   19
아소미라   241
아ᄉᆞ며   22
아ᄉᆞ오리로다   14, 505
아히   116
안ᄃᆞᆺ   116
安然ᄒᆞ얏도다   56
안자슈매   186
안조니   47
안조매   172
안ᄌᆞ샤   44
안흘   185
알라   239
알려니와   111
알리오   217
알히   118
姙嬰로뻐   179
애   51
애ᄃᆞᆫ   53
야닌 ᄃᆞᆯ   208
양지라   48
어긔리라   32
어긔며   53

어귄   182
어닉   44
어더   51
어두문   62
어드러셔   11
어드리라   72
어든   68
어로   139
어믜   177
어울우디   176
言敎로   108
얻더니   53
얼구릐   245
얼굴   4, 83
얼픠시   180
업거니   223
업거늘   34, 63, 193
업수믈   118
업숨과   14
업스리라   54
업스셔니와   28
업스시리오   135
업슨다   172
업슬 시라   148
업시   89
업ᄉ오리랏다   29
업슨 둘   196
엇뎌   9, 56, 135, 234
엇디엇디려뇨   143
엇디ᄒ료   150
여러   88

여희며   21, 42
여희여사   21
여희요미라   249
여희윤   188
엿보아   150
永永히   236
예셔   93
~悟괘니   141
오더뇨   12
오롤가   22
오매   4
오직   213
오직   77
온다   12
올옴   142
올티   32
옴기유믈   186
琓味홀디어다   111
外ㅣ대ᄂ   62
외히려   9
욍다   12
우흐론   9
우혼   110
우희   179
우희ᄂ   27
願ᄒ논 든   200
웨거늘   154
委曲히   108
慰勞ᄒ샷다   160
潙山靈祐和尙의   214
育之ᄒ샤미라   175

六塵늘   196
議論ㅎ슨올시   27
理로는   206
이거싀   34
이대   208
이듭디   210
이러   176
이리   8
이슈듸   4, 9
이시니   24
이시리니   108
이시리오   68, 245
이실시   27
이에   4
인ᄂ니   10
曰을란   200
읻디옷   53
一念ㅣ란   68
一念으란   68
一代所說룬   38
일로   45
一物룬   34
一(生)成佛ᄒ시니라   87
一心을브터   234
일우면   159
일우믈   115
일울시   175
일원다   172
일티   54
일홈   4
일후미시니라   20

일흐면   40
일히리오   56
잇거든   49
잇글일 배   159
잇디위   96

【ㅈ】

자바ᅀᅡ   136
자반다   172
자밧더라   154
自心올   217
自心으란   201
자최어니와   40
자최를   101
자피이디   243
作對ㅣ이니   222
잠싼도   4, 63
雜말솜   171
잡디   5
저즐고   236
저허   247
젓노라   22
젓는   140
正호믈   213
제   56, 60, 220
濟度ᄒ료   173
제는   182
져그나   34
져잣   44
젼츠니라   160
照顧홀딘댄   136

조리면   94
祖師의   102
조쳐   143
조코   238
조탓   75
조혼   216
조혼디   185
조츨시   81
조ᄒ니   72
終괜 둘   108
주거가매도   177
주검   228
주검을   153
주긴다   153
주우리니   116
즈시라   180
즉재   10, 52, 72
지븨   43
지티   4
지허도   11
지흐샤디   31
진ᄂ다   11
眞實로   123
執ᄒᄂ니ᄂ   87
짓디   250
즈갸   191

【ㅊ】

叅究홀디언뎡   113
叅禮ᄒᄉ와늘   11
叅禪ᄂ   120

처어미   95
처엄   118
天眞佛올   205
推尊ᄒᄉᆸᄂ   38
趣에   228
츼텨   111, 135

【ㅋ】

클시   191

【ㅌ】

터히라   128
텨늘   44
티ᄉ오며   22
티ᄉᆸ고   22

【ㅍ】

펴나유미   27
펴내유미   21
펴ᄂ니   150
프ᄅᆞᆺ도다   47
프리   47

【ㅎ】

하니ᄂ   88
하늘   9
한   24
行履홀 둘   214
向ᄒ야   173

언해 색인 277

허므룰   135
허여디여   252
혜디혀   51
혜텨사   128
혀   154
혀시고   38
혜아려   179
혜아리디   138
혜아리면   42
호미   96
惑의   196
혼 디   49
渾亂正法홀가   111
홀 딘댄   128
홀디어다   141
和合ᄒᆞ야사   175
ᅙᆞᆫ 돌   247
後에사   214
後제   98
後日레   153
훤츨ᄒᆞ면   72
흘러   176
힘쓰면   146
ᄒᆞ나ᄒᆞᆫ   123
ᄒᆞᄂᆞ니ᄂᆞᆫ   88
ᄒᆞ다가   29, 128, 216
ᄒᆞ마   27, 111, 216
ᄒᆞ샷다   144, 182, 224
ᄒᆞᅀᆞ옴과   89
ᄒᆞ야ᄂᆞᆯ   43

ᄒᆞ야시ᄂᆞᆯ   187
ᄒᆞ야시든   81
ᄒᆞᆫ   143
ᄒᆞᆫ갓   45, 83, 136
ᄒᆞᆫ나히나   123